新潮文庫

五弁の秋花

みとや・お瑛仕入帖

梶よう子著

JN150108

新潮社版

11177

目次

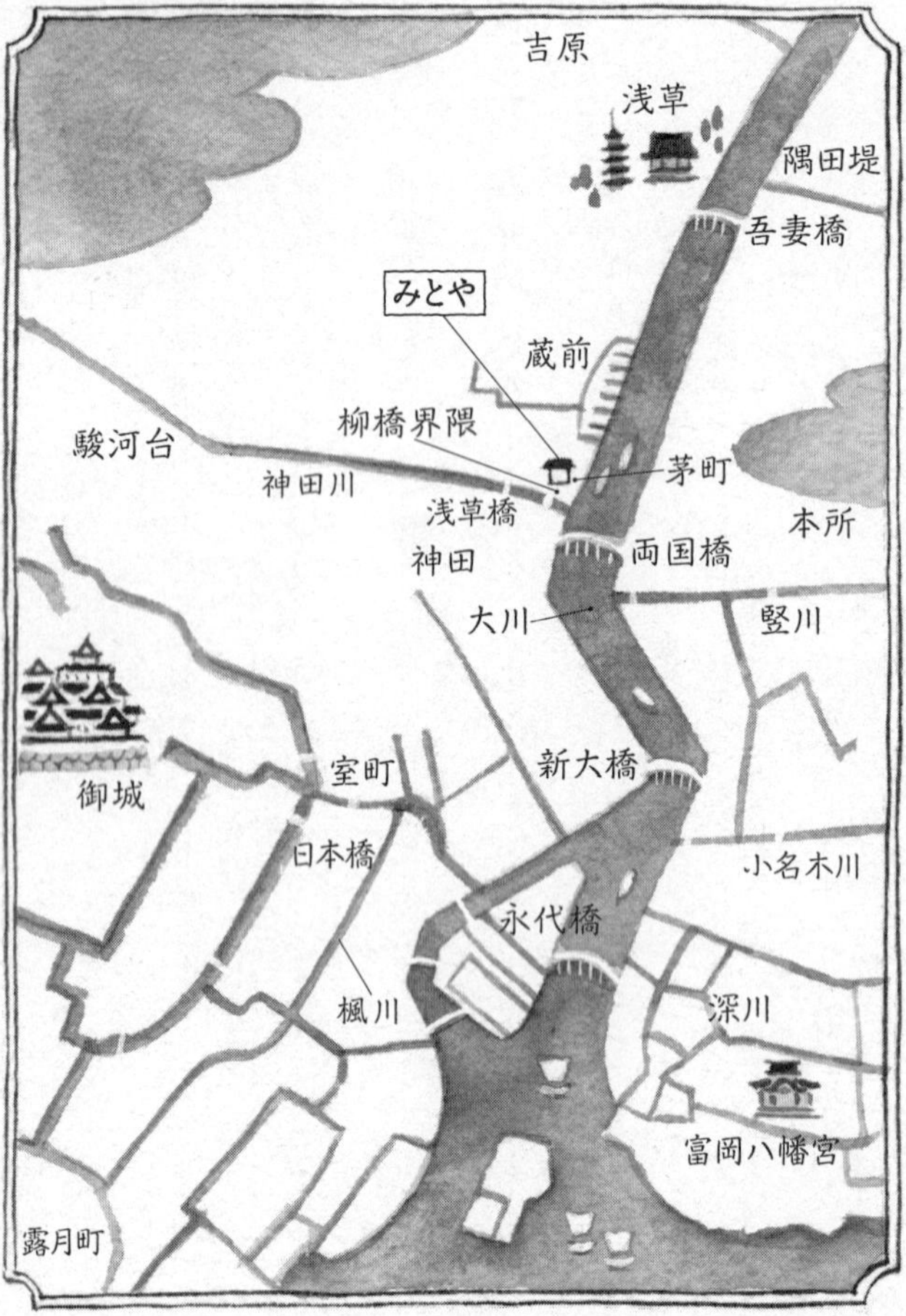
吉原
浅草
隅田堤
吾妻橋
みとや
蔵前
柳橋界隈
駿河台
茅町
神田川
浅草橋
本所
両国橋
神田
大川
竪川
室町
新大橋
御城
日本橋
小名木川
永代橋
楓川
深川
富岡八幡宮
露月町

絵図　山本祥子

五弁の秋花

みとや・お瑛仕入帖

鼻下長物語

一

その引き札が、両国広小路《りょうごくひろこうじ》や浅草御門《あさくさごもん》の界隈《かいわい》で配られたのは、軒下で鉢植えの朝顔が涼しげな花を揺らし始めた頃だった。引き札は店開きや安売り、新しい商品を出すときなど世間に広く知らせるための広告だ。

お瑛《えい》はいつものように店座敷にかしこまり、開いた仕入帖《ちょう》へ眼を落とした。丁と丁の間からわずかに紙片が覗《のぞ》いている。引き札だ。

どこにいるのか、朝から蟬《せみ》の鳴き声がやかましい。あたりに大きな木がないから、近所の家の壁にでも止まっているのだろう。

今日も暑くなるぞと、わめいているように聞こえて、ちょっと迷惑だった。

浅草橋《あさくさばし》から延びた蔵前《くらまえ》通りと交わる路地を入った茅町《かやちょう》一丁目に『みとや』はある。このあたりは、人形屋や袋物屋などが軒を連ねていて、桃や端午の節句の頃は、人で溢《あふ》れかえる。

『みとや』は、食べ物以外ならなんでも扱う三十八文均一の店だ。三は『み』、十は

『と』、八は『や』と読んで、屋号にした。

三十八文は、かけそば二杯と湯屋代を足したくらいの銭だから、なんでも扱うといっても、それなりの品物を置く。

傘や足袋《たび》、煙管《キセル》や櫛《くし》、簪《かんざし》、鍋釜《なべかま》、筆といった具合で、蠟燭《ろうそく》なんかは数本束にしてまとめ売りもしている。

この頃は、十九文屋なんていう、半分の値で売る床店《とこみせ》が、両国広小路に出るようになったが、品物のよさでは負けないと、お瑛は自信もあったし、安心もしている。

その証《あかし》に、店を開いて一年余が経《た》つが、常連さんはいまも少しずつ増えているし、『みとや』さんの品物は間違いがないといってもらえる。

仕入れは、六つ上の兄長太郎《ちょうたろう》がすべてまかなっている。ときどき、いわくつきの刀とか、大名家で誂《あつら》えた高価な皿とか、騒動の種になるような物を仕入れてくるが、

「私は、なかなかの目利《めき》きだからね」

得意げに鼻を膨らませてうそぶく。

今日も、朝餉《あさげ》をとるとすぐに家を飛び出していった。この頃、薄気味悪いほど張り切っている。

お瑛は軒下から下がった看板を見上げた。

板切れの看板は、ふた回りほど大きくなった。以前は、普請場《ふしんば》で譲ってもらった木《こ》っ端《ぱ》に、長太郎が屋号を記していたが、いまのものはちゃんと板屋で購《あがな》った。縦一尺（約三十センチメートル）横五寸の大きさで、『みとや』の屋号も、いままでとは比べ物にならないほどの達筆だ。

「看板が大きくなるのはいいものだなぁ」

と、長太郎は、軒下に吊《つ》るすたびに、にやにやしている。

長太郎がこれまで以上に仕入れに励んでいるのは、この看板のせいかなとも思う。

長太郎お瑛兄妹《きょうだい》は、文化四年（一八〇七）に起きた永代橋《えいたいばし》の崩落事故で、ふた親を失った。日本橋の室町《むろまち》にあった『濱野屋《はまのや》』という小間物屋が、お瑛たちの実家だったが、叔父の益次《ますじ》によって、借金まみれにされて、人手に渡ってしまった。

妾腹《しょうふく》の益次は、お瑛たちの父親と兄弟とは認められず、一生奉公人として扱われることに対する憎しみから、濱野屋を我が物にしようと画策していたのだ。

ふた親と店と住まいを失う三重の不幸に見舞われたのは、偶然であったけれど、結局、お瑛と長太郎は寒風吹きすさぶ路地に放り出された。

ふたりに手を差し伸べてくれたのは、柳橋《やなぎばし》にある料理茶屋『柚木《ゆずき》』の女将《おかみ》お加津《かつ》だったが、それも益次が陰で糸を引いていたのだと後から知れた。でも、お加津は、益次の思惑など知らないままに、気の毒な兄妹だと面倒を見てくれていた。

お瑛は、ちらと三和土《たたき》を見る。大風呂敷《おおぶろしき》を被《かぶ》せた濱野屋の屋根看板。ずっと益次が隠し持っていたものだ。けれど、益次自身も悪い奴《やつ》に騙《だま》されて、再び看板を揚げることは叶《かな》わなかった。いま、濱野屋は悪い奴から取り戻し、お加津が預かってくれている。

お瑛はぼんやり思う。

益次の心の中にたしかに、濱野屋に対する憎悪《ぞうお》はあった。でも屋根看板をずっと大切に隠し持っていたり、お加津にあたしたちの世話を頼んだりしたのは、どこか良心が疼《うず》いていたせいじゃないだろうか。

まだお瑛が幼い頃、益次が見せてくれていた笑顔は本物だったと思えるから。

「もう暮らしは落ち着いたかしら」

お瑛は店座敷から、空を見上げた。

少し前に、益次の女房、お駒《こま》から文が届いた。お駒の遠縁が住む高崎にいるという。振り売りの小間物屋から、もう一度やり直しだと、益次は商いを始めたらしい。

「いつか戻ってきてくれればいいのに」

心の片隅で、濱野屋の看板を、長太郎と益次が手を携えて揚げてくれたらと願っていた。

でも、ずっと憎しみを抱き続けてきた益次の心がきれいさっぱり晴れたわけではないことを、お瑛はなんとなく感じている。それはきっと長太郎も同じだ。

益次の事情を汲《く》んだって、わだかまりは残っているはずだ。益次にそそのかされ、博打《ばくち》や吉原《よしわら》で借金を作らされ、それが元で家と店を失ったのだから。

吉原……と呟《つぶや》いて、お瑛は眉《まゆ》をしかめた。

傍らに置いた算盤《そろばん》の珠《たま》を、指先でぴんと弾《はじ》く。

こんなところに挟み込んで、気づかれないとでも思っていたのかしらと、呆《あき》れ返っていた。相変わらず兄さんは、しようがない。

あたしのことを、のんびり屋で間が抜けているというけれど、兄さんはざるだ。

それもうんと粗い目の。

仕入帖は、あたしが見るのをわかっているはずなのに。挟んだのをうっかり忘れてしまったに違いない。

紙片に記された文字がひとつだけ見える。数字の『一』。

お瑛が眉間《みけん》の皺《しわ》をさらに深くして、紙片をつまみ上げようとしたときだ。

「なんだい、なんだい、朝からしかめっ面《つら》かい、お瑛ちゃん」

向かいの乾物屋のどら息子の清吉《せいきち》だ。今日は柿色《かきいろ》の格子《こうし》柄《がら》の小袖《こそで》を尻《しり》はしょりしている。なんだか妙に張り切った声を出しているのが、暑苦しい。

「お生憎《あいにく》さま。あたしはいつもこの顔です」

「まったく、つれねえいいようだ。ところで、長太郎兄さんは、いるかい」

清吉が通りから身を乗り出すように、奥を覗き込んだ。

「仕入れに出たっきりまだ戻ってません。兄さんになにか用かしら」

突《つ》っ慳貪《けんどん》に返したが、うーんと、清吉はもったいぶったように唇を突き出した。

「まだ、渡すわけにはいかねえなぁ」

「なんでしょう」

「ちょいとさぁ、頼まれちまったんだけどさぁ、あすこの、さ」

清吉がくいと首を回した。お瑛がその方向へ眼を向ける。清吉の家から二軒先。大戸が下ろされている店がある。大戸には、

『御煮しめ　焼き物　煮浸し　お香香《こうこう》　よりどり一品四文　はなまき』

と、貼《は》り紙がされていた。誰の筆かは知らないが、眦《まなじり》が少し上がった、受け口の色っぽい美人が、両手で器を持っている画も添えられている。

もちろん、店座敷から身を乗り出したところで、貼り紙があるのがわかるだけで、なにが書かれているのかは、判読できない。

なぜお瑛が貼り紙の中身を知っているのかといえば、それは一昨日《おととい》通りすがりに、じっくりとっくり見たからだ。

「そ、花巻花魁《はなまきおいらん》、じゃなかった、『はなまき』が三日後に店開きをするにあたり」

清吉の言葉にお瑛は、またも眉間に皺を寄せた。

するにあたりって、なにを構えた物言いをしているのだろうと、呆れて清吉を見やる。

清吉はさも困ったふうな顔を作りながら、鬢《びん》を掻《か》く。鼻の下が一寸伸びてるよと、いってやりたかったが、お瑛はごほんと咳払《せきばら》いして、飲み込んだ。

吉原でお職を張っていた花巻という花魁が、夜逃げした蕎麦《そば》屋だった処《ところ》を買い上げて、四文屋を開くのだ。

おかげで茅町ばかりか、その周辺の町まで大変な騒ぎになっていた。男たちが、各々《おのおの》引き札を持って、大戸の前に立ち、ため息を吐《つ》いては立ち去って行く。杖《つえ》をつき、奉公人であろう若い男に手を引かれながらやってきた老人にはさすがに驚いた。節句の頃でもあるまいに、二、三日がそんな調子だった。

今朝も裏店《うらだな》に住む左官の女房がやってきて、亭主が、この頃落ち着かないのは、あの店のせいだとこぼしていった。

正直なところ、女たちにはすこぶる評判が悪い。どんな女狐《めぎつね》が来るのだろうと、興味はあっても、歓迎する感じはこれっぽっちもなかった。そわそわ浮き足立っている亭主たちの姿を見れば、癪《しゃく》に障《さわ》るのも当然だ。

だいたい、吉原の花魁が四文屋を開くなんて、酔狂にもほどがある。

お大尽に身請けされて、見世を退《ひ》いたのじゃないのだろうか。結構な妾宅を与えられて、下女を置いて、悠々自適な暮らしをするものだとばかり思っていた。

四文屋は、貼り紙にあったとおり総菜を売る店で、煮豆はしゃもじでひとすくい、するめ煮ひと串《くし》みたいに売る。

『みとや』もそうだが、利の薄い商いだといっていい。

相変わらず長太郎は仕入れ値など、どこ吹く風とばかりに、平気の平左で、一足三十文出して麻裏草履《ぞうり》を二十も買い付けてくる。

「ほんとの値は百文だぞ」

そういうとき、長太郎は鼻高々で言い切る。

いい品物には違いないが、一足売れても儲《もう》けはたった八文。納豆がようやくふたり買えるくらいのものだ。

たしかに草履などは売れ筋だ。他には櫛や簪も裏店の女房たちにはよく売れる。

今日、履き物と櫛を頼んだけれど、せめてひと品、二十文ほどで買い付けてきてほしいとお瑛は心の底から念じている。一日、十品売れれば百八十文。かつかつだけど、やりくりは楽になる。

「お瑛ちゃん、聞いているかい」

清吉の声に、お瑛は、えっと顔を向けた。

嫌になっちゃうなぁと、清吉はひとりごちた。

「だからほら、昆布だの煮干しだの、鰹節《かつおぶし》なんかを煮物に使うだろ。うちはさ、乾物屋だから売るほどあるってわけで――」

こっちが訊《たず》ねもしないのに、ぺらぺら話し始めた。いや、さっきから話していたのだ。

あまりに長いので、お瑛は苛立《いらだ》ちつつ頭の中でまとめた。要は、清吉の家の乾物をはなまきで買うから、代わりに引き札配りを手伝ってほしいと頼まれたということらしい。

「ま、うちに来たのは、女将のお花姐《はなねえ》さんじゃなくて、手伝いの婆《ばあ》さんだったんだけどさ」

あ、お花ってのは花魁のほんとの名前だよと、わざわざ付け足した。まるで自分だけが知っているのだといわんばかりの、誇らしげな顔をしたのが小面憎《こづらにく》い。

「その姐さんからのたっての頼みと聞かされちゃ、おれだってあとには引けねえ」

役者よろしく見得まで切って、清吉はすっかり有頂天になっている。

「わかりました。それで、うちの兄さんも巻き込もうってわけね」

お瑛は姿勢を正し、落ち着いた口調で訊ねた。

「巻き込むなんて人聞きが悪いなぁ。だってご近所さんだしさ、お花姐さんが、人を呼んでくれたら、お瑛ちゃんの店だって、おれん家《ち》だって潤《うるお》うってもんじゃないか」

これは持ちつ持たれつだよと、伸びた鼻の下をこすり上げてうそぶいた。他にも声を掛けたが、皆ふたつ返事で引き受けてくれたと胸を張る。清吉が幾人かの名を挙げたが、独り者からご隠居までほとんどが知った顔だ。

今朝方、文句をいいにきた女房の亭主の名もしっかり入っていた。

江戸中が浮かれているんじゃなかろうかと、お瑛はため息も出ない。

ほんとうにもう。二心でも下心でもなんでも勝手にしなさいと、怒鳴りつけてやりたいくらいだ。

「おれはさ、両国あたりを配って歩いているんだけどさ、長太郎の兄さんは仕入れで遠くまで回るだろう。で、頼めねえかなと」

ああ、あれは清吉が配っていたのかと、お瑛はなるほどと深く頷《うなず》きつつ、仕入帖をちらりと見た。戻ったら聞いてみますと、応《こた》えてから、はっとした。

「ねえ、配って歩いているっていったけど、兄さんにも渡した？」

えっと、清吉が眼を見開いた。

「なにいってるんだい。まだに決まっているだろう。だからこうして頼みに来ているんだぜ」

お瑛ちゃんも、素《す》っ頓狂《とんきょう》なこといいやがるなぁと、清吉は細い眼をさらに細くして笑った。なら、仕入帖に挟んであった引き札はどこから手に入れたんだろうか。清吉の配った引き札を受け取った誰かから譲り受けたのかもしれないけれど……不意にお瑛の脳裏にあることが浮かび、あわてて心のうちで首を振った。

「じゃあな、兄さんに訊《き》いといてくれよ。おっと、いけねえ。手拭《てぬぐ》い一本もらってくよ」

朱の地に揚羽蝶《あげはちょう》を白く染め抜いた意匠だ。

「暑くなりそうなんでね、頭に載せとこうと思ってさ」

柿色の小袖に朱色の手拭いなんて、見ているこっちがうっとうしい……と思ったか、お瑛はにっこり笑って、

「毎度ありがとう存じます。三十八文です」

清吉へ向けて手を差し出した。

二

昼を過ぎて、陽射《ひざ》しがさらに強くなった。

長太郎はまだ戻ってこない。

お瑛は店座敷から三和土に下りて通りに出ると、軒先から吊るしてあるすだれを半分がた下ろした。

影が店座敷の中ほどまで伸びる。

ちょうど店番をしているあたりに陰ができたのをたしかめてからお瑛は陽を振り仰いで、眩《まぶ》しげに眼を細めると、腹に力を入れ、

「なんでもかんでも三十八文。あぶりこかな網三十八文。枕《まくら》、かんざし三十八文。はしからはしまで三十八文」

売り声を上げた。

「お嬢さん」

透き通るような声が背中にふってきた。お瑛は振り返って、息を呑《の》み、眼をぱちくりさせて、口を半開きにした。

「あらあら、なんて顔かしら。わっちは幽霊じゃござんせんよ」

黒目がちの大きな眼、通った鼻筋。薄く刷《は》いた白粉《おしろい》、頬と眦にほんのり載せた紅。玉虫色に光る笹紅《ささべに》を引いた唇が微笑《ほほえ》んでいた。

葡萄色《ぶどういろ》の地に、細い唐草模様が涼やかな小袖の襟を抜き、麻の葉を象《かたど》った意匠の白い帯をゆるりと締めている。

見るからにただ者じゃない。

漂う色香の内に、凛《りん》とした佇《たたず》まいがある。香をたきしめているのか、いい匂《にお》いもする。陽射しの強い中、汗ひとつかいていないのも不思議だった。

それほど勘の鋭いほうではないけれど、この人だけは誰だかわかると、お瑛は心の中で力こぶを作った。

元花巻花魁。これから開店する斜め向かいの四文屋の女将お花以外に考えられない。清吉がここにいたら、腰を抜かしてひっくり返っていただろう。

「こんにちは。そこの煙管を見せていただいてもよろしいかしら」

「どうぞ、お好きな物を手にとってください」

お瑛はお花とおぼしき女へ、どぎまぎしながら応えた。

「あらまあ、これもいいし、こっちもいい。どれもいい物ばかりだ」

お花は次々と煙管を手に取り、

「迷っちまうねぇ」

お瑛をちらりと横目で見やって、小首を傾《かし》げた。瞳《ひとみ》が濡《ぬ》れ濡《ぬ》れと光っている。

心の臓が一瞬跳ね上がり、顔がかあっと熱くなった。お瑛はあわてて面を伏せた。

同じ女子《おなご》なのに、なんでこんなにどきどきするのだろうと、気を落ち着かせるために深く息を吸い込んだ。

「ああ、これがいい」

しなやかな長い指でつまみ上げたのは、細身の銀煙管だった。胴の部分にとんぼが止まっている。

すっとお花の左手が伸びて、お瑛の右手をすくい上げた。

「じゃ、これね」

掌《てのひら》に載せられた物を見て、お瑛は眼を瞠《みは》った。一分金だ。頭の中で懸命に算盤珠を弾く。一分といえば、文に直すと千文、だから三十八文を引くと——こんがらがっちゃう。

「あの、これではお釣りが……」

「あら、そうなのぉ。多すぎちゃったの？」

お花は不思議そうな顔をして首を傾げた。

「ちょっと待っててください」

お瑛はすぐさま店座敷にあがると、銭箱を開け、財布をたしかめ、取って返した。

「あいすみません。うちは三十八文屋ですから、ここにある品はすべて三十八文なんです。一分ではお釣りを出すのが大変で」

お花の手にかき集めた釣り銭を握らせると、あらこんなに細かくなったら巾着《きんちゃく》が重たくなっちまう、とくすくす笑う。

軒下に吊るされた板看板へ眼を留め、店座敷をちょっと覗くような仕草をすると、お花がころりと下駄を鳴らしていきなり身を返した。

「これからよろしくぇ。お瑛ちゃん」

首を少しだけ回して、そういった。

お瑛は耳を疑った。

なんであたしの名前を知っているの。その背に、問い掛けようとしたが、とっさに声が出なかった。

ああ、そうだ。

きっと兄さんのこと、覚えていたんだ。

益次に誘われるがまま、吉原に通いつめていたとき、花巻花魁を揚げたことがあるとかないとか誤魔化していたけど、これですっきりした。

仕入帖に挟んであった引き札。

きっと直《じか》に手渡しされたに違いない。

あとでしまうつもりで、あそこに置いて、忘れてしまったのだ。

なんだろう、この気持ち。兄さんに悋気《りんき》の虫を湧《わ》かしても仕方ないのにと、お瑛は思った。

長太郎が戻ってきたのは、お天道様《てんとう》が少しくたびれかけた頃だ。

ああ、暑かったと、三和土に転げるように入って来ると、背負っていた風呂敷包みを店座敷へ乱暴に放り投げる。

「ちょっと兄さん、仕入れの品でしょう」

お瑛はあわてて腰を上げた。

「いいんだいいんだ、割れ物は入っちゃいないからね。それより、汗だくだ。お瑛、手拭いを取っておくれ。湯屋に行ってくるから」

長太郎は、すぐにも身を翻《ひるがえ》しそうな勢いでいった。

お瑛はむっと唇を突き出した。

「そりゃないわよ。兄さんの帰りをいまかいまかと待っていたのに。あたしが先よ」

「私は方々歩き回って、汗と埃《ほこり》にまみれているんだよ。お瑛はそこに座っていただけだろう。そら、早くしておくれよ」

もう、とお瑛は立ち上がり、勝手に向かいながら、声を張り上げた。

「兄さんが先に行くと、二階でとぐろ巻いてなかなか帰って来ないでしょ。夕餉の支度もあるし、お店も閉じないといけないのよ」

湯屋の二階には、銭を払って上がる広い座敷が設《しつら》えられていた。常連の者は、衣装を入れる棚も持っている。菓子や寿司《すし》が売られていたり、囲碁稽古《けいこ》なども開かれている。ただしそこは男だけしか入れない。ひと風呂浴びたあと、顔見知り同士で雑談を交わす社交場のようなものだ。

一刻《いっとき》（約二時間）くらい居続けることはざらだ。長太郎にいわせると、「湯屋には商売人、職人、お武家とさまざま集まる。そこで、色々な話を得て、仕入れに役立てているのだよ」ってことらしい。

得心できなくはないけれど、長居はほどほどにと思うのだ。

「じゃあ、湯屋が閉まる前に必ず戻ってね」

「今日は早く帰って来るさ」

調子良くいったそばから、しまったという顔をして、ぼんの窪《くぼ》に手をあてた。

「寛平《かんぺい》と囲碁勝負の続きがあったんだ」

結構、いい勝負だったからなぁ、たしかあいつの手で終えて、などと呟いている。

寛平は呉服屋の倅《せがれ》で、根っから若旦那《わかだんな》気質のおしゃべり男だ。たしか歳《とし》は、長太郎より二つ下の二十一歳だった。

その寛平は、もうすぐ祝言《しゅうげん》を挙げるらしい。相手は引っ越ししてしまった幼馴染《おさななじ》みで、ようやく捜し当てたのだという。

あんな奴だが、たいしたもんだと、長太郎は感心しきりだ。

向かいの清吉といい、兄さんの周りには、ぼんくらが集まりやすい。やっぱりどこか性質が似ているせいだろうか。

お瑛は軽く息を吐いて手拭いを取り、店座敷へと戻ると、風呂敷包みからこぼれている物に眼を留めた。

黄表紙、だ。

割れ物じゃないといっていたけれど、まさかこれ、すべて書物じゃないだろうか。

「ええと、兄さん。これもしかして、本？」

お瑛は手拭いを後ろ手に提げて、訊ねた。

「ああ、そうだよ。それがどうかしたかい」

長太郎は、悪びれもせず応えた。

「店じまいするって絵双紙屋があってね、売れ残った本を引き取ってきた。結構、いい物もあるんだよ」

合巻物《ごうかんもの》も揃《そろ》っているし、どれだったかなと、長太郎は膝《ひざ》立ちで店座敷に上がり込むと、風呂敷包みの結び目を解いた。

お瑛の頭がくらりとする。百以上はありそうだ。このままそっくり絵双紙屋になるか、貸本屋を開いたっておかしくない。

「驚いただろう。これだけあれば、しばらくは大丈夫だよ」

お瑛はその場にどすんと座り込むと、長太郎を強く見つめた。

「床が抜けるよ、そんな座り方をしたら」

長太郎が真《ま》っ直《す》ぐ伸びた眉をひそめた。

「あのね、あたしは櫛と履き物をお願いしたんですけど、覚えておられますでしょうか」

「ああ、そうだったたねぇ」

「数が少なくなっています。入れば必ず売れる物だから頼んだんですけど」

んーっと、長太郎は耳の穴を小指でくじりながら、

「かしこまった言葉のときのお瑛は怖いなぁ。ほらほら眼が吊り上がっているよ。だって忘れたものはしようがないよ」

上目遣いにお瑛を窺《うかが》ってくる。

まったくこんなにと、お瑛は最初にこぼれ落ちた黄表紙へ視線を向けた。

『鼻下長物語《はなのしたながものがたり》』――か。

お瑛は、一旦《いったん》眼をはずしたが、すぐに見返した。

なんて外題だろう。まるでいまの茅町あたりにぴったりだと、お瑛は思わず吹き出した。

不意に、お花の姿と、清吉のだらんと伸びた鼻の下が浮かんできて、さらに笑い声を上げた。お腹《なか》が痛いくらいに笑いが止まらない。

「なんだい、お瑛。急に笑い出して薄気味悪いよ。早く、その手拭いをおくれ」

長太郎が焦《じ》れた声を上げた。

お瑛は笑いすぎて涙の滲《にじ》んだ目尻を拭ってから、手拭いを差し出した。

「だって、この黄表紙の外題がおかしくて」

「ああ、その黄表紙か。それはね、芝全交《しばぜんこう》作で挿絵は人気絵師の北尾《きたお》重政《しげまさ》さ。ちょいとふざけた外題だけど、なかなか面白いよ。早口言葉がたくさんあるのさ、たとえば」

法性寺《ほうじょうじ》の入道前《さき》の関白太政《だじょう》大臣様の事を、法性寺の入道前の関白太政大臣殿と言ったれば——と長太郎がお経のような物を唱え始めた。すらすらどころか、とんでもなく速い。立て板に水というより、しぶきを上げて流れ落ちる滝のようだ。いつ習練したのか、半ば感心しながらお瑛は黄表紙を手に取り、丁をめくった。

きれいな挿絵がたくさんある。

「あら」

丁の間から、折り畳まれた紙片が落ちた。

お瑛は訝《いぶか》しく思って、拾い上げた紙片を広げた。錦絵《にしきえ》だ。すこし色褪《あ》せているけれど、母娘《おやこ》の姿が描かれている。

芝居絵かと、お瑛は思った。

金色の打ち掛けと、真っ赤な着物を身につけた母親と、赤い打ち掛けに黄の衣装の娘。

町人ではなく、武家だ。

歌舞伎《かぶき》芝居の衣装は、狂言によって決まっているけれど、これはどんな芝居なのだろう。

それに、この景色。

川沿いに一本の松と船着き場。川向こうにはうっすらかすんだ屋根が見える。塔の九輪と本堂の屋根。大きなお寺のようだ。

母娘はいまから舟に乗ろうとしているのだろう。

にわかに、お瑛の胸底がざわめいた。

この景色……どこかで見たことがある。

ここ数年のことじゃない。

すごくすごく幼い頃だ。おっ母さんと出掛けたときかしらと、お瑛はその錦絵に魅入られたかのように、身じろぎもせず見つめた。

どうしたのだろう、心の臓の鼓動が速くなる。思い出せない。

「お瑛。どうしたんだい、お瑛」

長太郎の声にはっとして、お瑛は顔を上げた。

「黄表紙の中に、この錦絵が挟まっていたの」

長太郎は、ふうんと興味なさげに、手に取った。

「貸本なんかだと丁の間に、せんべいのかけらとか懸想文《けそうぶみ》とか、いろいろなものが入っているというからねえ。どれどれ」

錦絵を見た長太郎の眼が細くなった。

ねえ、とお瑛は身を乗り出した。

「兄さん、あたしね、その景色に見覚えがあるような気がするの。なんでかしら」

「なにいっているんだい。そんなことあるはずがないさ。こういう錦絵によくある景色じゃないか」

「でも――」

「名所ならば、ちゃんとどこどこと名称を入れているはずだからね。これにはないから、絵師が勝手に描いた景色だよ」

そうかしらと、お瑛は得心がいかない。たしかに見たことがあると、頭の隅っこが叫んでいる。こうやって、この画のように、誰かに手を引かれて歩いていた自分の姿も浮かんでくる。

丸顔で眼の細い女児。小さな唇には少しばかり笑みがうかんでいる。娘を見つめる母親の顔は穏やかで優しい。

ちょっと、死んだおっ母さんに似ているような気がして、鼻の奥がつんとした。

「版元は神明町《しんめいちょう》のほうだが、絵師は知らない名だなぁ。それにたいした画じゃないな。後生大事にとっておくものでもなさそうだよ」

ああ、と長太郎は頷いた。

「しおりにしていたんだろうさ」

自分のひらめきに、得意顔をした。

そうかしら……と、お瑛は再び呟いた。

「これは売り物にはならないから、捨てよう」

「駄目っ」

錦絵を破ろうとした長太郎の腕に、お瑛はあわてて飛びついた。

「駄目。あたしに頂戴《ちょうだい》。いいでしょう」

「こんな錦絵、いらないじゃないか」

腕を押さえるお瑛に長太郎が険しい顔を向けた。お瑛は、長太郎の手から錦絵を取

り上げると、

「だって。このお武家のご新造、おっ母さんに似ていると思わない、兄さん」

長太郎がわざとらしく腕をさすりながら、すぐに頰を緩めた。

「馬鹿《ばか》だなぁ、ちっとも似ていないさ。おっ母さんの顔はこんな馬面じゃなかったよ」

この錦絵のご新造も、そんなに酷《ひど》い顔じゃないわよと、お瑛は横を向いた。

「それに娘の顔もどうだい。大福に目鼻がついているだけで、可愛《かわい》くもなんともない」

あらっ、とお瑛は首を傾げた。大福に目鼻。兄さんがあたしの顔をそんなふうにいっていた。それって、つまり、可愛くないってことじゃないの。

長太郎は色白で、眼も大きく、鼻筋が通った端整な顔立ちをしている。片やお瑛は、丸顔にちんまりした目鼻。

兄妹といっても皆、顔かたちが似ているわけではない。お父っつぁんやおっ母さんを恨んでみてもせんないけれど、もう少し兄さん寄りだったらよかったのにと、ときどき思う。

「どうしても欲しいなら、しかたないけどね」

長太郎はあきらめたふうに息を吐いた。

なんだろう、とお瑛の中にわずかな疑念が湧きあがる。錦絵をわざわざ破こうとしたのはなんでだろう。

それにしても、丁の間には色々な物が挟まっているものだ。そう、たとえば、引き札も……と思い出して、お瑛は、背を向け、三和土へ下りようとしていた長太郎に、声を掛けた。

「今日、うちに来たのよ」

長太郎が足を止めて、振り向いた。

「お花さんっていうんでしょ。はなまきの女将さん。あたしのこと、お瑛ちゃんって呼んだのよ、どうしてかしら」

眼の玉が飛び出すんじゃないかと思うほど、長太郎が眼をひん剝《む》いて、身を翻した。

「そ、それで、お瑛。他に花魁は……いや、はなまきの女将はなにかいっていたかい」

あたふたする長太郎が可笑《おか》しくて、お瑛は意地悪く、うーんと考え込む振りをして、腕を組んだ。

「ちゃんと教えておくれよ」

長太郎はまるで懇願するように座敷に両手を突くと、お瑛を真剣な眼差《まなざ》しで見つめる。

お瑛は腕を解くと小首を傾げ、高い声を出した。

「これからよろしくぇ」

その途端、長太郎がむすっと唇を曲げ、身体《からだ》を起こした。

「似てない。まったく似てないよ」

再び身を返すと、手拭いを肩に引っ掛けて、あっという間に出て行った。

なぁにあの態度と、お瑛は腹を立てつつ、引き札のことを聞きそびれたと思った。

三

はなまきの開店日がとうとうやってきた。

小屋裏の寝間で眠っていたお瑛は、耳元でひそやかな声音で話しかけられたような気がして飛び起きた。

誰もいないことに安堵《あんど》して、寝間着の襟をかき合わせたが、首筋から胸元にかけて汗がにじんでいて、いやな気分だった。

すっかり陽は昇り、早朝の光が小さな寝間に満ちている。今日も一日の始まりだと、気を取り直して立ち上がり、布団《ふとん》を手にかがんだときだった。

表がなにやら、騒がしい。

そうかと、お瑛は納得した。耳元の話し声は外からのものだったのだ。だとしても、こんなに朝早く、なにかしらと、通りに面した小さな連子窓《れんじまど》からちらりと覗いて、眼を疑った。

人、人、人――。

黒山の人だかりというのはこういうことだろう。『みとや』の前も、向かいの乾物屋の前も、いやいや、それどころじゃない。蔵前通りまで、人波が続いている。節句前の混雑だって結構なものなのに、それをはるかに越えている。たしかめるまでもないけれど、皆、男だ。

お瑛の脳裏に、お花の姿が浮かぶ。たしかにきれいな女《ひと》だった。でも、これほどの騒ぎになるとは思わなかった。

皆、手になにかを握りしめている。眼を凝らして見ると、あの引き札だ。

「開店まで、半刻（約一時間）だ。さあさ、こっちに並んで並んで。通りに広がっちや迷惑だよぉ」

大戸を下ろしたままの乾物屋の前で大声を張り上げているのは……清吉だ。

まったく、自分ちの商売をうっちゃってなにをしているのやらと、お瑛は呆れた。

「お瑛、起きてるかい」

階下から長太郎の呼び声が聞こえ、続けて梯子段《はしごだん》を上がって来る音がした。

「いやあ、まったくすごい騒ぎだよ。人が引くまで店は開けられないどころか、表に出ることすらできないよ」

長太郎も呆れ顔だ。

「どうしたものかねぇ」

「お店開きの日だもの、しようがないけど。それにしても驚いた。やっぱりすごい人気者だったのね、兄さん」

お瑛は長太郎を仰ぎ見る。

「そうだねえ、私も仰天したよ。ははは」

長太郎は、なにやらとぼけたようにいった。

「でもこれじゃあ、しじみ売りも、豆腐屋も商売上がったりだ」

長太郎のいうとおり、これだけ人がひしめき合っていたら、振り売りなんか通れるわけがない。お客だって寄り付けない。

「今朝は、納豆はなしだなぁ。ご飯に梅干しだな」

結局、長太郎は清吉からの頼みをのらりくらりとかわして、引き札配りに駆り出されることはなかったが、清吉の話だと両国から浅草、日本橋あたりまで千枚ばら撒《ま》いたという。

それにしたって、この盛況。うらやましいも、憎たらしいも通り越して、馬鹿馬鹿しいほどだ。

ほんとにあたしはちゃんと目覚めているのかしらと、お瑛は自分の頬をつねった。

「まあ、あんなことされちゃねぇ。集まらないわけがない」

長太郎が連子窓越しに外を見つついった。

「あんなことって？」

お瑛が長太郎のきれいな横顔を見る。

引き札さ、と長太郎が微笑んだ。

「あの引き札には通しの数が振ってあるんだよ。開店から三日の間、富くじよろしく、籤《くじ》が行なわれるんだな」

お瑛は眼をぱちくりさせながら、そういえばと思った。仕入帖《ちょう》にあった引き札の上のほうに『一』とあった。

「籤？　なにか当たりがあるの？」

「そう。もちろん四文のお菜、どれかひとつ必ず買わなきゃならないけどね」

それは別にいいだろう。だってお菜を売っている四文屋なんだから。お瑛はますます不思議な顔を長太郎へ向けた。

「串ものがおまけにつくとか」

そんなんじゃないさと、長太郎は苦笑しつつ、自分の掌をいきなりお瑛の唇に当てた。

面食らったお瑛は、身をのけぞらせ、頬を染めた。

「なにするのよ、兄さん」

「これだよ。私の掌が引き札。お瑛が女将のお花」

お瑛の頭がこんがらがった。兄さんの手が引き札で、あたしがはなまきの女将……。

兄さんの掌、あたしの唇。

そういうことかと、お瑛は口をあんぐりあけた。

「そう。引き札を花魁、じゃなかった、女将の唇にあてて、役者の押《お》し隈《ぐま》ならぬ、押し紅が取れるってわけさ」

一日五人。三日で十五人が、その幸運にあずかれると、長太郎はいった。

はああ……。

思わず知らずため息を吐いていた。

ばっかみたい。それ欲しさに、ああして集まって来たってわけだ。

鼻の下を伸ばして、助平心丸出しで。

まったく、男って、しょうがない。

そりゃあ、裏店住まいの者たちにとっては、元だろうがなんだろうが、花魁は高嶺《たかね》の花には違いないけれど……でもと、なんとなくお瑛は哀《かな》しくなった。

吉原を退いても、そんなふうに自分を見世物のようにしなくちゃならないんだろうか。

もちろんお瑛は吉原なぞ知らない。けれど、身を削って、女を張って生きてきたんだろうから、もう静かに暮らしたいと望んでもいいのに。

「ねえ、兄さんは行かなくていいの？　せっかく『一』の引き札をもらったのに」

お瑛は横目で長太郎をさりげなく見やった。

えっと、長太郎があわてた顔をする。

「仕入帖の間に挟んでありましたけど」

「そうか。すっかり忘れていたなぁ」

しらじらしいと、さらにお瑛は長太郎を見つめた。

「お花さんから、直にいただいたんでしょ」

「それは、たまたまだよ、たまたま。いつだったか、女将が店のようすを見に来て……ほら、お瑛の代わりに店番をしていたことがあったじゃないか、そのときにね。だから私はべつに……」

長太郎はきまりが悪そうに、目尻の辺りを軽く掻いた。さあ、朝餉《あさげ》にしようといきなり声を張り上げて、身を返す。

「ああ、そうだ。昨日、仕入れた扇子と笠《かさ》があったろう。これから、陽が強くなるからね。きっと売れるよ」

長太郎は鼻歌まじりで、梯子段を軽やかに降りていった。

お瑛は長太郎を見送りながら、得心した。

昨日、舞扇《まいおうぎ》と立派な編み笠をたくさん仕入れてきたのは、このためだったのだ。

いい加減な性質だけれど、やっぱり商才はあるのかしらんと、お瑛は布団を畳み、寝間着を着替えながら、くすりと笑った。

長太郎の読み通り、はなまきに集まった客のおかげで、扇子も笠も飛ぶように売れた。

「ほら私の見込み通りだったろう」

鼻高々で長太郎は仕入れに出て行った。

通りの喧噪《けんそう》が引けたのは、四ツ（午前十時頃）の鐘が鳴り終えた頃だったが、お菜はすべて売り切れて、早々に店じまいとなった。

店が開いて、女将《おかみ》のお花が出て来たであろうときには、どよめきと歓声が上がり、当たり籤が読み上げられたときは、もうもう地鳴りかと思うほど、落胆と歓喜と、なんだかわからない声が青い空高くに響き渡った。

押し紅をもらった客はひと目で知れた。その男の周りを他の客が取り囲み、大騒ぎしていたからだ。取られてなるかと、胸に抱えれば、いけすかねえ奴《やつ》だ、けちんぼだと罵《ののし》り声が上がる。

これがあと二日続くのかと、お瑛はうんざりした。

はなまきが店開きする前日、お花ではなく、代わりに四文屋の手伝いをしているという、五十半ばほどの老女が、引っ越しそばを届けにきた。

遠慮がちに「ご迷惑を、おかけします」と、深々腰を折っていったが、たしかに一分迷惑だった。

日にちが経《た》てば、少しは客も引いて落ち着きを取り戻すだろう。でも、はなまきのおかげで人通りが増えることはたしかなようだ。

悔しいけれど、清吉のいうように、持ちつ持たれつになるのかもしれない。

「なんでもかでも三十八文。あぶりこかな網三十八文。枕、かんざし三十八文。はしからはしまで三十八文」

お瑛が売り声を上げると、

「今日も暑いの」

扇子で襟元に風を送りながら、森山孝盛《もりやまたかもり》さまがやってきた。

「おいでなさいまし、ご隠居さま」

いってから、お瑛ははっとして平伏した。

「申し訳ございません」

ご隠居さまは、眼を細めた。

「構わん、構わん。これまでと同じでよい」

ご隠居さまは、お瑛兄妹の面倒をみてくれた柚木の常連だ。元は御先手《さきて》鉄砲頭で、火付盗賊改《あらためかた》方の御頭《おかしら》(長官)も務めた後は槍《やり》奉行を拝命した。隠居をしていたわけ

ではないが、

「城中にある槍の本数を数えるだけの閑職だ。隠居も同然でなぁ」

といってはばからないお方だった。だから柚木では、皆が、遠慮なく森山さまをご隠居さまと呼んでいた。お瑛もそうだった。なんとなく偉い方なのではないかと感じてはいたが、益次の一件を収めてくれたとき、初めてほんとうのことを知り、仰天した。

それを知っていながら教えてくれなかった長太郎を、いまもちょっとだけ恨んでいる。

「森山さまなどと、かしこまられると、わしもこのあたりがこそばゆい」

ご隠居さまは首筋に手をあてた。

「では、いままで通り、ご隠居さまとお呼びいたします」

うむ、と顎《あご》を引き、ご隠居さまが、ちらと軒下の看板を見上げた。

「おかげさまで、以前とは比べ物にならないほどの看板になりました」

お瑛は、頭を下げた。

看板を大きくするにあたり、屋号の筆は、ご隠居さまにお願いしたのだ。

「なに、拙筆ですまぬな。長太郎の筆の方が、味わいがあったが」

「いいえ、味わいなんていわれたら、兄さんが図に乗ります。ただの下手っぴいです」

そういうものじゃないぞと、ご隠居さまは、さりげなく後を振り返った。大きく『本日売り切れ』と貼《は》り紙され、すでに大戸を下ろしたはなまきを見たようだ。

「やれやれ、とんだ騒ぎだったようだの」

「ご存じなのですか」

ふむと、ご隠居さまが軽く口許《くちもと》を歪《ゆが》めた。

「引き札がだいぶ噂《うわさ》になっていたからな。誰が書いた筋書きかはわからんが、押し紅とはな、よう考えたものよ」

うかれた男どもが大層、集まったろうと、笑った。

「それはもう。まるで出開帳《でがいちょう》のような騒ぎでしたから」

「なるほど、言い得て妙だの、さしずめ吉原観音、か」

えっと、お瑛は下を向く。

これは失敬と、ご隠居さまは閉じた扇子で自分の額を叩《たた》いた。観音は女陰の隠語にもなっている。

「他意はないぞ、うむ。わしは素直にいったまでのこと。それほど美しい女性《にょしょう》だと耳にしていたのでな。そのうち、わしも覗《のぞ》いてみたいものだ」

うむうむと、ご隠居さまは照れ隠しのように、幾度も頷く。そのようすが、なんだか可愛らしくて、お瑛はくすくす笑った。

「さてさて、本日はなにがあるかな」

ご隠居さまはわざとらしいほど威厳のある声を出して、揚げ縁の品物へ視線を落とす。

右側に並べて置いた書物に眼を止め、

「ほう合巻本がまとまってあるの。漢籍もか。なになに『鼻下長物語』か。ははは、これはよい。このあたりに溢《あふ》れていそうだな」

お瑛は思わず身を乗り出した。

「ご隠居さまもそう思われますか。ほんとに大変なんです。皆、でれでれしちゃって恥ずかしくないのかしら。ほんとに自分の顔を鏡で見てみたらいいのにと思います」

それは手厳しいと、ご隠居さまは笑みを浮かべた。

「長太郎もかえ」

お瑛はちょっと思案しながら、長太郎のことを告げた。

「なるほど。吉原に通い詰めていたときに揚げたことがあるのか。で、四文屋の女将も長太郎を覚えているようだ、と」

ご隠居さまが、眉《まゆ》をひそめた。

「でなければ、『一』番の引き札なんてあるわけないです。それに女将のお花さんはあたしの名も知っていたのですから」

「まあもう数年経っているのだ。お瑛が気に病むこともなかろう」

そうなんですけどと、もじもじしながら、ご隠居さまを上目遣いに見つめ、

「ご隠居さま、その……男の人って、昔のことでも、心に残っているというか、忘れ切れないものでしょうか」

言葉を選びつつ、小声で問うた。

ご隠居さまは、お瑛のようすに眼を細め、微笑んだ。

「お瑛。四文屋の女将は、花魁《おいらん》まで登り詰めた女性だぞ。吉原は吉原。外は外。きちりとわきまえておるだろうて」

心配ない心配ないと、楽しそうに笑った。

そうか。お瑛はお花の姿を思い出す。色香の中に凜としたものを感じた。吉原の花魁は昔ほどではないけれど、どんなお偉いお方のお相手も出来るように、琴、三味線などの芸事はむろんのこと、和歌、古典、書道、茶道などの教養を幼い頃から仕込ま

れるという。

ただ男を惑わすだけの女ではないのかもしれない。

「さて、わしはこれとこれを購《あがな》っていこうかの。まとめて三十八文かえ」

「あら、それはおやめになられるのですか」

ご隠居さまは『鼻下長物語』を置いた。

「早口言葉は苦手ゆえな。鼻下。つまり口だな。その口からついて出る長い物語の意だ」

「鼻の下が長い男の物語かと思っていました」

お瑛は、自らの勘違いに顔を赤くして俯《うつむ》いた。

ご隠居さまはさも嬉《うれ》しそうに目尻《めじり》の皺《しわ》を深くすると、元は『御伽草子《おとぎぞうし》』にある『秋夜長物語《あきのよながものがたり》』をもじったものだといった。

ご隠居さまはやっぱり物知りだとお瑛は感心しながら、銭を受け取った。

四

先夜に降った雨のせいで、朝からひどく蒸し暑い。地面にしみ込んだ雨が、ゆらゆらと陽炎《かげろう》のように立ち上っている。

蟬《せみ》もうるさいくらいに鳴いていた。

はなまきの開店から五日が経って、引き札騒ぎは収まったが、それでも客は引っ切りなしで、昼前には売り切れて、店じまいを始める。女将のお花は店座敷に座って、なまめかしい笑みを絶やさず、お客の相手をしていた。ときどき煙管《キセル》をふかしたり、ときには三味線をつま弾いたりしている。目尻を下げ、口を半開きにした腑《ふ》抜《ぬ》けた顔が居並ぶ様はなんだか、滑稽で情けない。近所でも評判の小言爺《こごとじい》さんまで、他の客と雁首《がんくび》揃えて見とれていた。

お菜は、ほとんど手伝いの老女が作っているという話だが、味見はお花の仕事だから、お花が作っているのも同じことだと、男どもは力んでいる。

もうため息すら出ない。

「お店によく置く招き猫みたいなものよ」

左官の女房が険のある声でいった。

「だいたいなんで花魁が四文屋なのさ。わけがわからないね。相当なお大尽に落籍《ひか》されたっていうけどさ、道楽でしかないわよね」

お瑛は黙って耳を傾けていた。

「大方、妾宅《しょうたく》にこもってばかりじゃ飽きがくる、四文屋なんてのもちょいと面白そうだから開いてみるでありんすってなもんでしょう」

ねえ、お瑛ちゃん、腹が立たないのと、女房が妙に絡《から》んでくる。

噂に聞いた話では、亭主が引き札の籤に当たったという。

笹紅《ささべに》の唇がくっきり付けられた引き札をお守りのように、胸元に入れて歩き、居酒屋や飯屋で自慢げにみせびらかしているらしい。

お花の唇の感触を忘れねえためだと、手も洗わないから、しようがない。女房がとさかにくるのも頷《うなず》ける。

「それに知ってた？」

女房は揚げ縁に身を乗り出して、小声でいった。

「あのお花って女将、吉原生まれの吉原育ちなんだって。そんな処《ところ》で育った人が世間に出てやっていけるわけないじゃない、ねぇ」

へえと、お瑛は感心した。お花の生い立ちもだけれど、この女房の耳の早さもだ。

「四文なんてお足とも思わないんじゃないかしらねぇ。暇つぶしにお店なんかやられちゃたまらないわよ」

さんざんしゃべりまくって、結局なにも買わずに帰っていった。

まあ、愚痴をこぼしたくなるのもわからなくはない。たしかに三十八文の煙管を買うのに一分金を平気で出すような人だ。

お瑛がちょっとばかり気の毒になったところに、手に提げた巾着を揺らしながら、若い男が内股《うちまた》で懸命に走って来た。

藤紫《ふじむらさき》の絽《ろ》の羽織をひるがえし、細面の顔にたっぷり汗を掻《か》き、『みとや』の前で立ち止まると、揚げ縁に飛び乗る勢いで、

「長太郎兄さんはいるかい。あたし、寛平だよ。寛平。あんたお瑛ちゃんでしょ」

大きな眼の玉をぐりぐりさせていった。

「ああ、湯屋でよく会う、呉服屋の」

お瑛は、後に少し仰《の》け反《ぞ》りながら、息を呑《の》んだ。

「兄さんはまだ仕入れから戻っていません」

「ああ、まったくもう」

巾着の紐《ひも》を両手でもどかしげに引きながら、後を見た。

「あすこよね、はなまきって四文屋。ねえ、もう店じまいしちまってるけど、花魁はいるかしら、あすこに」

「いいえ、あたしは存じません。お婆《ばあ》さんがいるのは見たことがありますけど」

「ああ、そうなの。じゃあ、花魁はどこに住んでいるか知ってる？」

さあ、とお瑛は首を傾《かし》げた。

寛平は、大きく息を吐く。

「ならさぁ、お瑛ちゃん、長太郎兄さんはいつ戻るかしら」

「決まっていません」

お瑛が応《こた》えると、寛平は唇をひん曲げて身悶《みもだ》えする。

「それじゃあ、困るのよ。間に合わないの。あたしのね、中里《なかさと》がさ、お武家に身請りされちまうっていうのよ。それも酷い話でね、ちょっと聞いてるの、お瑛ちゃん」

えっと、お瑛は肩をすぼめた。おしゃべり男だと聞いていたけれど、ここまでまくしたてる人だとは思わなかった。

しかも声が大きい。

「だからね、どこかのお旗本に身請けされちゃうの。せっかくお父っつぁんが許してくれたのに。あのね、中里っていうのは」

醤油《しょうゆ》屋の幼馴染みだったが、父親が死んだ後、番頭に店ごと乗っ取られ、母娘は行方知れず。

「あたしはね、お里……中里のほんとの名だけど、子どもの頃、親同士が決めた許《いい》嫁《なずけ》だったの。あたしたちもね、お互いちっちゃな小指を絡ませて、夫婦の約束交わしたんだもの。でも、お里はなにもいわずに、いなくなっちまったの。だから、懸命に捜したのよ。それこそ裏店《うらだな》の隅から隅まで。でも見つからなくて、ようやく吉原にいることがわかったの。だからね、百両積んで身請けしたいって、廓《くるわ》に行ったわけ」

寛平は、いきなり揚げ縁から手拭《てぬぐ》いを一枚取ると、目許を拭い始めた。

三十八文払ってくれるかしらと、不安になりながら、お瑛は渋々寛平の話に耳を傾けた。

「そこの忘八《ぼうはち》（廓の主《あるじ》）はね、よござんすってふたつ返事で受けてくれたの。お里も泣いて喜んでくれたのよ。二日後に迎えに来るという約定を交わして」

その二日後の今日、百両を納めに吉原へ赴くと、中里は身請けが決まったという。

「冷や水ぶっかけられたみたいだったわよ。一昨日の今日でなんの心変わりかって、あたし、忘八を問い詰めて、お里と話がしたいっていっても、取りつく島もないの」

お里が旗本を選んだという。

相手も百両を積んだらしい。

「お里はあたしのことなんか、どうでもいいのよ。お武家の妾《めかけ》を選んだの。悔しくて悔しくて。百両は置かずに戻ってきたのよ」

その場にしゃがんで、おいおい泣き始めた。

往来を行く振り売りが、ぎょっとして立ち止まる。お瑛は、あわてて膝立ちになって、

「あの、寛平さん、こちらに上がってください。兄さんが帰るまで待っていてくれませんか」

寛平に声を掛けた。

きっと顔を上げた寛平は、「ええ、そうさせてもらうわね」と、すっくと立ち上がり、

「あたしはね、お里にひと言だけいってやりたいのよ――」

潤《うる》んだ瞳《ひとみ》を真っ直ぐ向けて、

「幸せは身分じゃねえってな」

細い眉を寄せ、いきなり低い声でいった。

これまで、なよなよした言葉だったのがいきなり男っぽくなった。

まったく兄さんの友達はと、お瑛が息を吐いたとき、

「おや、寛平じゃないか。お里ちゃんは、無事、連れて帰れたかい」

長太郎が戻って来た。その途端、

「あれ、長太郎兄さん。悔しいのよ、聞いて」

踵《きびす》を返した寛平は、長太郎に向けて、背筋がぞわりとするような甘え声を出した。

店座敷に上がり込み、寛平の話をすっかり聞き終えた長太郎は、唸《うな》って腕を組んだ。

「相手が旗本で、お里さんが決めたというなら、おまえの出る幕はないなぁ」

「だから、兄さんのとこに頼みに来たんじゃない。お里は、そこのさ、四文屋の花巻花魁と見世が同じで、ずいぶん面倒を見てもらったらしいの。なんとかお里に会わせてほしいとお願いしてよ。最後に文句のひとつもいってやらなきゃ気が済まないの」

あたしを見て泣いたのも、あれは嘘《うそ》泣きに違いない、廓勤めに染まって、お里はもう昔のお里じゃなくなったのだと、憤《いきどお》る。

お瑛は話を背中で聞きながら、ほんとに愛想尽かしをされたんだろうかと思った。懸命に自分を捜しに来た許嫁を、相手がお武家だってだけで袖《そで》にするだろうか。寛平の前で泣いたのだって、ほんとの気持ちからじゃなかろうか。

廓勤めに染まったなんていい方はひどすぎる。そんなに女の心は単純じゃないもの。きれいだからって、鼻の下を伸ばして間抜け面《づら》しているわかり易《やす》すぎる男たちとは違う。

お里という女《ひと》が、寛平の身請けを断ったのには、きっと事情があるに違いない。寛平のことが好きだからこそ、なのかもしれないけれど……この若旦那《わかだんな》に惚《ほ》れるのは、ちょっと遠慮したいとお瑛は思った。

うーん、としばらく考え込んでいた長太郎が、

「わかった。お花さんに頼んでやるよ」

いきなり立ち上がった。

えっと、お瑛は振り返る。

「あれ兄さん、恩に着るよ」

寛平が足下にすがった。

「お瑛、ちょいとこれを借りていくよ」

長太郎が揚げ縁の黄表紙を手にした。

『鼻下長物語』だ。

「兄さん、どうするの、それ」

「ま、いいからいいから。相手がお武家じゃ正面から訴えても勝ち目はないからね。ちょっと趣向を凝らそうと思ってね。お花さんの力を借りるのさ」

長太郎は、頰を緩めて三和土《たたき》に降り立った。

「寛平、今日のところはひとまず家に戻って、百両を手元に待っておくれ」

恩に着るわと、寛平は期待に満ちた眼で、長太郎を見つめた。

五

なんで、あたしがと、お瑛は心のうちでぶつぶつ文句を垂らしながら、櫓《ろ》を動かしていた。

乗っているのは、元花魁の花巻ことお花だ。

大川端《おおかわばた》にある料理茶屋の帰りだ。

長太郎には、くれぐれも乱暴に漕《こ》ぐんじゃないぞと釘《くぎ》を刺されている。

乱暴なわけじゃない。ただ、勢いがついちゃうだけなのにと、お瑛はゆっくり腕を運ぶ。

「ああ、川風が気持ちいいこと」

お花が呟《つぶや》いた。白地に流水模様の小袖がよく似合っている。

「まさか、お瑛ちゃんが舟を漕ぐなんて思いも寄らなかったけど……わっちのことは、長太郎さんから聞いている？」

「いえ、なにも」

「そう」

お花がほつれ毛を白い指でそっと撫《な》で付けた。その横顔に憂《うれ》いが宿っている。

「わっちは、廓の中しか知らなかったから、旦那に引かされて、町に出たときはもうあちこちが物珍しくてしかたなくてねぇ」

世間に出たからには、廓言葉も懸命に直し、物の買い方も覚えたという。

「けど、ときどき出てしまうのだけど。でもまさか、長太郎さんがあのことを覚えていたとは思いも寄りんせんでした」

お花は、ふふっと身を折った。

まだ花魁が新造の頃で、長太郎が十六になったばかり。

「勝ち気なお人でありんしたから、芸事でも歌でもわっちに負けまいとして。とうとう出してきたのが、あの黄表紙」

早口言葉なら、誰でも唱えられるから、これで勝負だと息巻いて、『鼻下長物語』を広げて互いに一晩中、早口言葉の言い合いをしたのだという。

「あのときはしんから楽しかった。町場の子どもは、こういう遊びをするのだと長太郎さんはいいんした。たぶん、わっちが廓育ちだということをどこかで聞いたからこしょう。あんなお人は初めてでありんした。ほんとうに廓にいることなど忘れてしまうくらい、童《わらべ》に戻って」

お花が笹紅の唇に笑みを浮かべた。

だからって、お旗本相手に早口言葉の勝負を挑むなんて、ひとつ間違えれば無礼打ちにされるところだ。

相手になるのが、元花魁のお花だったからこそ、旗本も面白がってくれた。もっとも立会人がご隠居さまだったから、断ることなど出来やしなかっただろうけど。

「そりゃさ、ご隠居さまに間に入ってもらえれば、どうってことはないさ。でもそれじゃ遺恨を残すだろう。なら、お武家と戦うにはどうするか。そこで思いついたんだよ」

長太郎は得意げに胸を張った。

もちろん、旗本はしどろもどろで舌が回らず、噛《か》んでばかり。三回勝負のすべてをお花が取って、皆で料理を食して終わった。

中里のことは惜しいが、勝負に負けたのだから潔《いさぎよ》く諦《あきら》めると、旗本はいった。むしろお花と早口言葉勝負が出来たことが自慢になると、上機嫌で料理茶屋をあとにした。

それより、許せないのが廓の忘八だ。呉服屋の妻女に収まれば、吉原の遊女だと、馬鹿にされ、蔑《さげす》まれ、お店も傾き、きっと苦労する。お武家の妾暮らしのほうが楽でいい。妾腹でもあわよくば跡継ぎになれると、上得意の旗本の顔を立てるため、お里によくよく言い含め、無理やり得心させたのだ。

「法性寺の入道前の関白太政《だじょう》大臣様の事を、法性寺の入道前の関白太政大臣殿と言ったれば、法性寺の入道前の関白太政大臣様が大《おお》いにお腹をお立ちなされたによって――」

お花が突然、唱え始めた。

兄さんと同じ早口言葉。あれよあれよと言葉を連ねていく。ほんとうに舌がよく回る。

「――法性寺の入道前の関白太政大臣様。なんぼ春永《はるなが》でも、かえしては言われぬ。よず一盃《ぱい》たべて中そう」

お花は、すべていい切ると、目尻を指で拭った。

「でもよかった。お里がほんとうに惚れたお方の処へ行けて。わっちがずっと可愛がっていた新造だったから」

じつは、お里自身も、妻女に収まる事を、躊躇《ちゅうちょ》していたらしい。きっと寛平に迷惑をかけるだろうと、身を退《ひ》くつもりだったという。

「わっちを捜し続け、まことを伝えてくれただけで、嬉しかったから。もうそれだけで十分でありんした」

旗本とお花の勝負が終わった後、お里は寛平に寄り添いながら静かにいっていた。

でもねぇと、お花がお瑛を振り仰ぐ。

「あの寛平という若旦那は、わっちはちょいと苦手だけど」

「あたしもそう思います」

「あらまあ、同じだ」

ふたりで顔を見合わせ、声を上げて笑った。

提灯《ちょうちん》を提げた屋形船、その周りに物売りのうろうろ船。荷船の船頭がお瑛に手を振る。

「今日はいやにのんびりじゃねえかぁ」

船頭が大声を張り上げた。

「へえ、お瑛ちゃん、もう顔なんだねぇ」

「そんなこと」と、お瑛は顔を伏せた。

「あれ、風が収まっちまったねぇ。気持ちよかったのに」

「お花さん、なら風を作りましょうか」

えっと、お花が振り向いた。

「しっかり摑《つか》まっててください」

お瑛は、ぐっと腰を入れて、櫓を押した。

お花の顔が一瞬強《こわ》ばる。

お瑛の舟が大川《おおかわ》を裂きながら滑っていく。しぶきが飛び、速さがぐんぐん増す。

お花は怖がるどころか、嬉しそうに笑い始めた。お瑛は驚いた。兄さんも益次も、みんなあたしの舟を怖がったのに。

「これが町場の娘船頭ですよ」

「気持ちいいねぇ」

お花が声を張る。目尻から光ったものが風に飛んでいった。

お瑛は、店座敷に座って、あの錦絵《にしきえ》を眺めていた。見れば見るほど、知っている景色だと思う。

「お瑛ちゃん、筆おくれ。お花姐《ねえ》さんから頼まれちまって」

清吉がやって来た。相変わらずはなまきの世話をしているようだ。

鼻の下がまだ伸びっ放しだ。

「筆より、鏡がいいんじゃないかしら」

え、なんだってと、皮肉も通じないようだ。

「あれ、その錦絵のさ、娘のほう、お瑛ちゃんによく似てやがるなぁ。子どもの頃はそんな顔してたんじゃねえか」

「まさか。それよりおっ母さんが似ていると思ったのよ」

「んじゃ、お瑛ちゃんとおっ母さんってことだ」

「おいおい、清吉さん。くだらないこといってないで、ほらお花さんが待ってますよ」

仕入れに出掛ける支度を終えた長太郎が奥から出てきていった。

「おっと、いけねえ」

清吉は銭を揚げ縁の上に置くと、筆を一本握りしめ、裾《すそ》をからげて駆け出した。それを見送る長太郎の横顔が厳しい。なぜ、そんな顔をするのだろう。やはり、この錦絵になにかあるのじゃないかと疑ってしまう。

「兄さん？」

「ああ、なんだい？　それより、お瑛。その錦絵、まだ後生大事に持っているのかい？　不思議でならないよ」

だって、とお瑛はいい淀《よど》む。長太郎が軽く息を吐いた。

「それじゃ、お瑛。店番を頼むよ」

うんと、お瑛は頷いた。

兄さんは行ってくるよとは決していわない。

お父っつぁんとおっ母さんが「行ってくるよ」といって、橋の崩落で死んだからだ。

帰らないのに、行ってきますは、待つ者にとって辛《つら》過ぎる。

「法性寺の入道前の関白太政大臣様の事を、法性寺の入道前の関白太政大臣殿と言ったれば、法忤寺の入道前の関白太政大臣様が大にお腹をお立ちなされたによって——」

お瑛が、早口言葉を口にする。

長太郎が、草鞋《わらじ》をつけながら相好《そうごう》を崩した。

「ははは、まったく早口じゃないなぁ。それじゃ遅口だよ」

お瑛は、ぷんと横を向いて、

「なんでもかでも三十八文。あぶりこかな網三十八文。枕《まくら》、かんざし三十八文。はしからはしまで三十八文」

早口でまくしたてた。

とんとん、かん

一

ずいぶん空が高くなった。

吹く風に季節の移ろいを感じられるようにはなったが、お天道様《てんとう》は中天で、まだまだ輝いている。

お瑛は、柳橋の料理茶屋『柚木《ゆずき》』の裏口にある船着き場にしゃがみ込み、もう四半刻《しはんとき》(約三十分)近く、船大工の茂兵衛《もへえ》の仕事を眺めていた。

柚木の女将《おかみ》お加津は、店と家を借金のかたに取られ、途方に暮れていた長太郎お瑛兄妹の面倒を見てくれた大恩人だ。

お瑛にとって、柚木は二番目の家みたいなものだし、あらためて口に出したことはないけれど、お加津のことは母親のようにも思っている。実際、「お瑛ちゃんがお嫁に行くときには、あたしが送り出してあげるから」と、お加津はいってくれている。

それでも、甘えてばかりはいられない。兄の長太郎と茅町に開いた『みとや』を繁盛《はんじょう》させることが、恩返しだと思っている。

ひと月前、斜め向かいに四文売りの総菜屋ができた。吉原の花魁《おいらん》だったお花が開いたその『はなまき』は、すっかり軌道に乗って、もうずっと前からそこにあったかのように、でんと構えている。

相変わらず、お花は店座敷にゆったり襟元をくつろげながらお客の相手をしている。おかげで、以前より人通り——といっても、ほとんどが、はなまきの総菜より、お花見たさの男だけれど——が増え、『みとや』の売り上げにも、しっかり反映されている。

江戸は、男のほうが女よりもずっと多い。どれだけ多いかしれないが、とにかく多い。だから、煮炊《にた》きなんか滅多にしない男どもにとって総菜屋はなくてはならない。総菜屋が繁盛するのは、それればかりではない。家でなるべく火を使わないためだ。火事と喧嘩《けんか》は江戸の華なんて、ちっとも威張れたものではないけれど、数年に一度は大火に見舞われ、着の身着のまま焼け出されることもある。

つまり、火の用心、というわけだ。

男どもは、四方八方、神田《かんだ》や芝からもいそいそとはなまき目指してやって来る。道すがら、幾軒もあるだろう他の総菜屋を通り越して来るのだから、その熱心さには、お瑛もちょこっとだけ感心している。

そうしてお花の四文屋で総菜を買った客たちが、帰りしな『みとや』にひょいと立ち寄ってくれる。時節柄、ほとんどが手拭《てぬぐ》いとか、扇子とかだけれど、それでも確実に売り上げは上がっていた。

でも、お瑛はなんとなく不満だ。

ようは、おこぼれに与《あずか》っているからだ。

そのうえ、意外なことに、裏店《うらだな》の女房たちの姿をはなまきの店先で見かけるようになった。お花がいない昼餉《ひるげ》どき、手伝いの老婆《ろうば》が店番をしているときに限って買うのだ。

「結構、美味《おい》しいのよぉ。青菜の煮浸しなんかさ、ちょっとした料理屋の味」

もっとも料理屋なんか行ったこともないけどさぁと、お瑛に、お花の文句をさんざんいっていた左官の女房もだ。

「けどさ、お花から買うのは嫌なのよ。でも美味しい物は、美味しい、そこが悔しい」と、ちょっぴり本音を覗《のぞ》かせる。

お瑛もじつは、はなまきの総菜を口にしていた。いつだったか、お花がおすそわけ、と持参してきたのだ。

串《くし》に刺した焼きあさりにたれを塗ったものと、小松菜の胡麻和《ごまあ》え、それと甘い玉子焼き。

たしかに器にきちんと盛れば柚木でもすぐ客に出せるような味だった。老婆が作り、味見はお花だと聞いてはいるが、やはり吉原にいた分、舌が肥えているのだろう。

そのお返しを訊《たず》ねると、

「また、お瑛ちゃんの舟に乗せて」

笹紅《ささべに》を引いた唇に笑みを浮かべて、背を向けた。その瞬間、ふわっといい香りがした。

お花みたいに、錦絵《にしきえ》から抜け出てきたような美人なら、襟をぐいと抜いて、にっこり笑って座っているだけでいいけれど、大福餅《もち》にちんまりした目鼻の持ち主では、てんでお呼びはなさそうだ。

なにか、うらはうちらしい商いとか、世間にお披露目出来るようなことはないかしらと、思案顔をしていると、必ず長太郎が、「考え過ぎは皺《しわ》の元だよ」と茶々を入れてくる。

はあ、とお瑛は、船着き場でため息を吐《つ》く。

茂兵衛は、お客の送迎に使っている猪牙舟《ちょきぶね》の修理をしていた。かなり古い船で、横板の継ぎ目から水が滲《にじ》んでくるのを直しにきたのだ。

お瑛の姿をみとめた茂兵衛は、薄い唇をわずかに上げただけで、あとは黙々と仕事を続けている。

ちょうなや鉞《まさかり》、木槌《きづち》を使って、木を割り、削り、叩《たた》く。

傍らに置いてある道具箱の中には、幾本もの鑿《のみ》や鋸《のこぎり》がきれいに収めてある。お瑛はそれを見る度、感心する。年季の入った道具の柄は飴色《あめいろ》だけれど、刃はいつも銀のように輝いている。

職人が道具を大事にするのは当たり前だ。でも茂兵衛はほんとに愛《いと》おしんで手入れをしているような気がした。

「とんとん、かん」

金槌《かなづち》を打ちつける澄んだ音が、空に昇っていく。

お瑛は顎《あご》を上げた。

真っ青な空に、天女の羽衣のような薄い雲がたなびいている。

お瑛がまだ柚木で世話になっていた頃、茂兵衛が話してくれたことがある。

「とんとんとん」は、家大工が金槌を使う音で、「とんとん、かん」は、船大工だという話だ。

それを聞かされてから、普請場《ふしんば》に通りかかると、お瑛は立ち止まり、金槌の音に耳を澄ませるようになった。

へえ、ほんとだと、そのたんびに思う。

「拍子、だな」

茂兵衛は、なんだかどこかの偉い学者さんのように澄ました顔をした。もともと、茂兵衛は言葉数が少ない。肌も外仕事のせいで黒くて、皺の刻まれた細面の顔は険しく見える。けれど、船の話をするときだけはちょっと違う。お瑛が訊ねなくとも、独り言のようにぼそぼそ話し、ふとしたときに、向ける笑顔が優しい。

「おれは、家大工じゃねえから、よくわからねえが」

家大工は勢いをつけて、ひと息に打ち込むが、船大工は、一拍、力の加減を入れるせいかもしれないといった。

木材を扱う仕事だから、道具もさほど変わらない。まれに家大工が船大工を兼ねることもあるし、その逆もある。

でも、その職人の本職がどちらか、知りたいときには、金槌の音をたしかめればいいと、茂兵衛は皺の刻まれた頬を緩める。

茂兵衛は、荷を運ぶ弁才船《べざいせん》のような大きな船を造る船大工の親方だったが、還暦をとうに過ぎ、いまは深川《ふかがわ》に住んで、小舟の修繕をもっぱらとしている。

弁才船は二十年、小型の舟は十年ぐらいが寿命の目安らしい。

けどよ、お瑛ちゃんと、茂兵衛はしわがれ声で話した。

「ガタがきたから、うっちゃっておくなんざもってのほかだ。ちゃんと手入れをしてやれば、十年は寿命が延びる」

茂兵衛が携わった弁才船は、三十年近く経《た》ったいまも、海の上を真っ白な帆を揚げて走っているという。

「中作事《ちゅうさくじ》っていってなぁ、弁才船は十年過ぎてちょいとしたら、釘《くぎ》やらかすがいやらをあたらしくしてやるのよ」

そうしたら、また船は生き返るんだと、嬉《うれ》しそうに話す。

「けどよ、お瑛ちゃん、人はそういかねえのが悔しいなぁ。ちょこちょこっと悪い所を入れ替えることなんざできやしねえものな」

あたしも、このぺたんこな鼻が取り替えられたらいいのにと、お瑛が返すと、茂兵衛は、そんなのは悪い内に入らねえよと、慰めてくれた。

お瑛は抱えた膝《ひざ》に顎を載せて、茂兵衛の手許《てもと》を見つめた。

数十年もの間、船を造り、直してきた証《あかし》のように、節くれ立った太い指をしている。

でも、弁才船を造る親方まで務めた茂兵衛が、どうしていまは小舟の修理で細々と暮らしを立てているのだろう。造船場を持っていても、ちっともおかしくないのに。

お瑛は、再び息を吐く。

茂兵衛はまもなく安房《あわ》へ行ってしまう。

昔、自分の元で使っていた船大工が、仕事を手伝ってほしいと、いってきたのだという。

もしかしたら、茂兵衛の仕事も今日が見納めかもしれない。

安房へ旅立つ前に、どうしても頼みたいことがあった。でも、なかなかいい出せない。

兄さんにもいっていない。いったら、げらげら笑うのが眼に見えているからだ。

でもこれは、嫁入り前の娘としての一大事。お瑛は、軽く二の腕に触れ、口許を曲げた。

茂兵衛が金槌を打つ手を止め、

「で、なんの用だい、お瑛ちゃん」

ぼそっと呟《つぶや》くようにいって立ち上がった。

えっと、お瑛は顔をはずして茂兵衛を見上げる。

茂兵衛は額に巻いた手拭いを取って、首にかけると、堀で手を洗った。

「店を空けてて大丈夫なのかい」

「ええ、裏店に住んでる手習い塾の先生の息子さんに任せてきたの。直之《なおゆき》さんっていってね、お侍なのに、客あしらいも上手だし、算術も得意だから。ご贔屓《ひいき》だっているのよ。ちゃらんぽらんな兄さんよりよっぽど安心」

「侍の子が店番か。世の中変わったな」

茂兵衛は唇を軽く曲げ、濡《ぬ》れた手を拭いながら、船縁《ふなべり》に腰を下ろした。

代わりにお瑛が立ち上がり、客が舟を待つ間に腰掛けるための縁台に置かれていた盆を手にした。柚木で用意した急須《きゅうす》と湯飲み、それと茂兵衛が持参した弁当の包みが載せてある。

「おお、すまねえな」

茂兵衛は、お瑛が差し出した盆から弁当を取って、揃《そろ》えた膝の上に載せる。竹の皮包みを開くと、形の良い握り飯がふたつあり、その横には嘗《な》め味噌《みそ》が添えられていた。

茂兵衛はひとり暮らしだ。無骨な手で飯を握る茂兵衛の姿を思い浮かべながら、お瑛は茶を湯飲みに注ぐ。

それにしても、きれいな三角。

お瑛はなんの気なしに視線を向けた。

と、握り飯を口に運ぼうとした茂兵衛が、包みに残ったもうひとつをいきなりお瑛に突き出してきた。

「なんでぇ、食いたいのかと思ったよ」

お瑛が眼をしばたたくと、
茂兵衛が眼を細めた。

「やだぁ、あたし、そんなに物欲しそうな顔していた?」

「じっと、こいつを見ていたからよ。もう昼餉どきだ。腹も減る」

「食べたいのじゃなくて、きれいな三角だなって思っていたの。あたしが握ると、ぼた餅みたいに丸くなっちゃうから。兄さんなんか、これなら角も立たないって皮肉をいうほど」

「そいつは、うめえいいようだ」

「茂兵衛さんまで、ひどいわよ」

お瑛は、手にした盆を引っ込めた。

「すまねえ、すまねえ」

茂兵衛は握り飯を竹皮に戻すと、小声でいった。

「こいつはよ、同じ裏店のモンが握ってくれるのよ。向かいに住んでる女でな」

「あら、茂兵衛さんも隅に置けない」

「からかっちゃいけねえよ」

茂兵衛は、むっと口許を曲げた。

年寄りのひとり暮らしは心配だからと、差配がその女に世話を頼んでいるという。

そうなのと、お瑛は疑わしげな眼を向ける。

「爺《じじい》がいきなりおっ死《ち》んだら、いろいろ面倒だからだろうよ。差配も大変だ」

「縁起でもない。でも、こうしてお弁当まで作ってくれるのでしょう。いくら頼まれたとはいえ、きっと親切な人なのね」

お瑛は茂兵衛の横に並んで腰掛けた。

「嘗め味噌もその女《ひと》が？」

生姜《しょうが》味噌だと茂兵衛はいった。今時分の辛味が少ない生姜は、味噌と合わせると、ちょうどいい味加減になるらしい。

「お味噌だけ、いい？」

「構わねえよ」

お瑛は指を伸ばして、味噌を取る。舌に載せると、頬がきゅうっとした。甘くて、ぴりっと辛い。すごく、美味しい。

「女房が作ったのに、ちょいと味付けが似ていてな。ま、こんな味噌はみんな大差ねえかもしれねえが」

死んだ倅《せがれ》もこいつが好きだったんだよ、と茂兵衛は、ぼそりといって口を結んだ。

二

茂兵衛の女房は十年前、流行《はや》り病《やまい》で逝《い》き、ひとり息子は、二十年前に家を出たきりだと、お加津に聞かされていた。でも、死んだという話は初耳だ。

「息子さん、亡《な》くなってたの？」

お瑛がおずおず訊ねると、茂兵衛は、眉《まゆ》を少しだけ動かした。

「おれン中じゃとっくに死んでる」

ならどこかで無事に、と身を乗り出したお瑛の言葉を遮るように、

「で、用事を聞かせてくんない」

茂兵衛がいった。

「人に店番を任せてまで、のんきにおれの仕事を見物に来たわけじゃねえだろう」

それもあるけどと、お瑛は俯《うつむ》いた。

茂兵衛は、握り飯に嘗め味噌をたっぷり載せて、かぶりつく。その辛味に、頬をすぼめながらも満足そうな顔つきをしている。

お瑛は、ひと呼吸置いてから、

「じつは、お願いがあるんです」

顔を上げ茂兵衛へ向き直った。

ずいぶんとあらたまった物言いだ、といいつつ茂兵衛は白いものの混じる無精髭《ひげ》の生えた顎を引いて、お瑛を見る。

「櫓《ろ》を、替えたいと思っているの」

「壊れたわけじゃねえのだろう」

お瑛はわずかに俯き、頷《うなず》いた。

ふむと唸《うな》って、茂兵衛は握り飯をさらに頬張った。

たぷんと、堀の水が船を叩く音がする。

水面をすべる風が、お瑛のほつれた髪を揺らし、堀沿いの柳の枝が風に揺れて、しゃらしゃらと涼しげな音をたてた。

「いまより薄い櫓がほしいの」

茂兵衛は応《こた》えない。

「普通の櫓だとあたしには重たいのよね」

女の細腕だと、舟に上げるときも、ひと苦労。それで、櫓を替えたいと前々から思っていたと、お瑛は早口で話した。

「でも、お足がかかるでしょ。古い物で薄い櫓があれば、安く譲ってもらえないかなって。図々《ずうずう》しいお願いだけど」

茂兵衛はもしゃもしゃ口を動かすだけで、うんでもなければ、すんでもない。

お瑛は、不安に駆られて、そっと茂兵衛の顔を覗き見た。

別段、小難しい顔をしているわけでもない。

茂兵衛は、ひとつ目の握り飯を食べ終え、指についた飯粒をねぶった。

「まあ、たしかに、娘の腕に櫓は重いやなぁ。薄くしてぇ気持ちもわからなくねぇが。困っているのはお足のことだけかい？」

お瑛は、ちょっと唸った。やはり、ほんとのことを告げたほうがいいだろうかと、自問していると、

「腕ぇ、太くなったんじゃねぇのかい」

茂兵衛が唐突にいった。

ひっと、お瑛は肩をすぼませる。

図星だなと、嘗め味噌だけを口に運び、

「さっきから二の腕、揉《も》んでるからよぉ」

茂兵衛は、目尻《めじり》の皺を深くした。

そうなの、とお瑛は茂兵衛に向き直った。

「気がついたら、二の腕が固くなって、腕を曲げると、こぶができるようになっちゃったの。そんなの、嫌でしょ」

「しようがねえよ、櫓を押してるんだ」

「でも、嫁入り前の娘の二の腕に力こぶができるなんて知れたら、あたし」

いいながら、ちょっと胸が詰まった。痩《や》せっぽちの兄さんを腕一本でぶら下げられるようになったら、どうしよう。

思わず、お瑛は両手で顔を覆《おお》った。

「おいおい、大ぇ丈夫《で》かえ？　そらぁ困ったなぁ。ちいっとばかり古い櫓だが、おれの塒《ねぐら》にあるよ。少し削って、直せばまだまだ使える。そんなのだから、お足の心配もしなくていい」

「ほんと？」

お瑛は顔を上げた。

「どうせ使うことのねえモンだったんだ。お瑛ちゃんに押してもらえりゃ、櫓も喜ぶさ」

お瑛が、ほっとして笑顔を向けると、

「ただと知った途端、顔が明るくなったぜ、お瑛ちゃん。しっかりしてやがるなぁ」

軽く肩を揺らした茂兵衛が、けどよと、急に真顔になった。

「薄い櫓にするのは構わねえが」

茂兵衛が、速くなるぜと低い声でいった。

「薄くすりゃ、舟はもっと速くなる。そこは承知の上だよなぁ」

ちらりと横目を向けてきた。

「はい、知ってます」

お瑛は背を伸ばし、きっぱりいった。

「ふうん」

茂兵衛がふたつ目の握り飯を手にした。

「船頭の腕はもちろんだが、猪牙は、それでなくとも速《はえ》ぇ舟だ」

川を行く舟は色々ある。

屋形船などの周りで、水菓子や煮物などを売る、うろうろ船と呼ばれる荷足船《にたりぶね》や、沖に碇泊《ていはく》している弁才船の積み荷を陸へ運ぶ瀬取船《せどりぶね》などの小舟は、まとめて茶船《ちゃぶね》と呼ばれている。猪牙舟も、茶船のひとつだが、その中では小さいほうになる。

船体の全長は、大方の茶船が約二十四尺（約七・三メートル）ぐらいあるが、猪牙舟に限っては、幅がうんと狭い。五尺から六尺ほどある荷足船や瀬取船と違って、四尺と少ししかない細身の舟だ。

猪牙舟の特徴はなんといっても、船の先端部、水を切る舳先《へさき》を水押《みよし》というが、それが、ぐんと突き出していることだ。

いい、ちょきの由来は、長吉《ちょうきち》という船頭の名が訛《なま》ったものだとか、小さいことを意味するチョロが猪牙に転じたとかさまざまある。が、お瑛は、猪《いのしし》の牙《きば》が一番合っていると思う。猪のように猛進する舟というのも、ぴったりだ。

でも、細身の舟だから、すごく揺れる。揺れるから、いつ何時、川に投げ出されるかしれなくて、とても怖い。

けれど、どの舟よりも速い。

水面を切って、滑るように走る。

せっかちで、やせ我慢が大好きな江戸っ子に人気があるのはそのためだ。

船縁なんか摑《つか》んで、おっかなびっくり乗り込むのは、野暮といわれる。

猪牙に揺られて立ち小便ができたら、粋《いき》な遊び人らしい。

そんなたとえがあるのは、猪牙舟が山谷舟《さんやぶね》とも呼ばれるからだ。柳橋の下に、猪牙舟が幾艘《いくそう》もやってあるのは、そこから、山谷堀を上って、吉原へ行くためだ。

大勢の人を運ぶ乗合い船ではなく、

「ちょいと吉原まで行っつくんな」

と、ひとりふたりで使われる。

もちろん、行く先は吉原だけではないけれど、猪牙舟は、水上の駕籠《かご》屋みたいに利用されている。

「けど、聞いたところじゃ、お瑛ちゃんの舟は、もともと速ぇそうじゃねえか」

「そんなこと。あたしはいつでも……」

「それだけ櫓さばきが上手《うめ》ぇってことだ。力だけなら、男が勝るが、舟の扱いはそうじゃねえ」

茂兵衛は、握り飯を食べ終え、竹の皮の包みをきれいに折り畳む。

「ほんとのところ、二の腕の心配より、もっと速く押したいんじゃねえだろうな」

「まさか」

兄さんなんか、あたしの舟に乗る度、青い顔してるの、これ以上速くなったら、気を失っちゃうわよと、お瑛は笑った。

「無理はしねえと約束してくれるか」

「もちろんよ、茂兵衛さん」

お瑛はいいながら、視線を右に泳がせた。いまより速く進めるなんて、ほんとは胸が躍る。早く押してみたい。次第に顔が綻《ほころ》んでくるのを、懸命に押し止《とど》めた。

茂兵衛が珍しく声を上げて笑った。

「じゃ、二、三日待っつくんな。舟は浅草橋のほうだったな」

「ええ、そう」

茂兵衛は、盆の上から湯飲みを取った。

「お瑛ちゃんの頼まれ事が江戸で最後の仕事だな」

お瑛は眉根を寄せた。

「おれも歳《とし》だ。ひとりでいるのもちいっとばかしくたびれてよぉ」

「寂しくなるけど」

「ありがとうよ」

ま、向こうでも船大工は続けるさと、茂兵衛は口の端をわずかに上げた。

三

膳《ぜん》の上の目刺しとにらめっこしながら、お瑛は息を吐いた。茂兵衛に櫓を頼んでから五日が経った。まだ報《しら》せが来ない。

ちらりと壁にはられた暦を見て、すぐにまた視線を目刺しに戻した。

明後日《あさって》までに間に合うかしらと、お瑛は焦《じ》れた。早く新しい櫓に馴《な》れておきたい。でも、どうしてあんなこと、受けちゃったのだろう。兄さんにはとてもいえないと、お瑛は長太郎をそっと窺《うかが》った。

「朝から、なんだい。目刺しに文句でもありそうな顔つきだね」

向かいに座っている兄の長太郎が口へ箸《はし》を運びながらいった。

「いくら睨《にら》んだところで、鯛《たい》の尾頭に変わりはしないよ」

「わかってます」

お瑛は、拗《す》ねたように唇を尖《とが》らせる。

「ああ、そうそう。昨日、お瑛が湯屋に行ってたとき、ご隠居さまがいらしてね。つい先日起きた押し込みの話をしていかれたよ」

本所《ほんじょ》の米屋だという。お瑛は視線を上げた。

「ところが、その盗人《ぬすっと》はね」

鉞で蔵の鍵《かぎ》を叩き壊し、金子《きんす》を持ち去ろうとしたのだが、鍵が頑丈でなかなか壊れない。そのうち縛り上げられていた奉公人が縄を抜け、番屋に走ったのを知って、あたふた逃げ出したというのだ。

「家の者も金も無事。もっとも縛り上げられたときは生きた心地はしなかったろうけどね」

「その盗人はもう捕まったの？」

いいや、まだ話に続きがあると、長太郎はいまにも吹き出しそうに唇を震わせる。

「押し込んだ先に、使った鉞を落としていったのさ。その鉞には、屋号か、名の焼印があったというんだ」

御番所の役人はそれを手掛かりに探索しているという。

「ずいぶん、間の抜けた盗人ね」

そりゃ、押し込まれた米屋は気の毒だ。怖いを通り越し、心の臓が破裂するくらいの気持ちだったろう。でも、不幸中の幸いもあるものだと、お瑛は感心した。それにしても、焼印入りの道具を落としていく盗人の顔が見てみたい。

「手口が乱暴だし、きっと盗みも初めてだろうとおっしゃっていたよ」

ただ、と呟いた。

「ご隠居さまに、私が疑われてね」

えっと、お瑛は一尺ほども尻が浮いたように思えた。

「よもや、おまえではなかろうな」と、睨まれたという。

「どういうこと、兄さん。あ、まさか」

そのまさかだよと、長太郎が苦笑する。

鉞の柄の焼印は、丸に長の字——。

まだまだ『みとや』を開いたときの借金も残っておるだろう、つい出来心ではないかと、ご隠居さまが冗談めかして詰め寄ってきたらしい。

「ご隠居さまの眼はすごかったよ。からかわれているとわかっていても、背に汗が滲んだ」

へえ、とお瑛は感嘆した。あんなにお優しい眼をしているのに、やはり、元は火付盗賊改方《あらためかた》の御頭だ。いざとなったら、怖いお顔もできるのだ。極楽とんぼの兄さんが震え上がったのなら、ときおり睨みつけにだけ来てほしいものだ。

「でも恐ろしいわよね。押し込まれたお店は、橋を渡ってすぐでしょう」

「安心おしよ。手掛かりはあるんだ。すぐにでも捕まるよ」

鉞を使うなら木を扱う仕事だろうし、こうした道具ならば、打刃物《うちはもの》屋で誂《あつら》える。そうしたところを当たっていけば、きっと盗人に辿《たど》り着くのだろう。

不意に茂兵衛の道具箱の中にあった鉞を思い出した。船大工にも大事な道具だ。

「鉞って、違うそうよ」

家大工の物と船大工の使う物は形が異なると、茂兵衛が教えてくれた。どこがどう違っているのかは、忘れてしまったけれどと、お瑛は顔を伏せた。

「肝心なことが抜けてるんだなぁ、本所の盗人と同じだよ」

ははは と、長太郎は目刺しの頭を箸で手際《てぎわ》よく取り去る。まったくもう、とお瑛は頬を膨らませた。

「あっそうだ。お瑛」

いきなり、大きな声を上げた。

「茂兵衛さんの使いが柚木から来たよ」

「いつ来たの？」

お瑛は、ぐっと身を乗り出した。

「なんだい、急に眼が輝いたよ。さっき、私が揚げ縁を下ろしているときさ。お瑛は台所にいたかな」

「それで、言伝《ことづて》は？」

「もう使えるっていっていたよ」

間に合ったと、お瑛は呟き、胸を撫《な》で下ろした。

「茂兵衛さんとはいつ会ったんだい」

当然の問いなのに、お瑛はちょっと驚き顔をしたようだ。長太郎が訝《いぶか》しげな眼をした。

「幾日か前に、柚木へ行ったでしょ。そのときよ。茂兵衛さん、安房に行っちゃうから」

「そうだったね。じゃあ、お瑛丸がどうかしたのかい」

お瑛はうっかり飯碗《めしわん》を落としそうになった。

「ちょっと待ってよ、お瑛丸だなんて、いつそんな名をつけたのよ」

「だって、お瑛の舟だから、お瑛丸でいいじゃないか。可愛《かわい》らしいだろう」

長太郎はひとり悦に入りつつ、それでと、顔を突き出してきた。

「もう一度、訊ねるけれど、お瑛丸がどうかしたのかい。使えるっていうのは、どこか壊れでもしたのかい」

なんでもないわよと、お瑛は箸で沢庵《たくあん》をつまみながら、目玉を右に動かした。

「ちょっと見てもらっただけ」

「いまのは嘘《うそ》だね」

長太郎は自信満々にいう。

「お瑛が嘘をつくときはすぐわかる。たぶん、私に対して嘘をつくことを悪い事だとわかっているから、余計にそうなるのだろうね」

「あたし、が？　なにか癖があるの？」

お瑛は、二匹目の目刺しの頭を丁寧に取る長太郎の箸先を見ながら訊ねた。

「それは教えない。教えたら、次に嘘をつくとき、自分で気づいてやめちゃうからね」

小憎らしい、とお瑛は少しだけ唇を曲げ、思い切り音をたてて沢庵を噛《か》んだ。

「ま、いいさ。もう訊《き》かないよ。でも、お瑛が話したかったら、聞くけどね」

長太郎が、不意に笑みを浮かべた。

意地悪ないい方だ。

なんだか、足の裏がむずむずしてきた。

やっぱり黙っていられない。

沢庵を飲み込み、じつは、二の腕がねと、顔を伏せ気味にして、切り出した。話し終えると、案の定、長太郎はげらげら笑った。憎たらしいけど、しかたがない。

「だから、茂兵衛さんに、櫓を替えてもらっただけ。これまでより薄くて軽いものにしてもらったの」

長太郎は眼に涙まで溜《た》めて、

「じゃ、もうひとつ。間に合ったというのはどういう意味だい？」

にやにやしながら訊いてきた。

聞こえてたんだと、お瑛は肩を落とした。

うんと、お瑛は観念したように頷いた。

「三日前に、お加津さんを海辺大工町《うみべだいくちょう》まで送ったでしょう」

ああ、と長太郎が頷いた。

「たしか、干鰯《ほしか》問屋の隠居の喜寿のお祝いだったね」

あの日は、柚木で雇っている船頭が皆、お客の送迎で出払ってしまっていたため、お瑛に頼みにきたのだ。

お加津を送り届けた帰りのことだ。

「久しぶりに隅田《すみだ》村の水神さままで行ったの。お天気もよかったし、気持ちのいい風も吹いていて」

大川と綾瀬川《あやせ》が合流するあたりは、鐘《かね》ケ淵《ふち》と呼ばれ、船頭たちが昔から難所としている場所だった。そこからほど近く、大川沿いに樹木がうっそうと茂る森がある。湿った幹の香り、葉の匂《にお》い、木漏れ日、鳥のさえずり……歩いているだけで、心が洗われた気分になる。

その森の中に、水神を祀《まつ》った社《やしろ》があった。

古くから、水神宮、または浮島《うきしま》神社と呼ばれ、豊漁を願い、水難に遭わぬようにと、漁師や船頭たちが数多く詣《もう》でる。

「水無月《みなづき》の祭礼には行けなかったから」

「そりゃあ、いいことだね。お瑛の櫓さばきは乱暴だから、よくよくお参りしたほうがいいよ。できれば、一緒に乗る私の身の無事もお願いしてくれていたら嬉しいけどね」

「乱暴じゃなくて、勢いがあるっていってよ」

お瑛は、ちょっとだけ唇を尖らせつつも、気まずい顔をした。

「でも……その勢いが災いしたのかもしれないけれど」

ほうと、長太郎が色めき立って、お瑛の言葉に耳を傾けた。

水神の社を出て、その裏手にある木母寺《もくぼじ》にも詣で、再び舟に戻った。乗り込む前に対岸を眺めながら、お瑛は襟元から一枚の錦絵を取り出した。死んだおっ母さんによく似たお武家の新造に手を引かれた子どもの画。この画に描かれた景色にたしかな見覚えがあった。

記憶の底の底。なかなか引っ張り上げられない奥の奥。この頃、舟を出すたび、こうして、画に描かれた景色を探している。

その景色を探し当てることで、なんの満足が得られるのかわからない。もしかしたら、お瑛が懸念《けねん》していることとかかわりがあるかもしれないし、ないかもしれない。

兄さんとあたし――。

お瑛は首を振った。ちょっと似ているけれど、ここじゃない。

少しばかり気落ちして、踵《きびす》を返したとき、籠《かご》を背負った老婆が、うずくまっているのをみとめた。見れば、右の足首をさすっている。

お瑛が声をかけると、うっかり小石を踏んで、足首を捻《ひね》ってしまったのだと話した。籠の中には、野菜や餅などがたくさん詰まっている。橋場《はしば》の商家へ嫁に行った娘に届ける約束をしているのだという。

橋場は、大川を渡った対岸の町だ。

少し行けば、白髭《しらひげ》の渡しがあるが、そこまで歩くのは困難そうに見えた。

「それで、お瑛が、その婆さんを舟に乗せてあげたというわけだね」

お瑛は頷く。

「もちろん、ゆっくり進んだわよ」

「まあ、それは当然だろうけど、その婆さんとなにかあったのかい」

お瑛は首を横に振り、

「橋場に着いて、お婆さんを下ろして、娘さんの家まで送ってあげたの。それから桟橋に戻って」

そのときのことを思い出して、顔を歪《ゆが》めた。

四

お瑛が、小さな桟橋まで戻り、舟の舫《もやい》を解いていたとき、

「やい、そこの女」

いきなり背に怒鳴り声を浴びせられた。

振り向くと、若い男が立っている。

尻はしょりに、鉢巻き、肩に半纏《はんてん》をひっかけ、たくし上げた袖《そで》からは肉の張った両腕がにょっきり突き出ている。

ところの船頭だろう。

歳は、お瑛と変わらなそうだ。

「誰の許しがあってここで商売してやがる」

若い船頭は、太い眉をぐいと寄せて、いきなり食って掛かってきた。

「商売はしていません」

すぐにお瑛は返したが、若い船頭はさらにまくしたてた。

「いましがた婆さんを乗せてきたろうが。あれは、隅田村の婆さんで、おれの客だ。船賃をこっちに寄越しやがれ」

「船賃なんて、もらっていません」

お瑛はちらと自分の舟へ視線を向けた。

老婆が礼だといってくれたきゅうりとなすが船底に転がっている。

足を痛めたお婆さんを送っただけでしょう、それがどうしていけないのと、お瑛も負けじといい返した。

「こちとら、商売で舟を出しているんだ。てめえのように、親切心で、やられちゃたまらねえのよ」

とんだいいがかりだ。言葉遣いも荒いし、はなから喧嘩腰。気分が悪い。お瑛は口許を結んで、再び舫に手をかけた。

「てめえ、なんとかいいやがれ」

その怒鳴り声に、お瑛はくるりと振り向き、いい放った。

「さっきから、てめえてめえって、あたしには瑛という立派な名がありますから」

船頭が豆鉄砲をくらったように、眼をしばたたいた。

「あんた。あんたがあのお瑛か」

急に探るような声を出して、お瑛を上から下から、じろじろ見る。

へっと、今度はお瑛が面食らった。

あのお瑛ってどういう意味？　あたし、なにかしたのかしらと、戸惑うお瑛に、若い船頭は、にやりと口の端を上げ、腕組みをした。

「ここで会ったが百年目ってやつだ。おれぁ、このあたりを流してる辰吉《たつきち》ってもんだ。おめえの扱う猪牙《ちょき》は、いっち速ぇって船頭仲間のあいだで評判が立ってる」

川の上だけの顔見知りは、たしかに増えてはいるけれど、そんな評判があったなんて知りもしなかった。それで、あのお瑛――。

「それにしてもよ、まさか、あのお瑛がこんな娘っ子とはな。おれぁてっきり近江《おうみ》のお金《かね》みてぇな女かと思ってたんでな」

お瑛は、思わず知らず二の腕を摑んでいた。

近江のお金は、その昔、暴れ馬の差縄《さしなわ》を高下駄で踏みつけ、鎮《しず》めたという怪力の持ち主だ。思うのは勝手だけれど、思われたほうはいい迷惑だ。ああ、この二の腕が恨めしい。

だけど、娘っ子って何様のつもりだろう。この辰吉という船頭だって、まだまだ小憎みたいなものだ。

しゃがんでいるお瑛に近づいて来た辰吉が、ぐっと顔を寄せてきた。

「おれも、猪《い》の辰《たつ》っていわれている船頭だ。速さじゃ、誰にも負けられねえ」

辰吉なのに猪だなんて、取って付けたようなふたつ名だ。

「よしっ、勝負だ」

はあっと、お瑛は口をあんぐり開けた。

「吾妻橋《あづまばし》から両国橋までだ。五日後の八ツ（午後二時頃）でどうだ」

辰吉は、顎《あご》を突き出した。

吾妻橋から両国橋までは、半里（約二キロメートル）以上はある。

それにいまの時期は、たくさんの船が大川に浮かんでいる。

五月の末に川開きがあって、八月の末までは、涼み船や屋形船、その周りには、水菓子や煮物を売る、うろうろ船が川面《かわも》を埋め尽くすように出る。

柳橋や両国などの料理屋、船宿、商家が銭を出し合い、夜は花火が打ち上げられる。大川端には、提灯《ちょうちん》が下げられ、床店が並び、夕涼みの人々がそぞろ歩く。

夜よりましだけれども、昼間だって、おんなじだ。

その間をすり抜けて、二艘で競いながら猪牙舟を走らせるのは至難の業だ。下手をすれば、他の船に衝突しかねない。

どうだ、と問われ、望むところよと返せるはずもない。

「それは危なすぎるし、他の船頭さんに迷惑がかかるわよ」

お瑛は強く首を振った。

へえ、そうかい、と辰吉が侮《あなど》るような視線を向けた。

「噂《うわさ》じゃ、たいそうな啖呵《たんか》を切りながら、船の隙間《すきま》を縫っていくって聞いたけどなぁ。やっぱり、評判なんざ当てにはならねえな」

たいそうな啖呵——一体、あたしはどういうふうに、口の端《は》に上っているんだろう。腹立たしいというより、人の噂って怖い。

「だいたい、女が舟を操ろうなんてのが、生意気なんだよ。遊びで櫓を押して、ちょっと速ぇからっていい気になってよ」

お瑛は、むっと唇を曲げた。

「おれが勝ったら、おめえさんの舟を貰《もら》い受けるからな」

「じゃあ、あたしが勝ったら」

お瑛の剣幕に辰吉がちょっと怯《ひる》みながら、

「あるはずもねえが、おれが負けたら、すっぱり船頭をやめてやらぁ」

半ば自棄《やけ》気味にいい放った——。


「で、その勝負を受けたってわけだね」

お瑛の話を聞き終えた長太郎は、嫌味なくらい長々と息を吐いた。

だってと、お瑛は肩をすぼめる。

「うーん、最後はどうも、売り言葉に買い言葉だねぇ」

長太郎は、再び息を吐きながら、目刺しの頭をつまみ上げると、すばやくお瑛の皿に移し、ごちそうさまと手を合わせた。

長太郎は、昔っから目刺しの頭が苦手だ。

舌の上でじゃりじゃりするのが、嫌だというのだが、おかげでお瑛は目刺しの頭だけを自分のと合わせて倍も食べることになる。

「しかし、とんだ奴《やつ》に捕まったもんだね。辰吉って船頭は知らないが」

長太郎は、長火鉢の上の鉄瓶を手に取り、白湯《さゆ》を飯碗に注ぎ、呑《の》み干した。

もしかして、と長太郎がお瑛の眼を真《ま》っ直《す》ぐに見つめてくる。

「私にはとんと見当がつかないが、その勝負のために、なにか舟に細工をしたんじゃないだろうね」

そうじゃないわよと、お瑛は小声でいった。

「辰吉って船頭に会ったのは、柚木へ行った後だから」

「じゃあ、櫓替えが間に合ったってことか」

そうそうと、お瑛は勢いよく返事をした。

「薄い櫓にするとなにか変わるのかい」

「舟って、水に浮いているでしょ。それを前に進ませるには、押し出すの。櫓はそのための物。水を掻《か》いて、さらに舟を浮かせて、押し出すのよ」

そのため、柔らかくしなる櫓ほど水を掻く力が増し、

「速くなるの、もっとね」

お瑛は、いってしまってから、あっと口許《くちもと》を押さえた。

「やっぱり勝つための細工じゃないか」

だから、順番が違うと、お瑛は抗《あらが》った。

長太郎は、お瑛さん、と急にあらたまった声を出す。

「たまたま、勝負をすることになったのはわかったよ。私もお瑛のたくましい二の腕は見たくないし、ぶら下がりたくもないからね」

兄さんの言葉がいちいち胸を刺すのは、気のせいかしらと思いつつ、黙って耳を傾けた。

「でもね、私も幾度か乗せてもらったが、いつ振り落とされるかと怖いくらいだったんだよ。もっと速くなったら、ほんに気を失うよ」

やっぱりねと、口には出さず、お瑛は素直に長太郎の言葉を聞く。

「いずれ櫓は替えるつもりでいたの。でも、偶然、こんなことになって」

「櫓を替えといてよかったなって思った？」

だって相手は船頭だし、男だしとぶつぶつ呟《つぶや》きつつ頷いた。

「辰吉って船頭には、理不尽なことといわれたと思っているの。ただ難癖をつけられただけなのも承知の上よ」

「ならば、どうして勝負を受けたんだい」

「悔しかったから」

「それだけ？」

お瑛は、強く頷いた。

女がどうの、遊びがどうの。

知らないくせに。あたしがどんな思いで船を漕《こ》いでいるのか、なんにもわからないくせに。勝手なことばかりいって——。永代橋の崩落でふた親を亡くしてから、大川に架かるどの橋も渡れなくなった。

足をすくませ、悔しくて、悲しくて、大声で泣き叫びたいのを、舟が救ってくれた。前へ進めと励ましてくれた。だからあたしは舟を漕いでる。橋脚の間を抜け、橋を見上げ、風を感じて、少しでも先へ進む。

思うように進まないこともある。揺れて揺れて、振り落とされたことだってある。それでも、舟を漕ぐのは、堂々と、誰にも恥じることなく、しっかり前を向いていたいから。

お瑛は、唇を噛み締めた。

「じゃあ、頑張っといで。勝負はいつだい」

明後日の八ツと、応えると、

「直之さんに、店番頼まないと物見へ行けないな」

お瑛は眼をまんまるに見開いた。

「楽しそうじゃないか。それにお瑛が、その辰吉に勝てばさ、『みとや』の名が知れ渡る。お瑛も考えていたろう？　『みとや』もなにかできないかって。なんなら知り合いの読売屋に伝えて、披露目をしてもらおうか」

どうせなら見物料も取ってさ、と長太郎が楽しそうにいう。

お瑛は思わず箱膳をひっくり返しそうになるのを堪《こら》えつつ、

「──兄さん、余計なことはしないでね」

低い声を出した。

これは、あたしの意地。『みとや』とはかかわりのないことだ。たぶん、いまあたしは、お不動さまが背負っているぐらいの火炎を立ち上らせているはず。

それを感じ取ったのか、長太郎は、くわばらくわばらと、ひとりごちて、

「さて、仕入れに出るかなぁ」

弾《はじ》かれたように立ち上がった。

五

お瑛は、浅草橋の架かる神田川から舟を進め、大川へ出た。櫓は思っていたよりも軽く、いつものように思い切り引くと、舟が一瞬浮いて、ぐんと進んだ。馴れるまで、気をつけなきゃと思いつつも、お瑛は自分の頬が緩んでいるのに気づいて、あわてて引き締めた。

やっぱり、速いのが好きなんだ。風が気持ちいいもの。

左側には、幕府の御米蔵が並んでいる。白い壁がまぶしい。

吾妻橋の下まで来て、お瑛はあたりを幾度も見回した。もう八ツの鐘をきいてから、四半刻《しはんとき》は経《た》っている。宮本武蔵《みやもとむさし》きどりかしらと、苦笑しながら、たすきを締め直した。

しばらくして、一艘の猪牙舟が流れに乗りながら、こちらに近づいて来た。

かぼそい声が十間（約十八メートル）ほど向こうから風に乗って聞こえてきた。

「遅くなってすまねえ」

ほんとに遅すぎると呟きながら、辰吉の声に少し張りがないと感じた。ゆっくり舟が近づき、その姿をみとめたお瑛は絶句した。

辰吉の顔の左半分が、腫《は》れ上がっていた。唇の端が切れて、血が滲《にじ》み、倍もの大きさになっている。きっと口の中もずたずたなのだろう。声が違っていたのはそのせいだ。まぶたも重く垂れ下がって、半分塞《ふさ》がれた状態だ。

「どうしたの、その怪我《けが》。喧嘩《けんか》でもしたの」

お瑛は辰吉に向かって叫んでいた。

「なんでもねえ。さっさと始めるぜ」

声を張った途端、辰吉が呻《うめ》いて胸を押さえた。舟がぐらりと傾き、辰吉はあわてて船縁《ふなべり》を摑む。胸のあたりも痛めているんじゃなかろうかと、お瑛は眉《まゆ》を寄せた。

「そんなんじゃ、櫓だって扱えないでしょ」

「ここまで、漕いできたんだ。構うな」

「うちで手当てをしてあげるから、あたしの舟にお乗りなさいな」

「うるせえよ」

「だいたい、そんな怪我をしていたら、負けたことの言い訳にされちゃうもの」

辰吉が垂れた目蓋《まぶた》をこじ開けるように見開く。

「口の減らねえ女だな。ぜってえ、言い訳なんざするもんか」

勢い込んで、舟から身を乗り出したが、やっぱり痛《いて》ぇと、急に弱々しい声を出して、船底に転がった。

往診に来た医者が帰り、辰吉は壁を背に黙り込んだまま、水に浸した手拭《てぬぐ》いを顔に当てていた。

お瑛の舟の上でも、『みとや』に着いてからも、辰吉はひと言も口をきかなかった。

長太郎は、揚げ縁の前に座りながら、うずうずしているようで、辰吉とお瑛へ幾度も眼を向けてくる。

「ともかく、あばらが無事でよかった。舟も漕げるもの」

お瑛が安堵《あんど》しながら、盆に載せた麦湯を差し出すと、辰吉は素直に頭を下げた。

「でも、一体どうしたというの？　話せない？」

お瑛が訊《たず》ねると、辰吉は大きく息をして、やや間を空けてから、話を始めた。

「――腹が立ったんだ。おれの親父《おやじ》の形見がくだらねえことに使われてよ」

「辰吉さんのお父っつぁんの形見？」

「鉞《まさかり》、だ」

辰吉は、ぼそっと呟いた。

えっと、お瑛は長太郎を見やった。長太郎は、穏やかな顔でお瑛に頷きかけた。

ある日、船頭仲間に、材木を割るのに、鉞を貸してほしいといわれたという。

白鬚の渡しでも、一番稼ぎのある年長の者であったし、客を譲ってもらったりと世話になっている。まさか、博打《ばくち》でこしらえた借金のために、押し込みに使うなんて考えもつかなかった。

お瑛は茂兵衛から聞いた話をようやく思い出した。

鉞は、斧頭《ふとう》から刃先にかけて延びる首の部分が、太い物を船大工が、細い物は家大工が用いている。

船、家の両大工が見れば一目瞭然《いちもくりょうぜん》だ、と。

「辰吉さんのお父っつぁんは」

「元は、船大工だ。長助《ちょうすけ》ってんだ」

丸に長の字が入った鉞だ。

「役人が、その鉞の持ち主を船大工に聞き回っていると、今日、渡し場で話が出たんだ。それで、おれの鉞を使いやがったと知って」

「で、その年長の船頭に殴り掛かったというわけだね」

長太郎が横から言葉を掛けてきた。

素知らぬ振りをしやがったからと、辰吉は吐き捨てた。

相手は年長で腕っ節も強い。

「こっちもぼこぼこにされちまったけど、叩《たた》きのめして番屋に突き出してやった」

結局、押し込み仲間がふたり、すぐにお縄になったという。

「じゃあ、お手柄だったんじゃない」

お瑛は、辰吉を励ますようにいった。

いいや、違うと、辰吉が首を振る。

「おれの親父は飲んだくれの、だらしのねえ奴だった。結局、つまらねえ喧嘩に巻き込まれて、三年前におっ死《ち》んだ。けどよ、あの鉞だけは大事にしてたんだ。てめえが一人前になったとき、親方だった父親がこさえてくれたもんだって」

それを押し込みに使われたのが、我慢ならなかっただけだ、盗人がどうとか、かかわりねえことだった、貸した自分にも腹が立ってと、勢い込んでいったせいで辰吉は唇の端が痛んだのか顔をしかめた。

「酔うと、いつも愚痴だ。親父に申し訳ねえことをした。謝りてえが、この面《つら》はもう出せねえって。なにをしたかは、聞いてないが、おれは祖父《じい》さんには一度も会ったことねえ。けど、祖父さんは、立派な船大工の親方で、いまもデカい船を造ってるはずだ」

　うーん、それはどうかなぁと、長太郎が間延びした声を上げた。

「きっと今頃は、どこかの料理茶屋の頼まれ仕事でもしているんじゃないかな」

　えっと、お瑛は長太郎を見た。

「それって、まさか」

　茂兵衛、さん――。

　長太郎が、にこりと笑って、お瑛を制し、傍らに置いてあった風呂敷《ふろしき》包みを手にした。

「今日仕入れてきたんだけれどね、ちょうどよかった」

　ちょっと大きな四角いものだ。

　一体、なにを仕入れてきたのだろうと、お瑛は結び目を解《ほど》く長太郎を訝しげに見つめた。

「辰吉さんに、これを買ってほしいんだよ」

　風呂敷から現れた木箱を見て、辰吉が首を傾《かし》げた。

　大工が使う道具箱のようだった。長太郎は辰吉の前に置く。

「おれは船頭だぜ。なんで大工道具を買わなきゃいけねえんだよ」

「大工道具じゃない」

船大工道具だよ、と長太郎は真面目《まじめ》な顔つきでいった。

「辰吉さんの親父さんは、船大工として大切な木割書《きわりしょ》を、別の船大工に売り飛ばしたそうだよ」

辰吉が眼を見開き、拳《こぶし》を小刻みに震わせた。

古く造船技術は、秘伝とされていた。木割書は、船の各部材の寸法などを細かく記したもので、代々船大工の棟梁《とうりょう》を務める家では、門外不出の秘伝書だった。

「親父さんは、高い所が苦手だったようで、自分の父親である親方にいつも怒鳴られていたんだよ」

そのせいで、仲間内から、小心者だの、臆病者《おくびょうもの》だの、陰口を叩かれていたという。

「なら秘伝の木割書を家から持ち出して、父親の鼻を明かしてやる、仲間に度胸のあるところを見せてやるって、酔った勢いでいってしまったそうだよ」

持ち出したはいいが、急に怖くなって他所《よそ》の船大工へ売り飛ばした。けれど秘伝の木割書だ。すぐさま足がつき、姿をくらました。

「酔うといつだって、てめえの親父が造った船の自慢ばかりしやがった。初めて船を水に浮かべる船下ろしのときの颯爽《さっそう》とした姿がまだ眼に浮かぶ、おれも、ああなりたかったってよぉ。馬っ鹿《ばか》じゃねえか、酒あおってるひまに、頭下げにいきゃあよかったんだ。意気地のねえ、男だ」

ろくな退《ひ》き方していねえと思ったが、やっぱりだ、弱っちい奴だったんだ、酒もやめられなかったしな、でもおっ母あとおれには優しかったと、辰吉は首を振った。

「けど、なんでおれに」

辰吉が不審げな顔を長太郎へ向けた。

「船大工の爺《じい》さんが、私に託したんだよ。もう使う者がないから、好きに売り飛ばしてくれとね」

辰吉が、ふと口の端を上げた。

「だから、なんで、おれに？」

「これはね、その爺さんが跡取りの倅《せがれ》のために誂えた物なのさ」

お瑛は黙って辰吉を見る。

辰吉はまだ合点がいかないというような顔をしていた。

おまえさんの親父だよと、長太郎が静かに告げた。

辰吉は、言葉を失ったように口を開けた。

「待っていたんだね。酒を断って、心を入れ替えて戻ってくれるのを。そのとき渡そうと思って、誂えた道具だそうだ」

辰吉は、まだ疑り深い眼をして、木箱の蓋を開けた。

お瑛は眼を瞠《みは》った。鑿《のみ》や金槌、鋸《のこぎり》の歯が曇りなく輝いている。十数年前に造られた物には到底見えなかった。茂兵衛は、息子の長助がいつ戻ってきてもいいように、磨き続けてきたのだろう。それが家を出て行って二十年になり、帰って来ないだろうと見切りをつけても。

悪い所を入れ替えることなんざできやしねえと、茂兵衛はいっていた。けれど、とっくに許していたのだ。

道具を磨き続けることで、繋《つな》ぎ止めておきたい希望のようなものを歯や刃の光の中に見ていたのだろう。

自分の道具と一緒に手入れしながら、父子《おやこ》で出直す日を思い描いていたのかもしれない。

辰吉が金槌を手にして、眼を見開いた。

丸に長の字。

「わかったかい。だから、おまえさんに売るのが一番だと思ったのさ」

お瑛は柄のある道具の一本一本に、焼印が押されているのを見た。

「焼印入りの道具なぞ誰も買わないからね」

それを承知で受け取ったのは、兄さんでしょ、とお瑛は心のうちで呟いた。

辰吉は唇を噛み締めると、板の間を金槌で軽く叩いた。

とんとん、かん。

お瑛は茂兵衛の背中を思い出す。

「その爺さんはどこにいるんだ」

辰吉が呻くように言った。

「さ、それは。息子の犯した不始末を恥じて、造船場を弟子に譲り、親方をすっぱりやめたそうだ。あちこちで仕事を続けていたが、いまは長屋にひとり暮らしで、舟の修繕をしてる」

辰吉が肩を震わせ、あの爺さんかと呟いた。

「なんだよ、くそっ。とんだ押し売りだな。買えばいいんだろう。どうせおれぐれえしか、買わねえよ。いくらだ、払ってやらあ」

いきなりわめくようにいった。

「三十八文です」

お瑛がきっぱりいった。

辰吉が呆気《あっけ》に取られた顔で、お瑛を見つめる。腫れた目蓋の隙間から見える辰吉の瞳《ひとみ》が思いの外、澄んでいるとお瑛は思った。

「うちは『みとや』です。どんな物でも三十八文均一ですから」

小首を傾げ、にこりと微笑《ほほえ》んだ。

辰吉は、叩き付けるように銭を置くと、立ち上がった。道具箱を担《かつ》ぎ、背を向ける。

「ありがとうございました」

お瑛がその背に声を掛けると、辰吉がちらと首を回した。

「勝負はお預けだ。それと医者代も、な」

辰吉は、へっと白い歯を覗《のぞ》かせた。


「ああ、まだ暑いねぇ」

仕入れから戻った長太郎は、三和土《たたき》に水を張ったたらいを持ち出し、足を浸しながら、売り物の扇子であおいでいる。

「ねえ、兄さん。そういえば、なんで辰吉さんが茂兵衛さんの孫だってわかったの」

んっと、長太郎が首を回した。

「たまたまだよ。ただ、お瑛のひと言がきっかけさ。船大工と家大工では使う鉞が違うっていってたろう。そのことを顔見知りの岡っ引きに告げたら、盗人が落としたのは船大工用の鉞だって、わかったのさ。船大工といったら、茂兵衛さんだろう。その鉞のことを話したら、茂兵衛さんは、あの野郎生きてやがったのかって、悲しい顔をしたんだ」

「それで、船大工道具を兄さんに」

「たぶん、茂兵衛さんは、長助が押し込みを働いたと思ったんだろうね。三年前に死んだことは、知らないはずだから。でもね、そのとき茂兵衛さんと一緒に居た女が青い顔して、私を追いかけてきてね」

一緒にいた女……。ああ、とお瑛は息を洩《も》らした。嘗め味噌の女《ひと》だ。

「泣きながら、自分の死んだ亭主の長助の物だと教えてくれた。亭主が死んだ後、茂兵衛さんを捜し当てて、同じ長屋で暮らしていたのさ。まあ、辰吉にも告げてなかったみたいだし、息子の嫁だとも言い出せなかったようだけれどね」

「茂兵衛さんには、そのこと伝えたの？」

まさかと、長太郎は首を振る。

「こういうことは、他人が入っては駄目だよ。自分たちで収めるべきだからね。喜ぶか、悲しむかは、別の話さ。でも、辰吉は安房へ一緒に行くそうだ」

お瑛は、店座敷から長太郎へ首を回した。

「昨日、柚木に寄ったら、お加津さんが教えてくれた」

じゃあ、船頭はやめて、船大工になるつもりかしらと、お瑛は嬉《うれ》しくなった。

「辰吉はもう十七だからね。いまさら船大工になるかどうかはわからないが」

「ううん、きっとなるわよ」

とんとん、かんって、金槌を打ったから。

「なんだい妙に自信がありそうだね」

お瑛は笑って、斜め向かいのはなまきへ眼を向けた。

手伝いの老婆《ろうば》がすでに片付けを始めている。本日も売り切れのようだ。お花は店座敷に座って、煙草《たばこ》をのんでいた。

今日のお花は、白地の小袖を着ている。模様は桔梗《ききょう》。秋の花だ。

お花がくいと顎を上げ、お瑛へ切れ長の眼を向け、微笑んだ。

お瑛は、すっくと立ち上がる。

「兄さん。お店番頼むわね」

「え、困るなぁ。これから、出掛けようと思っていたんだよ。どこへ行くんだい」

「お花さんを誘って、ひと漕ぎ」

長太郎がぎょっと眼を見開いた。

「いつから、そんなに仲良しになったんだい」

「内緒」

お瑛は悪戯《いたずら》っぽく笑い、前垂れを解いた。長太郎を押し退け、三和土へ下りると草履を突っ掛ける。

「だって誰かさんと違って、お花さん、あたしの舟をちっとも怖がらないもの」

「え、そうなのかい？」

長太郎が眼をしばたたく。

不意に、茂兵衛が食べていた握り飯と、添えられていた嘗《な》め味噌《みそ》が、お瑛の脳裏に浮かび上がってきた。

甘くて、ぴりりと辛い味噌。

死んだ女房が作った嘗め味噌と似た味がするといっていた。

きっと茂兵衛さんは気づいていた。

だって、倅も好きだったって、そういっていたもの。

あのきれいな三角の握り飯のように、三人仲良く暮らせればいいと祈った。

「ほらほら、兄さん、ちゃんと売り声上げてちょうだい」

まったくと、長太郎は足とすねをのろのろ拭って、揚げ縁の前に腰を下ろすと、下手な義太夫《ぎだゆう》語りのように、咳払《せきばら》いをした。

「なんでもかでも三十八文。あぶりこかな網三十八文。枕《まくら》、かんざし三十八文。はしからはしまで三十八文――です」

「です、は、いらないわよ」

表通りに飛び出すと、秋の風がすっと吹き抜けた。軒から下がった看板が、柱に当たって音を立てる。

とんとん、かん。

お瑛の耳にたしかにそう聞こえた。

市松のこころ

一

とんとん、かん――。

朝靄《あさもや》の立ち込める中に金槌《かなづち》の音がする。

神田川に舫《もや》ってあるお瑛の猪牙舟《ちょきぶね》のあたりに誰かがうずくまっていた。

ぼんやりしていて、その姿はわからない。

あたしの舟になにしてるの？

茂兵衛さん？

いや、船大工の茂兵衛さんは安房に行ったはず。元のお弟子さんが、歳《とし》のいった茂兵衛さんを呼び寄せたのだ。

お瑛は、さらに目を凝らした。

背中が違っていた。

茂兵衛さんは、小柄で痩《や》せてはいるが、筋肉の張った身体《からだ》をしている。

お瑛の眼に映っているのは、もっと大きな広い背だ。肩幅もある。ひょろひょろの兄の長太郎でもない。知らない男かというと、そうでもない気がした。でも記憶の隅を探っても浮かび上がってこない。

ちょっとそれあたしの舟よ、と足を踏み出したとき、とんとん、かんがまた響いた。

えっと、お瑛は耳を澄ませた。

木を叩《たた》く音じゃない。

もっと、鋭くて重い――。

半鐘だ。

お瑛は、ぱちりと目覚めて、飛び起きた。

火事だ。

何刻《なんどき》だろう。まだあたりに闇《やみ》が落ちている。

近くの櫓《やぐら》だ。人の足音、騒ぐ声が聞こえてきた。たぶん、このあたりの人たちが通りに出始めたんだろう。

寝間に使っている小屋裏の連子窓に、お瑛は飛び付くようにして表を覗《のぞ》いた。

だとしたって、暗いことには変わりない。

だが、お瑛の眼下を、荷を山と積んだ大八車が大きな音をたてて通り過ぎるのだけは見えた。続けて、叫び声と怒声がした。

自分の顔から、血の気がすうっと引いていくのを感じる。身の芯《しん》から小刻みに震えが起きた。

半鐘はまだ鳴っている。

火の手は見えない。

それも恐怖をかき立てた。

江戸に多いものは、伊勢屋稲荷《いなり》に犬の糞《くそ》。江戸の華は火事と喧嘩《けんか》。

江戸に住んでいれば、一度や二度、火事で焼けだされるなんて、珍しいことじゃない。けれど、お瑛の身体はさらに震えた。

でも、ここで怖がっていてもしょうがない。

焼け出される時には、焼け出されるのだ。

なにより失ってはいけないのは命だけ。

お瑛は張り付いていた窓から離れた。

きちりと座り直して、息を大きく吸って、静かに吐き出すと、再び耳を澄ませた。

かんかんかん。

擦半鐘《すりばん》だ。

火事が町内や隣町のときに、間断なく擦るように打ち叩かれるのでこう呼ばれる。

隣町か、それとも茅町《かやちょう》のこのあたり。

お瑛は、がばと立ち上がった。

兄さん。

お瑛は闇に慣れてきた眼で梯子《はしご》段《だん》を下りながら、居室に向かって、

「兄さん」

声を張った。

返事がない。

お瑛は、はっとした。夕刻から出かけて行ったまま戻っていないのだ。

兄の長太郎は他人と調子を合わせるのが得意中の得意だ。商売人として、それはいい処《ところ》でもあるのだが、むしろお調子者であるというのが玉に瑕《きず》。どこかの飯屋で意気投合した誰かと一緒か、あるいはいつもの仲間と酔いつぶれて厄介になっているに違いない。

こういう火急のときにいないんだから、とお瑛は憤《いきどお》りながら呟《つぶや》いて、くすっと笑みをこぼした。

火事だもの、これはたしかに火急に違いない。あたしいま、洒落《しゃれ》ちゃったかしらとのんきに思った。

そうしたら、ちょっとだけ落ち着いた。

持って逃げる物を考える。

だいぶ眼が慣れてきたとはいえ、それでも手探りだ。簞笥《たんす》の角に足の小指でもぶつけたら、たまったものじゃない。

通りはさらに騒がしくなっていた。

皆、逃げ出し始めているのだろう。

お瑛は闇の底をそろそろ、それでも少し急いで歩き、長太郎の、たたまれた夜具を覆《おお》っている風呂敷《ふろしき》を手にした。

ぼんやり売り物が見える。

ここに『みとや』を開いて、すっかり町内にも馴染《なじ》んできたのに。

その悔しさがにわかに滲《にじ》み出た。

でも、燃えてしまったら、そのときはそのときで、あきらめるしかない。

なにより生きてさえいればなんとかなる。

お瑛は無理やり自分を奮い立たせた。

あとは、お金だ。小さな金箱だから、あたしでも大丈夫。それと着物。

ほんとにこの町内が火事だったら、またぞろ着の身着のままほうりだされた、あのときと同じになっちゃう。

ふた親が永代橋の崩落に巻き込まれて死んだあとすぐ、営んでいた小間物屋『濱野《はまの》屋《や》』を借金の形《かた》に取られ、兄妹ふたり、追い出されたことが甦《よみがえ》ってきた。

ぶるりと首を横に振る。

いまはそんな思い出にも構っている場合じゃないんだからと、お瑛は自分に半分腹を立てながら風呂敷をその場に広げた。

灯りをつけることはできない。そんなひまもない。幸いさらに眼が利《き》くようになって動きやすくなった。風呂敷に次々と物を置く。

「長太郎さん、お瑛ちゃん」

裏店《うらだな》に住む左官の女房だ。

お瑛は、しんばり棒をはずし、急いで板戸を開ける。

女房は背に赤子を負ぶっていた。闇が深いからわからないが、相当青い顔をしているように思えた。女房の口から切迫した声が出る。

「火事、巴屋《ともえや》さんよ」

えっと、お瑛は固まった。

人形屋の巴屋は、隣の下平右衛門町《しもへいえもんちょう》。しかも茅町とは通り一本違うだけの、人形屋や袋物屋が軒を連ねるあたりだ。

「風もさほどないし、火もたいしたことはなさそうだけど、ともかく逃げるに越したことはないわよ」

と、女房はいいながら奥に眼を凝らす。首を振るお瑛に、

「長太郎さん、いないの？　まったくしょうもないわね。うちの宿六でよければ貸すよっていっても、『はなまき』が心配だって、お花の処へ行ったんだ。ほんとに男ってさ」

女房が少し怒ったようにいった。

「まさか、長太郎さんもお花の処？」

ううんと、お瑛は苦笑した。

はなまきは、吉原の元花魁《おいらん》、花巻ことお花が開いた総菜を売る四文屋だ。

あそこは総菜を作る年寄りとお花の、女ふたり暮らしだ。

「うちのが行かなくたって、あたりの男どもがこぞって駆けつけてるわよね」

女房はいつものように店先にいるような調子で話をはじめたが、背負った赤子がいきなり泣き出して、我に返った。

「やだやだ、あたしったら。ほんとにひとりで平気？」

「持って逃げる物もそうそうないから」

「御米蔵のほうへあたしたちは行くからさ、お瑛ちゃんもおいでよね」

巴屋は下平右衛門町でも柳橋に近いほうだ。

お瑛が礼をいうと、さらに盛大に泣き声を上げ出した赤子をあやし、手にした荷を重そうに抱えて、女房は足早に去っていった。

浅草橋を渡れば火除《ひよ》け地としてお上が設けた両国広小路があるが、下平右衛門町はそっちに近い。

むしろ『柚木《ゆずき》』が心配になる。

でも、きっと大丈夫。こんなとき女将《おかみ》のお加津なら、

「いつも火にはお世話になっているんだからさ、ちょっと怒らせちゃったと思えばいいさ」

そんなふうにあっけらかんというに決まってる。でも、人の命も物も家も焼き尽くす火事はやっぱり恐ろしい。

柚木とお加津の無事を祈りながら、落ち着いて、と、お瑛も自分自身を励ました。

あと持って逃げるとしたら、なんだろう。兄さんが大事にしている物なんかあったかしら？

お瑛は、あっと思った。

あの錦絵《にしきえ》。武家とおぼしき母娘《おやこ》を描いた、あの画だ。

女童《めわらわ》と一緒にいる母親の顔が、死んだおっ母さんに似ていたということもあるけれど、お瑛はその画を見た瞬間、懐《なつ》かしさとは違う、既視感のようなものにとらわれた。

長太郎は破り捨てようとしたけれど、お瑛はそれを押しとどめて、いまも大切にしている。

なぜだか、わからない。

おっ母さんの顔に似ている、それだけのことかもしれないけれど、その錦絵が燃えてなくなるのは嫌だった。

お瑛が、あわてて小屋裏へ取って返そうと居室に戻り、梯子段に足先を掛けたとき、裏口で音がした。お瑛の心の臓が跳ね上がる。

「お瑛、お瑛、私だよ。起きているだろう」

長太郎の声がした。

「兄さん！」

お瑛は、飛んで行ってというよりも、暗闇の中を慎重に歩を進めつつ急いだ。

「いやいや、重くてたまらない」

なにやら息苦しそうな声に続いて、大きな物音がした。板戸に身体をぶつけたようだ。

お瑛は台所の三和土《たたき》に裸足《はだし》で立った瞬間、眼を丸く見開いた。

そこにいた長太郎の口許《くちもと》から覗く白い歯だけが光って見えたからだ。

「ああ、さすがにのんびり屋のお瑛も擦半鐘には気づいたようで、よかった」

長太郎の笑顔に、お瑛の胸底から、痛いくらいの安堵《あんど》の思いが湧《わ》き上がってきた。

思わず知らず瞳《ひとみ》が潤《うる》んで、長太郎の胸許を両の拳《こぶし》で叩いた。

「馬鹿《ばか》、馬鹿」

出てきた言葉はそれだけだ。

「痛い、痛いよ、お瑛。済まなかったよ。安心おしよ、もう火は消えた」

えっと、お瑛は、長太郎から離れた。

半鐘の音はもう聞こえてこない。

わずかに東の空が明るくなり始めていた。

「幸い小火《ぼや》ですんだのさ」

それよりさ、と長太郎は、

「荷が重くてたまらないんだけどね、座敷に上げてくれないかな」

またまた苦しげな声を出した。

長太郎がなにかを背負っている。お瑛は、眉《まゆ》をひそめて、その肩越しに覗くものを見つめた。

黒い物がはみ出ている。

髪の毛?

白い細長い物がにょっきり突き出しているのも見えた。

小さな指――。

「きゃあああ」

お瑛は思わず悲鳴を上げた。

二

長太郎が、肩を小刻みに揺らしながら含み笑いをしている。

行灯《あんどん》に火をともして、ようやく気づいたが、長太郎の顔は煤《すす》だらけだった。歯だけが白く光って見えたのは、暗いせいだっただけじゃなくて、顔中、真っ黒だったからだ。

長太郎の胸許を叩いたお瑛の拳も黒くなっていた。

「いや、まったくお瑛はあわてんぼうというか、なんというか」

顔を洗って座敷に戻ってきた長太郎は、手拭《てぬぐ》いで水気をとりながら、笑い続けている。

お瑛は、唇を突き出して、台所の三和土に置かれた大きな風呂敷包みへ眼を向けた。結び目の隙間《すきま》からはみ出していたのは、人形の髪の毛と手だった。まだ暗い中で、小さな白い指と髪の毛を見れば、最悪なことだって考えてしまう。

「だいたい、火事場から子どもを拾ってくることなんかないよ」

長太郎はまだおかしくてたまらないらしい。

よくよく考えてみれば、小火を出した巴屋は人形屋だ。

でもと、もう一度、お瑛は風呂敷包みを見る。

長太郎はじつは柚木にいたという。行きつけの蕎麦《そば》屋で、柚木に出入りしている芸者の新吉《しんきち》の愚痴を聞いていたらしい。新吉をどうにかなだめて家まで送り届けたのはいいが、木戸も閉まる時刻になってしまい、かなり酒も入っていたので、柚木に寄りたのだというあたりは、なんだかむにゃむにゃしていて、はっきりいわない。

まあ、お瑛もそんなことを膝詰《ひざづ》めしてまで詰問《きつもん》する気はない。もっとも、柚木にいたかどうかなんて、お加津さんに聞けばすぐわかることだ。

それで、寅《とら》の刻（午前四時頃）を過ぎたときに、半鐘が鳴った。

長太郎は柳橋に近い巴屋だと気づいて駆けつけたが、火の回りはさほどではなく、火消したちの迅速な消火も功を奏し、店の中と、住まいの一部を焼いたくらいで済んだ。

そもそもの原因は、小用に起きた主《あるじ》の孫についていった母親が、持っていた手燭《てしょく》の火をうっかり落とし、それが障子に燃え移ったせいだった。

巴屋の若内儀《おかみ》かと、お瑛は思った。

長太郎がときどき仕入れてくる端切《はぎ》れは、このあたりの人形屋や袋物屋のものが多い。特に人形の衣装にする布地は、緞子《どんす》や豪華な縫箔《ぬいはく》を施されたものもあって人気がある。巴屋からも安く譲ってもらっている。そんな縁もあり、若内儀は『みとや』にも来てくれた。

線の細い、優しそうな女《ひと》だった。

たとえ失火でも火事を出すと、お上からきついお咎《とが》めがあるが、巴屋は大丈夫だろうか。下手をすれば、店を続けていけなくなる。

「若内儀はね、気の毒に、懸命に火を消そうとして着物に火が移って火傷《やけど》を負ってしまってね」

えっ、とお瑛は眉をひそめた。

「小火の原因は、手燭じゃなくて、燭台がたまたま入り込んだ野良《のら》猫に倒されて、火が広がったということにした」

お瑛は首を傾《かし》げた。

長太郎はたしかに、ことにした、といった。

たまたま入り込んだ野良猫が燭台を倒すって、無理がないかしらと思ったが、つまりは、そういう話を作って誤魔化すということだ。

隣家へ飛び火もなく、巴屋も燃えたのはわずかだ。できれば、大事《おおごと》にしたくないと下平右衛門町でも、そのあたりをうまく収めたいに決まっているさと、煤けた顔からようやくいつもどおりになった長太郎がいった。

それに巴屋はこれまで三代に亘《わた》って、真面目《まじめ》に実直に商いをしてきた。巴屋と付き合いのある人形師たちの信頼も厚い。

「お加津さんが、森山のご隠居さまへ伝えて、お口添えしていただこうって考えたんだよ」

ご隠居さまは、いろんなお役を歴任した方で、御先手《さきて》鉄砲頭を務めていたときには、火付盗賊改方《あらためかた》の御頭も兼ねていた。

火付盗賊改方といえば、町奉行所より捕り物も詮議《せんぎ》も厳しいといわれて、悪人からは恐れられている。なんたって、火付と盗賊という悪事の見本みたいなことを犯す人たちを取り締まるのだから、当然だ。

でも、ご隠居さまは、まったく怖くない。むしろ優しくて、頼りになる方だ。

巴屋の小火もきっとうまく取りはからってくれるに違いない。

お瑛はそれを聞かされ、ほっとしたが、火傷の具合はどのくらいだったのだろう。軽い物ならいいけれどと、胸が痛んだ。

「で、兄さんは巴屋さんでなにをしたの？」

「荷をまとめる手伝いだよ。でもさ、ひなの節句が過ぎたあとだったから、巴屋さんも不幸中の幸いだね。人形が燃えてしまったら、眼も当てられない」

五月の端午の節句のための人形もまだ少なかったらしい。

鳥のさえずりが賑《にぎ》やかになってきた。夜明け前の火事騒ぎが、すでにずっと前のことのように感じるほど、かまびすしい。

すっかり夜が明けた。

さわやかな陽射《ひざ》しが、大戸の隙間から差し込み、座敷も明るくなる。

「で、そのお札があれなわけね？」

お瑛は三和土へちらと視線を向けた。

ちょっと不満そうなお瑛を見て、

「小火だったとはいえ巴屋さんも大変だ。いつも端切れを安く譲ってもらっている恩だってあるんだよ」

長太郎が唇を曲げた。

「礼金だといって差し出されたが、そんなものはやめてくれといったのさ」

なにやら胸を張って、長太郎は偉そうだ。

お瑛は、すっくと立ち上がって行灯の火を吹き消し、三和土へ向かった。

「だから代わりに、譲ってほしいといったのさ。ああ、お瑛さん、そんなにどかどか歩くと畳が傷《いた》むよ」

お瑛は長太郎を無視して、三和土にしゃがみ込むと、風呂敷包みの結び目を解いた。

「市松《いちまつ》人形を二十体、礼金の代わりに、ただで仕入れてきたというわけね」

「礼金のほうがいいのかい？　お瑛も欲張りだなぁ」

「そんなことといってるんじゃないわよ」

お瑛が風呂敷を開いた途端、ごろごろと人形たちが転がり出た。

れたといわれている。
市松人形は、その昔、佐野川《さのがわ》市松という美男の役者がいて、その名を取ってつけら
衣装をつけている物も三体ほどあるが、あとは皆裸ん坊だ。
男童《おわらわ》が五体に、女童が十五体。

たいていのものは、二の腕と、腿《もも》は白ちりめんでできていて柔らかく、あとは木で
できていて座らせておくことができる。髪の毛は黒糸などを使うが、精製品は真髪も
使うし、瞳にも硝子《ガラス》を入れて、本物の眼のようにする。玉眼《ぎょくがん》というやつだ。
中には、お腹《なか》に笛を入れて、赤子の泣き声を出せるというようなものもあるし、も
っと立派なものになると、腿も木製で、膝も折れ、座るのも立つのも両方できる。
大きさは三寸、五寸、一尺などさまざまあるが、長太郎が背負ってきた市松人形は、
五体の男童は四肢を動かせるだけの物だが、女童は一尺物で、かなりの精製品だった。
はあと、ため息が出た。
と、なんだか妙な臭《にお》いが立ち上り、お瑛の鼻をつく。
「ねえ、兄さん、なんだか燻《けむ》臭くない？」
お瑛は鼻の下をこすった。
「そりゃそうさ、火事場の人形だもの。ちょっとばかり、煙に燻《いぶ》されたが、大丈夫だ

よ。そのうち臭いは消えるさ」

三十八文ならお買い得だと、長太郎は満足そうに笑い声を上げた。

三

やっぱり、その日は、巴屋の小火の話で持ち切りだった。お瑛が揚げ縁を下ろし、品物を並べはじめた途端に、店を訪れるお客の誰もが、それを挨拶《あいさつ》のように口にした。そして皆が、大火にならずに済んだと安堵して、火元からさほど離れていなかった『みとや』を気遣ってくれた。

それと、はなまきのこともだ。

お花を心配した常連の男たちが、幾人集まったとかどうとかこうとか。ほとんど女たちのやっかみ半分で口の端《は》にのぼるという具合で、お瑛も、それには適当に相づらを打ってやり過ごした。

でも大火になっていれば、この売り物も、店もなくなっていたかもしれないと思うと、いろいろ感謝したくなって、お天道様《てんとう》を拝み、よしっとお腹に力を入れた。

「なんでもかでも三十八文。あぶりこかな網三十八文。枕《まくら》、かんざし三十八文。はしからはしまで三十八文」

いつもより売り声を張り上げ、

「市松人形も三十八文」

と、付け加えた。

すると、芥子坊主《けしぼうず》頭のまだ六つほどの男の子がひとり、店の前で立ち止まった。親は一緒にいないのか、それとも近くにいるのか姿は見えない。

このあたりでは見かけない顔だ。

裏店に、浪人のお武家が開いている手習い塾がある。そこに通っている子の中にもいない顔だった。

並んだ人形たちをじっと見て、お瑛にちらっと視線を放って駆け出していった。

なんだろう。

お瑛が首を傾げると、裏店の女房が店前を通った。

「今朝ほどはご心配いただきまして」

お瑛が声を掛けると、

「ほんによかったわね。あら、市松人形」

女房が足を止める。

「まさかの、巴屋さん？」

「やっぱり、わかりますか？」

「そりゃあね、今日の今日だもの。長太郎さん、火事場泥棒したんじゃないでしょうね」

「人聞きの悪いことといわないでください」

女房は、けらけら笑いながら、立ち去った。

余計なこと広めないでほしいなぁと、お瑛はおしゃべり好きな女房の背に願った。

「ほう、こりゃまた見事だな」

「あ、ご隠居さま。おいでなさいませ」

にこにこと笑みを浮かべたご隠居が、ゆっくり歩を進めてやって来た。

「今日は難儀だったようだの。まあ、無事でなによりだ」

お瑛は頭を深々と下げて、礼をいった。

ご隠居は揚げ縁と店座敷を見渡して、

「しかし、長太郎のやつ、ずいぶんとまた仕入れてきたものだのう。まさかのあれかな」

感心したようにいう。

仕入れてきた二十のうち、五体の市松人形が揚げ縁の上に座っているが、あとの十五体は店座敷に並べてある。

「はい。そのまさかでございます。お礼の代わりといって」

「長太郎らしいといえばらしいの」

ご隠居は、楽しそうに笑った。

「笑い事じゃありませんよ、ご隠居さま」

長太郎にいわれたことと、礼金ではなく、代わりに人形をくれといった兄さんのほうが欲張りだと訴えた。

「ふむふむ、で、長太郎はどうしたかな」

「湯屋に行きました。身体中が煤けたみたいだって」

五寸ほどの小さな男童の人形を手に取ったご隠居は、すんすんと鼻を動かした。

「なにやら人形が燻臭いな」

お瑛は上目遣いにご隠居を恨めしげに見つめ、肩をすぼめる。

「気がつきますよね」

額に皺《しわ》を寄せたご隠居は得心顔をした。なんとなく店中も煤の臭いに満ちているようだ。

「仕方がないの。こうして店に出して風に当てておけば、そのうち臭いも飛ぶだろうよ」

「でも、小火を出した巴屋さんのお人形じゃ、縁起が悪いって誰も買ってくれやしませんよね」

ううむと、ご隠居は顎《あご》に指を当てて、唸《うな》った。

「いわれてみれば、そのとおりだが、逆の考え方もなくはない」

「逆の考え方でございますか？」

お瑛は、うんと頭を捻《ひね》った。

「そう、長太郎がその人形を礼金代わりに引き取った訳もわかるかもしれんな」

兄さんが人形を引き取った訳——。

「ゆるりと考えればよい知恵も出よう。さてさて、悪いが、もう市松人形をほしがるような歳の子はおらんのでな、わしはこの手拭いをもらっていこうか」

「毎度ありがとうございます」

お瑛がご隠居から、銭を受け取ろうと手を伸ばしたとき、ふと視線を感じた。

向かいの路地から、誰かがこっちを見ている。お瑛が顔を向けると、さっと身を隠した。

あの子だ。

「どうしたな、お瑛」

「いえ、なんでもありません。いつも申し訳ございません。それと、余計なお訊《たず》ねですが」

お瑛が恐る恐るいうや、ご隠居はすっと右手の人差し指を立てて、自分の口許に当てた。

それ以上は口にするなということだ。

「承知いたしました」

うむと、ご隠居は大きく頷《うなず》いた。

そのようすを見て、巴屋は大丈夫だと、お瑛は確信した。


翌日。

また、あの男の子が来た。お瑛が店座敷に座っていると姿を見せないが、厠《かわや》などで店を離れると店前に来て、人形を見ていた。

やはり親とは一緒でないようだった。

引っ越してきたばかりで、まだ仲良しの子がいないからひとりなんだろうか。

その翌日、次の日も、男の子は店を覗きに来ては人形を見ていた。お瑛がわずかな間でもいなくなると店に近寄って来る。が、戻ると逃げるように走っていって、通りを挟んだ路地や、乾物屋の横に隠れるようにしている。

ねえ、とお瑛が声を掛けようものなら、まるで物《もの》の怪《け》にでも会ったような顔をして脱兎《だっと》の勢いで走り去る。

あたし、そんな怖い顔をしているかしらと、お瑛は手鏡に向かってにっこり笑ってみた。

男の子は、いつも人形だけを眺めに来ている。今日は、とうとう日暮れ近くまでいた。

「へえ、そんな子がいるんだ」

長太郎の言葉に、お瑛は頷いた。もう四日も経《た》っている。お瑛は一度、店座敷を離れる振りをして、居室のほうに隠れてようすをうかがった。

そうっと男の子は揚げ縁の前にやって来て、中を注意深く覗き込むと、ほっとしたように人形を見つめた。最初のうちは眼差《まなざ》しが真剣で怖いくらいだった。だが、ふとした瞬間にそれが緩んだ。どこかあこがれるような、懐かしいものを見るような、それでいて悲しげな深い瞳に変わった。

こんなに幼い子が、こんな眼で人形を見つめているのが不思議だった。

「人形がほしいのかしらって思ったの。でも男の子だから恥ずかしくていえないのかなって」

親はいつもいない。どこに住んでいる子かもわからない。声を掛ければ逃げて行く。

「親はこの近くで働いているのかもしれないね。それが終わるまで待っているとかさ。その暇つぶしに、お瑛をからかっているのかもしれないよ」

長太郎は納豆の糸をひきひき、笑った。

それはひどいと、お瑛は目刺しを頭から頬張った。わざと、じゃりじゃり音をたてて嚙《か》み砕く。

長太郎が苦い顔をする。

いい気味とお瑛はほくそ笑んだ。長太郎は幼い頃から目刺しの頭が苦手だ。あの歯触りと音が嫌なのだ。

「あ、そうだ。明日は私が店番をするよ」

えっと、お瑛は嚙《や》むのを止めて、長太郎へ向けて顔を上げた。

「お加津さんがお瑛に用事があるっていっていたから、久しぶりにゆっくりしておいで」

「そうそう、その男の子なんだけど、頭の後、右の耳から首にかけて、三寸くらいの傷があったの」

「へえ、大きな怪我をしたことがあるんだ」

よしよし、私がその小童《こわっぱ》の正体を暴《あば》いてやるかなと、長太郎が悪戯《いたずら》っぽくいった。

「兄さん、無理強いはよしてよね」

お瑛があわてていったが、長太郎はなにやら嬉《うれ》しそうに味噌汁《みそしる》をすすった。

四

お瑛は浅草橋を渡り、柚木へと向かった。

ひなの節句が終われば、もう花見の時季だ。

花見客の送迎をしてくれとお加津はいうのかもしれない。

ひな祭りかと、お瑛はよく晴れた空を見上げて、ひとりごちた。

『みとや』には、小さな内裏雛《だいりびな》を飾った。

左官の女房がそれも売り物？　と訊《き》いてきたのが、おかしかった。

うっかり店座敷に飾り物もできない。

まだ、ふた親がいた頃、家には大きなひな飾りがあった。お瑛は母親と奉公人たちと一緒に、毎年、それを飾るのを楽しみにしていた。男雛はりりしく、女雛はふくよかで優しい顔立ちをしていた。桃の花を活《い》けて、明るい色の晴れ着を着て、甘酒を少しだけ口にした。

濱野屋には台所で娘が三人働いていた。

でもその日だけは、女子《おなご》の節句だからとお休みして、皆で楽しんだ。

そんな日々はもう二度と戻らない。

わかっている。

あたしのおひなさまはどこに行ってしまったのだろう。あたしの市松人形も。禿頭《かぶろ》の眼の大きな愛らしい人形だった。どこかで大事にされていればいいが、泣いていたら悲しい。

人形には、どこか魂が入っているように思えるときがある。

でも、それは持ち主の心が映るのだそうだ。

だから、人形には表情がない。

表情を作るのは、持ち主の心だから。

悲しそうな顔も、嬉しそうな顔も、持ち主の気持ちが人形へ映るのだ。

その思いが強ければ強いほど、人形は一緒に泣いてもくれるし、喜んでもくれる。市松人形は、女の子にとって、お裁縫の修練にもなる。人形はほとんど裸で売られている。だから衣装を手作りしてあげるのだ。

小さな着物を、帯を自分で仕上げる。

一枚の着物を縫うのと同じ手順。そうして女の子は、運針を学び、寸法をはかり、着物をひとりで縫い上げることを覚えていく。

でも、まだあの頃のあたしにはできなかった。赤い衣装を縫ってくれたのは、誰だったかしら？

おっ母さん？　それとも奉公人の三人の内のひとりだったかしら？

ああ、そうだ。店にある市松人形の衣装を作ってみようかしらと、お瑛は思った。でも端切れを縫い合わせるのは、大変だなぁ、あまり裁縫も得意じゃないしと、柚木の裏口近くまで来たとき、

「とんとん、かん」

耳に金槌《かなづち》の音が聞こえてきた。

お瑛は思わず小走りになる。

夢の続きのようだ。

あれは、結局半鐘の音だったが、今度は本物だ。

ああ、とお瑛は息を吐いた。

柚木の裏口には舟寄せの桟橋がある。

舫《もや》ったままの猪牙舟《ちょきぶね》に乗って、金槌を打っている背中。

夢の中ではわからなかったけれど、今度ははっきり見える。

「猪《い》の辰《たつ》！」

お瑛の叫び声に、くるりと振り向いたのは、果たして猪の辰こと船頭の辰吉だった。

「よう、お瑛さん。久しいってほどでもねえかな」

辰吉は真っ黒に日焼けした顔から白い歯を剝《む》き出しにした。

お瑛に大川で猪牙舟勝負を挑んできた船頭だ。

けれど辰吉は、船大工で、祖父である茂兵衛と安房へ行った。いまは、辰吉の母親と茂兵衛と三人で暮らしているはずだった。

「もしかして、茂兵衛さんと喧嘩《けんか》して飛び出して来たんじゃ」

お瑛の口を衝《つ》いて出た言葉に、馬鹿いうねえと、辰吉が唇を尖《とが》らせた。

「ま、祖父《じい》さんには、やたら厳しく仕込まれたよ。まだ船大工としちゃ半ちく者だが、おれはよ、やっぱり猪牙舟を水の上で滑らせるのが好きでさ」

で、戻ってきたというわけかと、お瑛は得心した。

「茂兵衛じいさんの孫ってことで、柚木で雇ってもらえるようになったのさ」

それによ、と辰吉が腰を伸ばしてぐっと胸をそらせた。

「あんたとの勝負がまだついちゃいねえし」

お瑛はぽかんと口を開けた。

「ちょっと待って。まだやる気でいるの？」

「そりゃあそうさ。あのお瑛との勝負となりゃ、船頭仲間がわんさか物見に訪れる」

だから、あのお瑛っていうのはやめてほしい。あたし、船頭たちから一目置かれるような存在になりたいわけじゃないんだから。

まあ、たしかに櫓《ろ》を握ると、人相も心持ちも変わってしまうけれど。

「あたしは、『みとや』の看板娘の瑛ですから。船頭じゃないのよ」

へいへいと、辰吉は適当な返事をした。

「だいたい猪牙舟勝負だなんてこと知れたら、お加津さんが怒るに決まってるわよ」

「そうかなぁ、結構、女将さんも、あんたの舟の師匠の源助《げんすけ》さんも面白がってたけどな」

「まさか、話したの？」

お瑛は探るように訊ねた。

「祖父さんから聞いたぜ。櫓を薄くしたってのはさ、やっぱり舟を速くしたかったたってことだよなぁ。あのお瑛だからこそだ」

辰吉は腰を上げ、よっと声を掛けて、舟から飛んで下りると、桟橋に立った。舟が揺れて、たぷんと水音が立つ。

あたしの問いかけの答えになってないと、お瑛はちょっとだけ腹を立てた。

「ま、これからよろしく頼まぁ、お瑛さん」

くしゃりとした笑顔を向ける辰吉にお瑛は憮然《ぶぜん》とした。

お瑛はお加津の居室に落ち着くと、

「用事ってこのことだったんでしょう」

すぐさま詰め寄った。

「だってさ、茂兵衛さんの孫の辰さんがうちに来たよ、なんていってもつまらないじゃない。驚かしてやろうと思ったのさ」

浅からぬ因縁もあるようだしねと、お加津はおかしそうに煙管《キセル》へ刻みを詰めた。

やっぱり話したんだ、とお瑛は心の中で頭を抱えた。

「猪牙舟勝負なんて、楽しそうだよねぇ」

「あたしはもう受けませんから」

お加津が、あらまあと眼を丸くする。

「あのときは、女が舟に乗るのがどうとかっていわれたのが悔しかったの」

「まあ、いいさ。でも辰さんは、お瑛ちゃんの本気の櫓さばきを見たくてしかたないようだけどね」

勝手に見たがっていればいいと、お瑛は思った。あたしがどうして櫓を押すか知らないんだから。

前に進む、そのためだ。

辰吉のように速さなんかどうでもいい。

うっかり速くなっちゃうのは否《いな》めないけれど、でもあたしは速く進むのが望みじゃない。いつでも前を向いていたいから、舟を漕《こ》ぐ。

永代橋の崩落でお父っつぁんとおっ母さんを亡《な》くしてから、大川に架かる橋のどれも、あたしは渡れない。でも舟で、橋を見上げながら、進むことはできる。いつかは、胸を張って自分の足で歩いて渡ると思いながら、櫓を押しているんだもの。

お瑛は、羊羹《ようかん》を一切れ取って、口に入れた。

上品な甘味が口中に広がって、幸せな気分になる。いまは猪牙舟勝負なんて、忘れちゃえ、猪の辰だけが勝手に吠《ほ》えてればいい話だもの。

「ああ、そういえば、巴屋の若内儀さんのお加減はどうなんですか？」

うんと、お加津が頬を緩めた。

「右の二の腕は結構、重かったらしいけど、たいした痕《あと》にはならないだろうって。まだ寝込んでいるけれどね。それよりさ、どうなの？　巴屋さんから受け取った市松人形は売れたかえ」

お加津が心配げに訊ねてきた。

それがと、お瑛はうな垂れた。

小火とはいえ、やはり火事を出した人形屋のものだから、勧めても買ってもらえないと告げた。

「だいたい、まだ燻臭いもの」

「ご隠居さまもそうおっしゃってたよ」

お加津は、ふっと煙を吐くと、長火鉢に火皿の灰を落とした。

「長太郎さんもさ、巴屋さんで売り物にしたところで、さらに売れないだろうからって、引き取ったみたいだから」

巴屋だったら、さらに売れない。

そうか。兄さんが礼金の代わりに人形を受け取った訳ってそういうことか。ご隠居さまもそれがいいたかったのだ。

「ずっと置かれたままの人形が可哀想《かわいそう》だって。長太郎さんってなんかおかしいよねぇ。変な所で、情り深いというか」

「あたしには皮肉と意地悪ばかりなのに」

お加津は、あははと笑いながら、ほらほら、むくれてないで、もっとお上がりよといった。

そうそう、とお瑛は吹き出す。

「兄さん、夜中に眼を覚まして、ぎょっとするんですって。酔ってるときはなおさらみたい。人形が皆で自分を見てるって」

「そいつはいいね。見張り役に好都合じゃないかい。それとも小火から救い出してくれたと感謝しているのかね」

いまごろ、店座敷でくさめでもしているかもしれないと、お瑛はおかしかった。

「それとね、お加津さんはどう思う？」

お瑛は身を乗り出し、市松人形を見に来る男児のことを話した。

「男の子がお人形をねぇ。やっぱりほしいからくるんじゃないのかねぇ？」

お加津は、火箸《ひばし》で炭をつまんだ。

「やっぱり、そうかしら」

でも、それだけじゃないような気がした。

男の子が市松人形に引かれる理由。

「本当に市松人形がほしいのなら、うちなんかじゃなくて、ちゃんとした人形屋を覗《のぞ》くはずよね」

そうよねぇと、お加津は小難しい顔をして、火箸を動かす。

「だとしたら三十八文屋だからじゃないのかい？　だって、そんなお足じゃ、普通人形なんて買えないもの。親はいつもいないのかい」

お瑛は頷いた。

お足を持っているふうでもない。

ただ、市松人形を見つめている。

「声も聞いたことがないんだよね」

「逃げちゃうんだもの」

「どこの誰かもわからないんだ。ちょっと、薄気味悪い感じもするね、子どもとはいえ」

「その子ね、頭の後に大傷があるの」

お瑛がいったとき、女将《おかみ》さん、お瑛さん、すまねえと、辰吉がいきなり障子を開けて飛び込んで来た。

お瑛は、辰吉から向けられた真剣な眼差しに、ちょっとばかり胸がどぎまぎした。

五

「廊下でいまの話を聞いちまいまして」

辰吉が手をついて、いきなり頭を下げた。

お加津が眼を丸くした。

「辰さん、どうしたのさ。べつに謝ることなんかないよ。聞かれて都合の悪い話はしていないんだしねぇ、お瑛ちゃん」

ええ、とお瑛も頷いた。

「いや、盗み聞きなんて野暮な真似《まね》しちまった。けど、巴屋の市松人形を見に来るガキの話だったんで、つい……」

えっ、と思わずお瑛は声を洩《も》らした。お加津も驚きを隠せない。火箸がぴたりと止まった。

「辰吉さん、まさか、その子のこと知ってるの？」

お瑛は身を乗り出した。

「うちの長屋に住んでる、太助《たすけ》ってガキでさ。頭ん後に傷があるってお瑛さんの声が聞こえて、やっぱりそうだと」

「辰さんの住まいは、たしか本所の松井町《まついちょう》だっけ」

お加津の問い掛けに、そうでさと応《こた》えた。

ということは、両国橋を渡って毎日来ていたということだ。

「太助の親父《おやじ》は、人形師なんです」

しかも巴屋に人形を卸しているのだという。腕のいい職人で、元は京で仕事をしていたが、巴屋の主の眼に止まって、江戸に出てきた。巴屋には工房があって、そこで、まだ駆け出しの者に人形作りを教えてもいるのだそうだ。

「火事になったから、仕事がなくなったわけじゃないよね」

お加津が辰吉に訊ねた。

そいつは大丈夫でさと、辰吉が頷く。

太助の父親はいま、端午の節句の人形作りに追われているという。

「だからさ、辰吉さん、それが市松人形とどうかかわるっていうのさ。その太助って子の父親が作ったものが三十八文で売られるのが癪《しゃく》に障《さわ》っているとか」

お加津が焦《じ》れるような声を出した。

「じつは、おれも詳しいことは知らねえんで」

辰吉が申し訳なさそうに、俯《うつむ》く。

お瑛とお加津は、思わず顔を見合わせて、ため息を吐《つ》いた。

ただ、太助がこのところ、長屋の連中と遊ばずに、ひとりでどこかへ出掛けていることを母親が気づいたが、頑として口を割らないという。そのうえ、母親が見張っていても、ふとしたすきに姿が見えなくなっている。

うんうんと、お瑛はひとりで得心していた。あのすばしっこさと、逃げ足の速さは、お瑛も重々承知している。

ふた親も、必ず帰って来るので安心はしているが、どこに行っているのかが知れないのが、心配でならないらしい。

それはそうだろう。

極楽とんぼとはいえ、すっかり大人の長太郎だってお瑛は気掛かりなときがある。

まだ芥子坊主頭の子どもの行く先がわからないなんて、胸が潰《つぶ》れるほどだろう。

「でも、住んでる処と名がわかっただけでもいいかしらね」

お瑛がいうと、

「いや、おれのほうも、『みとや』さんに行っているのが知れて、よかった」

辰吉は、ほっとしたように、肩で大きく息をした。

「ねえ、辰吉さん。太助ちゃんの傷の訳は知っているの?」

長屋の連中から話を聞いたことがあると辰吉がいった。

「二年前のことです。おれは、まだその頃、その長屋にいなかったんで、知らねえってわけなんですが、向島《むこうじま》の隅田堤《すみだづつみ》での花見でね、長屋連中総出で、銭を出し合って、屋根船で大川へ繰り出したそうです。そんとき、はしゃいでいた太助が川に落ちたんでさ」

小さな水音に、船頭も、乗っていたふた親さえも気づかなかった。

だが、六つ歳上《としうえ》の姉だけが、太助の姿がないことに気がついた。見れば、太助が川に落ちている。姉は、太助を救うために川へ飛び込んだ。歳上でもまだ十。泳げるはずもなく、ただただ、弟を助けたい一心だった。

そこではじめて、船上が大騒ぎとなった。

ばしゃばしゃと懸命に手で水面《みなも》を叩《たた》いていたが、太助にしがみつかれた姉は沈む寸前だった。父親に続いて、船頭も幾人かの大人たちも川へ飛び込んだ。

「そのとき川に浮いていた流木が姉弟《きょうだい》を襲って――」

お加津も、お瑛も言葉がなかった。

太助は大怪我を負ったが、それでも助かった。姉が太助の身体《からだ》を庇《かば》っていたからだ。

その先は聞きたくなかった。

「太助の頭の傷はそのときついたもので、姉さんのほうは、そのまま沈んだそうで」

お加津が顔を覆《おお》う。

お瑛も唇を噛み締めた。

「姉さんが川から上がったのは、三日後だったという話です」

太助はまだ四つ。姉の死が理解できず、弔いのときも姉ちゃんはどこへ行ったのかと、ふた親に訊ねて、皆涙をこぼした。

「おれが知ってるのは、それだけでさ。だから、市松人形と太助がどう結びついているのかまでは」

「あたしが訊いてみる。きっと、うちに市松人形がある限り、見に来るはずだもの」

やおら腰を上げたお瑛に、お加津が目尻《めじり》の涙を拭《ぬぐ》いながらいった。

「どうしたってのさ、もう行くのかえ」

「今日、本当はお加津さんの処《ところ》でゆっくりしていくつもりだったの。でも、太助ちゃんはうちに今日も来てるはず」

店番しているのが、誰だかわかるでしょ、お加津さん、というと、

「早くお帰り。長太郎さん、なにかちょっかい出すかもしれないから」

お加津は顔を強張《こわば》らせた。

うん、昨日もそういってたからと、お瑛は心得顔で、

「それじゃ、辰吉さん、またね」

急いで座敷を出て、草履を突っかけると、駆け出した。

兄さん、余計なことしてなけりゃいいけどと、お瑛は心の底から祈った。


浅草御門を抜けて、橋を渡ろうとしたあたりで、

「お瑛さん、おれも、行っていいかい？」

辰吉が追いかけてきた。お加津から、なまり節の煮物も預かってきたという。

柚木で出している甘辛く煮付けた昆布となまり節はお瑛の大好物だった。

「同じ長屋の子どものことだ。ほうっちゃおかれねえ。それにあいつ、姉さんがいな

くなってからこっち、ほとんどしゃべらねえって聞いた」

「そうなの？」

お瑛の急ぎ足に、辰吉も合わせてくる。

お天気がいいから、今日も人出が多い。棒手《ぼて》振りの売り声が混じり合って、なにを売っているのかもわからないくらい通りは賑やかだ。歩を緩めないといけなくなって、お瑛は焦《じ》れた。

そのとき、急に前方が騒がしくなった。

若い娘の悲鳴のような甲高い声と、男の怒鳴り声も上がった。

「あぶねえ、このガキ」

若い男の声が響いた。

えっと思ったとき、お瑛の横を白いものが通り過ぎた。

それを避けようとした棒手振りの魚屋が天秤棒《てんびんぼう》を大きく振った。

「お瑛さん！」

がつんと、大きな音がして、

「痛《い》ってぇぇ」

辰吉が後頭部を手で押さえて、うずくまる。

辰吉が、すばやくお瑛の前に出てくれたのだ。

「だ、大丈夫？」

お瑛が声を掛けたが、辰吉は、うぐぐと妙な唸り声を上げていた。棒手振りが心配そうに辰吉の顔を覗き込んだ。

「すまねえ、兄さん。なんともねえかい」

「なんともねえわけねえだろうよ、痛《いて》えに決まってんだろ、オコゼみてぇな面《つら》しやがって」

辰吉が歯を剝いた。

「なんだと、この野郎。女の前だからって格好つけやがって」

魚屋は天秤棒を放り投げ、袖《そで》をまくり上げた。うるせえ、と辰吉も立ち上がる。

おお、喧嘩だ、喧嘩だと足を止めて、見物に入る者まで出てきた。

「ちょっと、やめなさいよ。往来でみっともない」

お瑛が睨《にら》み合っている辰吉と魚屋の間に割って入る。周りは、ふたりを止めるどころか、囃《はや》し立てる。

と、そこへ長太郎が息せき切って走ってきた。

「うわあ、お瑛じゃないか。そこでなにしているんだよ」

「兄さんこそ、お店どうしたのよ」

「直之さんにまかせて来たから大丈夫だよ、それよりあの小童だよ」

あの小童って、太助ちゃんのこと？　お瑛の心の臓が跳ねる。

すると長太郎が辰吉へ眼を向けた。

「あれ、辰吉さんだったよね、こんなところでどうしたんだい」

「これは、お瑛さんの兄さん」

辰吉が丁寧に腰を折る。

魚屋は呆気《あっけ》にとられて、握った拳《こぶし》をどうしていいのかわからないまま、突っ立っている。

「もう、面倒くさいわね。はいはい、魚屋さんは、早く商売に戻ってちょうだい。こっちはこっちで忙しいんだから」

お瑛は、天秤棒を拾い上げると魚屋へ渡した。なにがなんだかわからねえと、ぼやきながら魚屋は舌打ちした。周囲の者たちも、興醒《きょうざ》めして、去って行く。

「ねえ、兄さん、あの小童って、太助ちゃんのことよね。なにか余計なことをしたんじゃ」

「余計なことってなんだい、ひどいな、お瑛は」

長太郎は一瞬、不機嫌な表情を浮かべたが、すぐに首を傾《かし》げた。

「太助って。あの小童の名をなぜ知っているんだ？」

「それは、いいから。あとで話すわよ。だから、太助ちゃんがどうかしたの？」

お瑛の剣幕に押されて、長太郎は、後退《あとずさ》りしながら応える。

「あの小童を追いかけてきたんだよ。市松人形を盗《と》って、逃げたんだ。裏の婆《ばあ》さんの孫娘と厠の帰りに話し込んじゃってね。その隙《すき》にひょいと」

歳は十五で、これが婆さんに似てなくて愛らしい子でさと、話し続ける長太郎をお瑛は無視した。

じゃあ、さっき通り過ぎて行った白いもの。市松人形を抱えた太助ちゃんだったんだ。

お瑛が、踵《きびす》を返したときだ、

「川に、子どもが落ちたぞ」

遠くで大声が上がった。

道行く人々がざわめき始める。

嘘《うそ》。神田川に落ちたってこと？

「おれが行く」

辰吉が身を翻《ひるがえ》した。

お瑛も裾《すそ》を軽く払って、駆け出した。

六

神田川沿いに、人だかりがあった。

お瑛と長太郎は、人をかき分け、前へ出た。

川に、太助の姿はない。その代わりに辰吉がすでに川へ飛び込んで、太助の名を呼んでいた。

流れがいつもより速いように思われた。

本当に太助が川に落ちたのだろうか。

「あっちだ、頭が見えた」

長太郎が指さした。

「兄さん、あたし、舟を出す」

長太郎の返答を待つまでもなく、お瑛は土手をすべるように駆け下り、舟が舫ってある桟橋まで走りながら、着物の裾を上げて、帯に挟み込んだ。

「辰吉さん、早く太助ちゃんを捜して」

お瑛が叫ぶと、辰吉が泳ぎながら、腕を差し上げた。

舟の舫《もやい》を解いて、棹《さお》をぐいと差して、舟を押し出した。神田川沿いに居並ぶ野次馬が、おおとどよめいた。

「娘船頭か、頑張れよ」

拍手まで巻き起こる。

人の生き死にがかかっているというのに、なんなのよと、お瑛は櫓を握り、きゅうと眉《まゆ》を引き上げた。

「うるさい。見物料取るわよ」

腰を入れて、櫓を押す。櫓臍《ろべそ》がきしむ音がした。

お瑛は足を踏ん張り、身を思い切り後ろに倒して、櫓を引く。一気に舟が加速する。

「お瑛、辰吉さんが太助を抱えたぞ」

長太郎の声がした。

まかせて、すぐ行くから、辰吉さん。

お瑛はふたりの姿をみとめ、そばに漕ぎ寄せた。

「いま棹を出すから摑《つか》まってね」

だが、ようすが変だった。水しぶきが上がっている。太助が暴れているのだ。

「姉ちゃん、姉ちゃん」

太助が声を限りに叫んでいた。

「辰吉さん、早く」

「もう無理だ。太助、人形はあきらめろ」

辰吉の片手が伸びて、棹を握りしめた。

「嫌だ、舟には乗らねえ。おいらは舟なんか嫌いだ。川も嫌いだ」

「太助、いうことききかねえと、おれたちふたりとも死んじまうぞ。おめえの姉ちゃんはおめえに命を譲ってくれたんだろう」

「嫌だ、舟なんざ乗らねえ」

太助が叫んで、またしぶきが上がる。

辰吉が歯を食いしばる。

棹を持つ、お瑛の手も限界だ。これ以上、暴れられたら、ほんとにふたりとも大川にまで流されちゃう。

「太助ちゃん、聞いて」

お瑛は思わず叫んでいた。

「あたしのお父っつぁんとおっ母さんは橋が落ちて死んだの。だから、あたしは、大川に架かるどの橋も渡れない。あんたは、舟に乗れないかもしれないけど、橋は渡れる。あたしは舟が漕げる」

あたしたちふたりで一人前かしらねえと、笑った。太助がお瑛の笑い声を聞いて、静かになる。

いまだと、お瑛が棹を引くと、辰吉が船縁《ふなべり》に指を掛けた。

「お瑛さん、太助を頼む」

着物に水を含んだ太助の身体が思ったよりも重い。お瑛は、太助の身体を引きずるようにして、舟に乗せた。ぐらりと舟が横に揺れて、振り落とされそうになる。太助は、しゃくりあげながら、舟底に転がった。

「姉ちゃん。姉ちゃん」

「辰吉さん、上手《うま》く乗ってね。じゃないと横倒しになるから」

へっと、辰吉は鼻を鳴らした。

「おれは、船頭の猪の辰だぜ」

辰吉が猪牙舟に乗り込むと、川沿いの野次馬が、やんや、やんやの喝采《かっさい》を上げた。

「うるさいっていってるのが、わからないの。この唐変木」

お瑛の剣幕に、辰吉の顔色が変わる。

あのお瑛ってのは、このお瑛だったのかという呟《つぶや》きが聞こえてきた。

と、太助がいきなり立ち上がった。舟が再び大きく揺れる。

「姉ちゃんが、姉ちゃんが。おいらが悪かったんだ。おいらが悪かったんだ」

太助がくずおれるように、突っ伏した。

「あの市松人形の髪に、太助の姉ちゃんの遺髪が混ざっているんだってよ。川ん中で聞いた」

お瑛は仰天した。

死んだ娘の髪を市松人形に使ったのだ。

「もともと人形は持ち主の身を厄から守る身代わりっていうじゃねえか。太助のお父っつぁんは、自分の命と引き換えに太助を救った娘の思いを人形に込めたんだとよ」

太助がそれを聞かされたのは、六つになったこの年だったと、辰吉は、荒い息を吐きながら、濡《ぬ》れて乱れた鬢《びん》をかきあげた。

だから、あんな眼をしていたんだ。懐《なつ》かしいものを見るような、悲しい瞳《ひとみ》をしていたんだ。

「わかったわ。姉ちゃんを見つけてあげる。だから今度はあんたが人形になった姉らゃんを助けるの」

辰吉が顔を上げて、お瑛を見る。

「いや、もう無理だよ、お瑛さん」と、辰吉がいった。

太助はしゃくりあげたまま、お瑛を見つめている。

「無理かどうかは、やってみなきゃわからないわよ」

お瑛は再び、櫓を摑んだ。

「兄さん、市松人形、どこかに浮いてない？　そこの鈴なりの唐変木の方々も人形を探して、早く」

わああと、皆が川を覗き始める。

お瑛は、ぐっと櫓を握る指に力を込め、舟を進めた。風が起きる。

「すげえな」

辰吉の顔が驚きから、喜びに変わる。

「おおーい、お瑛。一町（約百九メートル）ぐらい先に、なにか浮いているそうだ」

長太郎が走りながら叫んでいた。

黒髪が水面に広がっていた。ぷかりぷかりと小さな身体《からだ》が浮いたり、沈んだりしながら川面《かわも》を流れていく。

あった。お瑛は、人形が大川までいかないように、その前に舟を斜めにして、止めた。

「さあ、太助ちゃんが今度は姉ちゃんを助けてあげて」

辰吉が手を伸ばす太助を支える。

太助は市松人形をしかと摑んで引き上げた。

「これで、姉ちゃんとはおあいこね」

太助は市松人形を抱きしめながら、顔をくしゃくしゃにして、満足そうに幾度も頷《うなず》いた。


長太郎は上機嫌で、房楊枝《ふさようじ》を使っていた。

「あの、店先で歯を磨くのは、やめてくださいますか。それと、今日の仕入れですけれど、そろそろ手拭いと、あと簪《かんざし》、櫛《くし》なんかがあると嬉しいんですけれど」

うーん、お瑛は厳しいなぁと、長太郎が歯を剝いた。

巴屋は、いま大工が入って建て直しをしている。

小火《ぼや》のお咎《とが》めは、ほんのお叱《しか》りで済んだ。

「野良《のら》猫では捕えるのもかなわん」

という町奉行のお言葉だったらしい。

ご隠居がかっちり裏から手を回してくれたのだ。

「だけど、まさか、死んだ娘の髪が混ざった人形だったとはね。それが、どう知れ渡ったのか、あっという間に売り切れたねぇ。ひとつは太助が買ったけど」

たぶん、広めたのは兄さんだろうと、お瑛は揚げ縁に品物を並べながら、こっそり笑った。

太助の父親は娘の三回忌を機に、巴屋へ卸した女童《めわらわ》の市松人形ほとんどに、数本ずつ娘の遺髪を混ぜた。弟を守った姉の思いと心が人形の中でも生き続けてくれたらと願いをこめたのだそうだ。

「身代わりになって亡くなった姉さんの弟思いの気持ちが人の心を打ったんだろうけど、私に万が一のことがあっても、妹思いだったと言い触らすような真似はしないでおくれよ、お瑛」

「はい、もちろん。兄さんに限って万が一どころか、万万万が一のことも起きるはずがないけど」

即座に返答したお瑛に、長太郎は口許《くちもと》を曲げる。

そうきっぱりいわれるのも、寂しいもんだねとぼやいた。

「そういや、お瑛辰吉は、なかなかいい取り合わせだね。息も合ってたしさ」

太助のおかげで、じつは『みとや』のお瑛を見に来るお客がどっと増えた。

「やあ、いいお披露目になったよ」

でも、その代わり、一時集まった男客は、ほとんど、はなまきへ流れていったのだけれど。

太助を救ったあと、柚木で濡れた身体を乾かした辰吉は、お加津の居室で、ぐったりと横になりながら、にこりと笑った。

「やっぱり、江戸へ戻ってよかったぜ。楽しみが増えた」

お瑛は、ふと辰吉に錦絵《にしきえ》のことを話してみる気になった。

「そうだなぁ、船頭のおれならいろいろ景色は見ているもんな、持ってきなよ。おれで役に立つならさ。猪牙舟勝負もいつでもいいぜ」

そっちはご免だけれど、楽しみがひとつ増えたと、お瑛も思った。

五弁の秋花

一

「なんでもかでも三十八文。あぶりこかな網三十八文。枕《まくら》、かんざし三十八文。はしからはしまで三十八文」

いつもの売り声も、幾分調子がでない。喉《のど》の通りがよくない。昨晩、寝苦しくて夜具を剝《は》いで眠ってしまったものの、朝は涼しくて、寝惚《ねぼ》け眼《まなこ》のままあわてて布団《ふとん》にくるまった。

風邪にならなきゃいいけど、とお瑛が、一度咳払《せきばら》いをしたとき、

「ご免」

低い声が頭の上から降ってきた。

顔を上げると、菅谷道之進《すがやみちのしん》が立っていた。

菅谷は、元はさる藩の勘定方だったが、無実の罪を着せられた上に、藩を追われた。その冤罪《えんざい》を晴らすことはできたが、結局藩籍を離れ、裏店《うらだな》暮らしをしている。

息子の直之には、図々《ずうずう》しくもときどき店番を頼むことがある。

『みとや』は三十八文均一の店だから、幾品かいっぺんに購《あがな》われると、計算がなかなか大変だ。でも直之は父親同様に算盤《そろばん》達者なので、兄の長太郎が店座敷に座っているよりずっと頼りになる。

たいてい買い物は、直之に任せている菅谷が、こうして店を訪れることは滅多にない。珍しいことがあるものだと思ったが、

「おはようございます」

お瑛は、にこりと笑いかけた。

「いつも直之さんにはお世話になっております」

「なんの。直之もこちらの店番は楽しいと申しておるのでな。遠慮せず使ってやってくれ」

菅谷が目尻《めじり》の皺《しわ》を深くした。

初めて、この界隈《かいわい》に姿を見せたときには、月代《さかやき》も伸び放題、髭《ひげ》もあたっておらず、着の身着のままの立派なうらぶれ浪人姿だったが、髷《まげ》を整え、髭をそると、裏店の女房たちが騒ぎ出すほどの男振りだった。いまでは、菅谷見たさに、子どもを手習い塾に通わせている母親もいるくらいだ。

直之も『みとや』の店座敷に座ると、若い娘から、お婆《ばあ》さんまでこぞってやってく

るくらいだから、その血筋は争えない。

ご妻女も、さぞきれいな方だったろうなと、お瑛は思っていた。

いつの世も、姿形のいい人間は、得をしているような気がするのは、ひがみだろうか。

菅谷のご妻女は、すでに亡《な》くなっている。いつだったか、直之が菅谷家の墓参りに行きたいといっていたことがあった。

「むろん、母上の位牌《いはい》だけは持ってきましたが、やはりいつか墓前に詣《もう》でたいと思います」

菅谷がいたのは東国の藩だ。

その望みが叶《かな》えばいいと、お瑛も願っている。

菅谷と直之は眼が違う。直之のほうが、円い大きな眼をしていた。きっと、ご妻女によく似た眼なのだ。

そういえば、あたしは誰に似ているのだろう。お父っつぁん似だろうか、それともおっ母さん。

兄の長太郎は、憎らしいことに、ふたりのいいとこ取りをしたらしく、お父っつぁんの高い鼻、瓜実顔《うりざねがお》で眼の大きなおっ母さん。それに比べてあたしときたら、残り物が合わさってしまったようだ。おっ母さんのちんまりした鼻、丸顔のお父っつぁん。組み合わせがどうもなってないと、恨み言をいっても始まらないが、長太郎のほうが、断然得をしている。

近ごろは、まん丸顔というより膨らんでいるような気さえする。

「それは違うよ。女子《おなご》はね、十五くらいから肉がつき始めて、大人になるにつれて痩《や》せるそうだよ。だから、その膨れたまんじゅうみたいな顔も、そのうちふつうの丸顔に戻るよ」

長太郎は慰めているつもりなのだろうが、なんとなくしっくりこない。同じ女子から聞かされるなら得心できるけれど、男の兄さんにどうしてわかるのよってところかもしれない。

お瑛は、菅谷の引き締まった顔を見るともなしに眺めていた。

菅谷は揚げ縁の上を、首をゆっくり左右に動かしながらなにかを探しているふうだった。

「ご入用のものはなんでしょう」

「いや、その」

菅谷は、煮え切らない返答をしながら、

「長太郎さんは仕入れに出ているのかな」

困ったような表情をした。

「お昼過ぎには戻ってくると思いますけど」

お瑛はそう答えながら、ぱちんと手を叩《たた》いた。

「あ、兄さんになにか頼んでいるものがあるのですか」

菅谷は、きまり悪そうに盆の窪《くぼ》に手を当て、

「そういえばそうかもしれぬが、そうともいえないのだが」

と、やはりはっきりしない応《こた》えを返してきた。お瑛は、菅谷を訝《いぶか》しげに見つめる。

菅谷は、お瑛から視線をそらして、味噌《みそ》こしとざるを手に取った。

「おや、菅谷先生」

その声に、あっと菅谷が首を回した。

風呂敷《ふろしき》包みを抱えた長太郎がにこにこしながら戻ってきた。

「お望みのもの、仕入れてきましたよ」

菅谷が、お瑛をちらと見て、わずかに狼狽《ろうばい》しながらいった。

「それは、ありがたい」

長太郎が、ふんふん鼻歌まじりに、風呂敷包みを揚げ縁に置き、結び目を開いた。

お瑛は、へーっと眼をしばたたく。

手拭《てぬぐ》い、櫛《くし》や簪《かんざし》、紅、手鏡まである。筆と墨もあったのを見て、お瑛は得心する。櫛や簪のほうは売れ筋で、しかも品薄になっていた。お客さんからも望まれていた物ばかりだ。兄さんのやる気をこんなに感じたのはついぞない。

お瑛の驚く顔を見て、長太郎はどんなもんだいとばかりに胸を張る。

「兄さん、あたしのお願いしていた品をようやく仕入れてくれたのね」

偉ぶるようすに、お瑛は皮肉を投げたが、そんなことで動じるような長太郎でないのは承知の上だ。

「そうだよ、お瑛がうるさく幾度もいうから仕入れてきたのさ」

鼻をうごめかせていい放つ。いろんなお店や職人に、頭を下げて何度も通って、集めてきたんだよと、さらに恩着せがましいいいかたをした。

「それはそれは、どうもご苦労さまです」

お瑛は、長太郎へ慇懃《いんぎん》に頭を下げながら、やっぱりちょっとやそっとの嫌味や皮肉じゃ兄さんには通じやしないと、心の内でため息を洩《も》らす。

いつか、兄さんをぎゃふんといわせてみたいと思うけれど、あたしもちょっとばかり心が捩《ねじ》けてきたんじゃないかと、心配になる。

お店を盛《も》り立てて、儲《もう》けを出して、兄妹ふたり暮らしていくために、ついつい心ない言葉が口を衝《つ》くのは、仕方のないことなんだろうか。ほんとうは、仕入れに回っている兄さんを労《ねぎら》ってあげなきゃいけないはずなのに。

などと考え込むお瑛などお構いなしに、長太郎は、菅谷へ風呂敷の中身を見せながら、

「これなんか、どうでしょうねぇ」

一本の筆を手にして、こそこそ話しかけている。

「いい感じだと思いますがね。しっくり馴染《なじ》むんじゃないでしょうか」

長太郎が懸命に勧めているが、菅谷は眉《まゆ》を寄せ、小難しげな顔をしている。

「じゃあ、こちらは」

と、長太郎が別の筆を取って、書く真似《まね》をするように風呂敷を穂でなぞる。

菅谷は、むうとか、うむとか、ちらちらお瑛へ視線を向けながら、困惑げに頷《うなず》いている。なんだか、あたしがいては邪魔といわんばかりの雰囲気だ。

「ねえ、兄さん。あたし裏で洗濯しなくちゃならないから、お店番頼んでいいかしら」

お瑛が声を掛けた。

「それと、仕入れた品は並べる前に、仕入帖《ちょう》に書き込んでおいてね」

お瑛が腰を上げると、菅谷が息を大きく吸って、ほっとしたように、肩の力を抜いた。

やっぱり、菅谷のようすはいつもとまるで違う。

筆一本選ぶのに、あんなに難しい顔をするかしらと、お瑛は首を傾《かし》げながら、店座敷を後にした。

二

夕刻、直之が塾に通う子どもたちを見送りがてら、表通りに出てきた。

「ちっちゃい先生、またな」

中で一番背の高いやんちゃそうな子が直之に手を振ると、他の子たちも「ちっちゃい先生、またな」とその言葉を真似て次々声を上げ始める。

「またな、じゃなくて、さようならだろう」

「ちぇ、いいじゃないか。また来るんだから」

「そういうものじゃないよ。挨拶《あいさつ》はちゃんとしなけりゃいけないからね」

その子が不満そうに唇を突き出す。

「また、来るんだからよ」

直之は「そうだな」といって、その子の頭を撫《な》でた。

「なんだよ。ガキ扱いするなよ」

直之に触れられたのがさも気に食わないとばかりに、自分の手で頭のてっぺんを払うような仕草をした。

「気をつけて帰るんだよ。今日やったところはきちんとおさらいしておくようにね」

別の子が、わかってらいと、垂れた鼻水を袂《たもと》で拭った。

わあわあ皆で帰って行くその背が小さくなるまで見ていた直之が、お瑛を振り向き会釈《えしゃく》した。

「いつも騒がしくてすみません」

「子どもは元気と生意気が一番だもの。でも直之さんはすごいなぁ。お父上と一緒に、子どもたちへいろいろ教えているんでしょ」

直之は、照れくさそうに笑いつつ、

「易しいものばかりですよ。ひらがなや簡単な算術です。そのうちどこかへ奉公へ出たとき困らないようにと」

わずかに眼を伏せた。

「裏店の子どもたちは、幼いうちからどこかへ働きに出されることが多いですから。ほら、背の大きな、やんちゃそうな顔をした子がいたでしょう。三次《さんじ》っていうんですけど」

ええ、とお埃は頷いた。直之に頭を撫でられて、ふてくされた子だ。

「あの子、自分から奉公に出ると決めたんです。なんでも錺《かざり》職人の処《ところ》だそうです」

直之が寂しそうな顔をした。

三次は名の通り、三番目の子どもだ。父親は大工で、真面目《まじめ》な働き者だったが、親方と諍《いさか》いになり、転んだ拍子に腰を痛めた。以来、その腰痛《ようつう》を理由にして仕事をしなくなった。長兄が茶問屋に奉公へ出ているが、そうした情けない父親を嫌って藪入《やぶい》りにも戻って来ない。その代わり、藪入りのときに店から貰《もら》う小遣いを三次へそっと渡しにくるという。

そのうえ、まだ下に弟がいるというから、母親の働きだけで一家の暮らしが立つはずがない。それでも手習い塾に三次を通わせているのは、将来《さき》に困らないよう、という母親の強い希望があるからだ。

だが、五日前。

「ガキでいられるときなんか短けえな、ちっちゃい先生。おいら、早く一人前にならなきゃ」

と、三次は笑いながらいったという。

「おいらさぁ、手先が器用だってみんなにいわれてさぁ。錺職の親方もやってみるかっていってくれたんだよ」

そういって三次は自慢げに鼻の下をこすりあげたのだと、直之が息を洩らした。

「いま三次は十《とお》ですよ。もちろん武家とは違いますけれど、私はまだこうして前髪立ちの半人前」

でも、三次はすでに世間へ出ていかねばならないのですね、と直之は涙ぐむのを隠すように眼を強くつむった。

裏店の子が奉公へ出ることは、決して珍しいことじゃない。むしろ、親元を離れて、仕事を覚え、一人前になって戻るのは当たり前のことなのだ。けれど、たった十で、家を出るというのは、どれだけ心細いだろう。

お瑛も切なくなってきた。

両親が永代橋の崩落で亡くなり、営んでいた小間物屋『濱野屋《はまのや》』も家も借金の形《かた》に取られて、寒風の吹き抜ける通りへ投げ出されたのは、お瑛が十一、長太郎は十七だった。

それから、柳橋にある料理茶屋『柚木《ゆずき》』のお加津に商売を教えられながら養われ、こうして『みとや』を開くことができた。

生きていくには、食べること、食べるためには働くことだと、十一のときに知ったけれど、あたしたち兄妹は、運がいいほうだと思う。

極楽とんぼの兄さんとふたり、離れ離れにならずに手を取り合って、こうして頑張っていられるんだもの。

「父も残念がっています。すごく勘のいい子で、算盤も読み書きの上達も速くて。できれば、もっと教えたかったといっていました」

「なら、きっとどこへ行っても大丈夫ね」

「ええ、まあ。頑張ってくれると思います。きちんと修業して、ちっちゃい先生に惚れた女ができたら、おいらが簪作ってやらあと、生意気をいいました」

直之が顔を曇らせながらも、自分を納得させるように笑みを浮かべた。

ただ、と直之は軽く唇を嚙《か》んだ。

「三次が奉公に出るのは、家のためだけじゃないんです」

えっと、お瑛は眼をしばたたく。

「歳《とし》の離れた姉のためらしいです。みなみという処で働いているようですが、父親がよく銭の無心に行くとかで、それをやめさせたいといってました」

お瑛は言葉を失った。

直之さんは江戸の人じゃないから知らないんだ。みなみで働いているって、つまり売られたってことだ。

みなみは、品川宿のことを指す。

品川は、江戸への出入り口として、賑《にぎ》わっている処だ。宿屋もたくさんあるが、遊女屋もある。飯盛女ともいわれ、酒食の給仕もするが、男客の相手にもなる宿場女郎だ。

もちろん旅人も多く品川に宿を取るが、江戸からは「ちょいと、みなみへ行ってくらぁ」という調子で遊びに出掛ける男も多くいる。

三次の姉はそうした場所で働いているのだ。

お瑛は自分を恥じた。三次という子に、悪い気がした。「大丈夫」なんて、慰めにも励ましにもなっていないことをいってしまったような気がした。でも、こんなときに思いつくのは、そんな言葉しかないのだと、お瑛は直之へぎこちない笑みを返した。

「それじゃ、これで」

直之が丁寧に腰を折り、身を返しかけたとき、お瑛は半身を乗り出し、問い掛けた。

「そうだ、直之さん。お父上に、どこか変わったようすはない？」

今朝の菅谷のことを告げた。

「さあ、どうでしょう」

直之は行き掛けた足を止め、首を捻《ひね》る。

「子どもたちには、いつもと変わらず接していましたよ。さきほど湯屋に行きましたが」

あらと、お瑛は口を開けた。

「兄さんもさっき湯屋へ行ったわよ」

「ああ、そういえば、長太郎さんと待ち合わせしているといっていました」

直之がいった。

「きっと長くなりますねぇ。おそらくふたりで湯屋の二階でのんびりしてくるでしょうから」

「そうねえ」

湯屋の二階は男客だけが入れる社交場のようになっている。軽く食事もでき、囲碁、将棋などの遊具も用意されていた。

でも、うちの兄さんと湯屋で待ち合わせなんて、これまであったかしらと、お瑛は菅谷の様子を思い浮かべつつ、

「どうせならうちで夕餉《ゆうげ》を食べない？」

と、直之を誘った。

「よろしいんですか？」

直之の顔がようやく明るくなる。

「構わないわよ。ひとりで食べるのも、味気ないし。たいしたお菜はないけれど、ご飯だけは炊《た》いてあるから」

「では遠慮なくいただきます。一旦《いったん》、家を片付けてからまた伺います」

直之は駆け出して行った。

お瑛は、空を見上げた。青い空がくすみ始めている。そろそろ店じまいを始めたほうがいいかしらと、お瑛は、揚げ縁の上に並んでいる品物へ視線を落とした。

今朝、仕入れてきた櫛や紅、簪はやはりずいぶん売れた。

兄さん、きちんと仕入帖に記したかしらと、お瑛は、丁を繰った。

仕入れた数と売れた数と、お瑛が照らし合わせたとき、あらと思わず声を洩らした。

「簪が一本足りない」

長太郎が仕入れてきたのは、櫛が八枚、簪が十本、紅が五つ。それと筆が十二、墨が三。あとは手拭い、足袋があった。

「ひい、ふう、みい」

お瑛は揚げ縁の上の簪を数える。

売れた数と、残っている数が違う。残っているのは四本だ。でも売れたのは、五本と記されている。

足したら九本。

揚げ縁の上には、玉簪、縮緬《ちりめん》地を摘《つま》んだ華やかな花簪、絹地を花弁のようにして丸くしたくす玉簪、あとは彫りをほどこした平打ちの銀簪が並んでいた。銀といっても、真鍮《しんちゅう》の上側に銀をほどこしたものではあるが、丁度日入りばなの光が当たって、きらきら輝いている。

お瑛は、手を伸ばして銀簪を取った。

菜の花と二羽の蝶《ちょう》。

春の意匠で季節はずれだから、きっと仕入れができたのだと思った。

銀の簪はお武家の妻女がよく挿しているけれど、この頃は商家の内儀の髪にも見かけるようになった。もちろん、裏店の女房には縁遠い贅沢品《ぜいたくひん》ではある。

こんなきれいな簪を挿すのは一体、どんな女《ひと》だろうと、お瑛は思った。

このあたりで似合いそうなのは、斜向《はすむ》かいにある四文屋『はなまき』の女将《おかみ》であるお花くらいのものだ。

抜けるような白い肌をして、長い睫毛《まつげ》に、少し眦《まなじり》の上がった大きな眼と、黒目がちの瞳《ひとみ》は吸い込まれそうなほどだ。ぽってりとした小さな唇も、熟した木の実のようにいつも艶《つや》やかだ。店座敷にしどけなく座って、長煙管《ながギセル》を粋《いき》に構え、ときには三味線をつま弾いている。

そんなお花見たさに、隣町どころか、大川《おおかわ》を越えてやってくる常連客もいる。

総菜を購った客に、お花は「ありがとうござんす」と、口角をゆっくり上げて、微笑《ほほえ》む。それだけで男どもは、心の臓を射抜かれたように、ぽーっとした顔をする。

お瑛が真似たら頬がぴくぴくして引き攣《つ》った。長年、吉原でお職を張ってきたお花との違いをまさに身を以《もっ》て知った気分になった。

総菜のほとんどは一緒にいる老婆が作り、お花は味見をするだけだ。

裏店の女房たちは老婆が店番をしているときを狙《ねら》って、買いに行く。悔しいけど、美味《おい》しいと皆、口を揃《そろ》えていう。

お瑛もそう思う。なすの煮浸し、青菜の漬け物、揚げ出し豆腐、蒟蒻《こんにゃく》のきんぴら、甘い卵焼き、みんないい塩梅《あんばい》の味付けだ。

　でも、どれも、お瑛が買ったものでなく、お花から「残り物だけど」と、兄の長太郎がもらってくる物ばかりだ。

　長太郎がまだ濱野屋の若旦那《わかだんな》だった頃、吉原に遊びに行ったときの相方が、花巻と名乗っていたお花だった。長太郎もお花もお互いにその頃はその頃として、もちろん昔語りはしない。

　それは、吉原という特別な場所だからなんだろうと思う。

　お瑛も、そのあたりのことはわかっているつもりだ。お花はもう、花巻という花魁《おいらん》ではなくて、四文屋の主《あるじ》。総菜を売って暮らしているひとりの女子なのだ。

　吉原の女郎が産んだ子だとか、出自や店を開いた経緯《いきさつ》について、お花をあれこれ詮《せん》索《さく》する人もいるけれど、お瑛はひとつだけ知っている。お瑛が漕《こ》ぐ猪牙舟《ちょきぶね》を少しも怖がらないということを。その速さが気持ちいいともいった。

　長太郎は、櫓《ろ》を握ったお瑛は人相も性質も変わるというが、お花はひと言もいわずに、川面《かわも》をすべる舟を楽しんでくれた。

「これだと、どの簪が売れたかわからないけど」

　どういう簪をいくつ仕入れたかまでが記されていないのは、やはり困りものだ。書き損じるほどの数でもないのに。

お瑛は仕入帖を再び眺めて、筆が一本も売れていないことに気がついた。

菅谷の気に染む物がなかったということだろうか。

お瑛は、うーんと腕を組んで仕入帖と揚げ縁とを交互に眺めた。

はっとして、銭箱の中を確かめた。三十八文多い。

もしかして……。

菅谷さんが求めたのが、簪だとしたら。

いやいやいや、とお瑛はひとりで首を横に振りつつも、ある光景が脳裏に浮かんできた。

いつだったか、お瑛が湯屋の帰りに蔵前《くらまえ》通りの粟餅《あわもち》屋に寄り道しようとしたときだ。店の中から菅谷とお花が出てきた。思わず顔を伏せてしまったが、心底、仰天した。

お花が、ときおり菅谷の処に総菜を届けているという話は、裏店の女房から聞かされていた。菅谷はそのお礼のつもりで粟餅屋に行ったのかもしれないけれど――。

本当のところ、ふたりの仲はどうなのだろう。

男前の菅谷ときれいなお花。

組み合わせとしては申し分ない。

お瑛は頭を振る。そんなの余計な詮索だ。

そうは思いつつも、興味が湧《わ》いてくる。自分のことじゃないのに、胸のあたりがこそばゆいような、妙な感じがする。お瑛は腕組みを解いて、うふっと笑みを浮かべた。

「お瑛さん、お待たせ……」

戻って来た直之がふと怪訝《けげん》な顔をした。

お瑛は、あわてて仕入帖を閉じ、腰を上げる。

「すぐ夕餉の支度するわね。直之さん、お店番頼めるかしら?」

「はい、承知しました」

直之はいつものように、長太郎の『みとや』の屋号入りの半纏《はんてん》を羽織って、店座敷に座った。

「なんでもかでも三十八文。あぶりこかな網三十八文。枕、かんざし三十八文。はしからはしまで三十八文」

早速、売り声を張り上げた。まだ、少年の高めの声は、夕暮れ近い通りによく響く。

お瑛は、台所で沢庵《たくあん》を切りながら、直之の売り声を聞いていた。

直之さんは自分の父親とお花の仲をどう思うのだろう。

三

長太郎が帰ってきたのは、木戸も閉まる寸前だった。

酒臭い息を吐いて、店座敷から続く居間に戻って来るなり、ごろんと寝転んだ。行灯《あんどん》のほの暗い明かりの中で、仕入帖に筆を入れていたお瑛に、

「お水をいただけませんかね、お瑛さん」

と、少々怪しげなろれつでいった。

「ずいぶん、お酒が入っているみたいだけど、菅谷さんと待ち合わせてなにかご相談事でもあったのかしら？」

お瑛は台所の瓶《かめ》に汲《く》んである水を柄杓《ひしゃく》で湯飲みにうつしながら、さりげなく訊《たず》ねた。

「どうして知っているんだい？」

長太郎は横になりながら、首をちょっと上げた。返事が少しだけうわずっている。

「直之さんから聞いたのよ。はい、お水」

お瑛は座敷に上がり、湯飲みを差し出した。

長太郎は半身を起こした。お瑛から湯飲みを受け取ると、ひと息に呑《の》み干す。

「その言い方だと、さも悪い相談をしているように聞こえるなぁ。菅谷さんだけじゃないよ、寛平も一緒さ」

長太郎は受け流すように応えた。

「男同士っていうのは色々あるんだよ。今日は囲碁の勝負をして、負けた奴《やつ》が、酒代を出すって遊びだよ。それに菅谷さんを誘ったんだ。大負けは寛平」

そういって笑顔を向けると、これ以上は話さないとばかりに口許《くちもと》を引き結んだ。お瑛は、酔った長太郎ではと思いつつも、仕入帖を開いて見せた。

「兄さんに少々伺いたいことがございまして、いままで起きて待っていたんですけど」

「馬鹿《ばか》丁寧に話すときのお瑛は、怖いからやめておくれよ。今夜じゃなくてもいいだろう。もう遅いし、行灯の油ももったいない」

よし布団を出すかと、長太郎はふらつきながら、座敷の隅に、夜具を隠すために立て回してある衝立をはずした。

「あのね、仕入れてくれた簪と売れた簪の数が違っているのよ」

お瑛は長太郎が夜具を敷き始めるのを横目で眺めながら、いった。

「それは、私が書き間違えたんだろうね。それだけだよ。すまないね」

「あたし、銭箱も確かめたの。三十八文きっちり多く入っていたんですけど」

今日仕入れた物だけでなく、他の品数も確かめ、すべて照らし合わせると、簪しか考えられないと、さらにいい募った。

長太郎は、大きな眼をとろんとさせながら、うんと唸《うな》る。

「そういうこともあるよ。でも本当に簪かい？　お瑛が昨日書き洩らした品かもしれないじゃないか」

長太郎の口調が強くなり、

「ほんとに眠いんだ。お瑛も早くおやすみよ」

敷き終えた夜具に転がると、かしこまっていたお瑛にさっさと背を向けた。

どうもなにかを誤魔化しているように思えてならない。けれど、今夜は仕方ないかと、お瑛は仕入帖を閉じて立ち上がった。

仕入帖のことは、長太郎が頑《かたく》なに認めなかったので、結局うやむやになった。

お瑛はちょっと抜けてる処があるから、仕入帖に書き込んでいる最中にお客が来て、書き忘れたのかもしれないよと、臆面《おくめん》もなくいい放った。

お瑛が『みとや』の看板を軒下から下げていると、男の子が店先で立ち止まった。

揚げ縁の上に並んでいる銀簪を手にして、眼をすがめている。

三次だった。これから菅谷さんの塾に行くところなのだろう。そういえば、もうすぐ錺職人の元に奉公に入るといっていた。だから、簪が気になるのかもしれない。

「それ、きれいな簪よね。意匠も可愛《かわい》らしくて。三次さんも、そういう簪が作れるようになるといいわね」

お瑛は、三次と目線を合わせるように中腰で話し掛けた。

三次は見られていたのだと、すぐさま簪を揚げ縁の上に戻し、お瑛を睨《にら》みつけてきた。

「なんで、おいらの名前を知ってるんだい？　奉公先のことまで」

「ごめんなさい。直之さんとあたし、お友達だから」

三次は、へえっと視線を緩めた。

「あのちっちゃい先生。年増《としま》好きかぁ」

年増ってあたしのこと？　と、お瑛の眼と口が同時に開いた。

三次はけたけた笑っている。

「ちょいと顔が赤くなってるよ、図星かい」

やだ、あたし、こんな小さな子にからかわれてる。

「あたしは、直之さんのお友達。それに、まだお姉さんですから」

お瑛が怒ったふうに頬を膨らませると、まるでふぐみてぇだと、容赦なく返してきた。

なんとも口達者な子だと、お瑛は腹が立つより、感心してしまった。すごく勘がいいと、菅谷がいっているくらいだから、賢い子なのだろう。

お瑛は、いい返したい気持ちを抑えて、

「でも、その簪が気になったのはどうして？」

と、訊ねた。

「この平打ちの簪、おいらが世話になる親方の作ったやつなんだ。仕事場で見たことがあったんだ」

「ほんと？」

お瑛は思わず、三次の両肩を摑《つか》んでいた。

眼を見開いた三次が、嘘《うそ》なんかいわねえと、お瑛に強い口調でいった。

「なんでも、蝶の形が気に食わねえって、いつも納めてる小間物屋に売らなかったんだ。そういう親方の気《き》っ風《ぷ》も、おいら好きでさ。親方は、刀の鍔《つば》や神輿《みこし》の飾りも作るんだぜ。それが細かくて、きれえでさ。憧《あこが》れているんだよ」

なあ、もう手ぇどけてくれよと、往来をはばかるように三次がいった。

「まるで悪い事したみてえで嫌だ」

「ああ、ごめんね」

肩から手を放すと、もう先生の処へ行くといって、お瑛の横をすり抜けた。

うちは、三十八文均一の店だから、いろいろな処から仕入れをしている。直《じか》に職人の元を訪ねることもあれば、問屋、小売店、古道具屋にも寄る。売値が安いから、仕入れ値が高くては商いにならない。一文でも安く買い上げたい。そういうことを考えなしに長太郎は仕入れてくることもあるが、売れ残りや季節はずれの物など、安くしてもらえそうなものを選んでくる。たった一品のためだけに立ち寄ることもある。でも、そんな気質の錺職の親方なら――。

「ちょっと待って。その親方、他にもお得意先に納めていない簪なかった？」

三次が足を止めて振り返った。

「わかんねえよ、そんなの」

そう即座に応えてきたが、ふと疑わし気に眉を寄せた。

「なんでそんなこと訊《き》くんだい？」

「ほら、銀の簪はそうそう仕入れられないから、またお願いできればなって思ったの」

「ふうん。教えてもいいけどよ、いつも仕入れしているのは、あんたの兄さんだろ？その兄さんに訊けばいいじゃねえか」

それがね、とお瑛は困り切った顔をして、

「うちの兄さん、たくさん仕入れてはくるんだけど、目利《めき》きがね、ちょっと」

嘘をついた。

「そうかなぁ、ちっちゃい先生はさ、結構、いい品があるっていってたけどなぁ」

嘘を見破られた気がして、どぎまぎした。

兄さんの品物を見る眼は悪くない。いわくつきのお皿とか、困っている行商人から大量に買い入れるとか、時々、とんでもないこともしてくれる。けれど、元々小間物屋の若旦那だったから、眼はそれなりに養われているようで、粗悪品は決して買い付けてこない。

「飾り物は女が見たほうがいいでしょう？」

得心がいかないというふうな顔つきをしていたが、三次は錺職の親方の住まいを教えてくれた。

お瑛は、首を長くして長太郎が仕入れから戻るのを待った。こういうときはすごく時が長く感じられる。すぐにでも錺職の家へ向かいたかった。

午後になると、空模様が怪しくなってきた。灰色の雲が流れている。

「ひと雨きそうだねぇ」

ようやく長太郎が帰って来た。

風呂敷包みの中は空だった。いつもより遅く戻ってきたのに、仕入れた品がひとつもないのは怪しい。

「今日はどこも駄目だったんだよ」

お瑛の顔色を読んだように長太郎がいった。

「じゃ、兄さん、お店番お願い」

と、お瑛は半纏を脱いだ。

「いま、帰ったばかりで店番かい？　お瑛は人使いが荒いなぁ」

そういいつつも、いつものような文句ではなく、軽口めいている。

なんか怪しいけれど、それどころじゃない。

お加津の処へ行くと誤魔化したが、本当に錺職人の家で用を済ませたら、寄るつもりだった。

お瑛は、胸許にあの錦絵を忍ばせている。柚木の雇われ船頭の猪の辰こと辰吉に見てもらうつもりでいた。辰吉も「おれで役に立つならさ」と、いってくれている。

錺職人の家は、運良く柚木からさほど離れていない薬研堀《やげんぼり》裏の同朋町《どうぼうちょう》の表通りだった。二階建ての立派な表店《おもてだな》だ。

キンキンと、小さな音が洩れ聞こえてくる。金物を刻んでいる音だ。

きちんとした工房なのだと、お瑛は気後れしながら、開け放たれていた戸からそっと中を覗《のぞ》き込んだ。

五人の職人がいた。歳は色々だ。まだ前髪を残している子から、すっかり一人前の職人もいる。

三次はここで奉公するのだ。

「なんだえ、娘さん」

白髪の男がお瑛に気づいて、顔を向けた。三次が憧れている親方だろう。

お瑛は肩をすぼめて、丁寧に頭を下げた。

「少々お訊ねしたいことがありまして」

親方は一旦眉を寄せたが、すぐに柔らかな眼を向け、お瑛に「こっちへ上がんな」と、いった。

四

錺職の工房を出たお瑛の足取りは重かった。親方の言葉が脳裏に甦《よみがえ》る。

そんなひどいことって、あるんだろうか。

長太郎は、やはり平打ちの銀簪を二本買い上げていた。

その一本は菅谷さんが購《あがな》ったのだ。そして贈った相手は、たぶん——お花だ。今日、遠くからだったけれど、お花の髪に光ったものが見えた。

きっとあの簪だ。

お花はどう思っただろうか。

あれが、なんの意匠だったか、知らなかったとはいえ、まったく、男どもはしょうがない。お瑛は腹立たしくて、悔しくて、悲しくなった。

浅草橋の中程まで来たところで、柚木に寄るのを忘れていたことに気づいた。けれど、こんなもやもやした気持ちのままじゃ、行けやしない。

「おーい、お瑛さんじゃねえか」

橋の下から声が聞こえた。辰吉だ。

　お瑛は欄干から神田川を覗き込んだ。

　辰吉が舟から橋を見上げていた。丁度、客の送迎を終えたところのようだった。

「なんだい、しけた面《つら》してよ。いつもの元気はどうしたんだよ」

　お瑛は、ううんと首を横に振る。

「あたしは元気よ。今日ほんとは柚木に寄って、辰吉さんに錦絵を見てもらおうと思っていたのだけど。用事を思い出しちゃって」

「次の客まで間があるから、いまなら構わなかったんだが」

　辰吉は橋のお瑛を見上げる。腰の手拭いを引き抜き、汗を拭った。

「じゃあ、少しだけ」

　ここで断わるのも妙に思われる、とお瑛は橋を渡り、すぐに土手を下りた。

　舟を桟橋につけ、舫《もやい》を結び終えた辰吉に、

「これなんだけど」

　お瑛は錦絵を差し出した。辰吉がどれどれと覗き見て、唸る。

「この景色か。富士のお山が描かれてねえから、西向きに描いたものじゃねえよ。西から東側を描いたか、江戸じゃねえかもな」

「江戸じゃない？」

お瑛は眼をしばたたく。

「けど、おれも、どっかで見たような気がするな」

「ほんとう?」

「いまは思い出せねえが、ちょいと借りてもいいかな。船頭仲間にも見せてえ」

お瑛は大きく頷き、踵《きびす》を返した。

「なんだよ、もう行っちまうのか。少しだけ、ふたりで大川流そうぜ」

「それは、次にするわ。もう店に戻らないと。辰吉さんも仕事が残っているでしょ」

なんだよ、面白くねえなぁと、辰吉は名残惜しそうな顔をした。

お瑛は小走りになって、通りを行った。

茅町に入り、店を遠くから眺めると、長太郎が店座敷で大あくびをしている。はなまきは、店じまいの最中だった。

『みとや』の前を行くと、長太郎が目ざとくお瑛の姿をみとめて、すぐにでも半纏を脱ぎそうな仕草をした。

「兄さん、ごめんね。ちょっと、お花さんに用事があるの」

「え? それはひどいなぁ」

ひどいのは、どっちよと、お瑛は心の中で毒づきながら、通り過ぎた。

お花と手伝いの老婆が、並べられた大皿を重ねて片付けをしている。

お花の髪を見る。やはり、銀簪が挿されていた。

「あら、お瑛さん、血相変えてどうしなさんした」

お花が眼を丸くした。

「お話ししたいことがあります。でもここじゃ――」

「もうすぐ片付け終わりますから、わっちの家では？」

お瑛は、もくもくと片付けをしている老婆へ眼を向けた。

と、老婆がお花の耳許に何事かを囁《ささや》いた。

お花は軽く頷くと、にこりと笑って、

「じゃあ、お瑛ちゃんの舟に乗せてくださんすか？」

お瑛に向かっていった。雲の切れ間から射《さ》し込む陽の光に銀簪がきらめいた。

桟橋に辰吉の姿がないのを確かめてから、お瑛は舫を解いた。

お花と通りを歩くのは、なかなか大変だった。はなまきの常連客が、必ず声を掛けてくる。お花もその度に足を止めるので、神田川まで来るのに、四半刻《しはんとき》（約三十分）もかかってしまった。

「お瑛さんの舟に乗るのは、久しぶりでござんすね」

猪牙舟に腰を下ろしたお花は嬉《うれ》しそうだった。

「わっちに話とはなんでござんすか？」

「それは、大川へ出てからにします」

お瑛はそう応《こた》えると棹《さお》を岸に差して、ぐいと舟を動かした。

川の中程まで出たところで、櫓を握る。腰を入れて、一気に押し、そして引く。猪牙舟が川面を切るように進む。櫓臍《ろべそ》が音を立てる。

「ああ、やっぱり気持ちがいい」

お花は、肩から落ちた薄物の羽織の襟を直す。お花は後ろ姿にも色気がある。片手をつき、腰を少しずらして座っていた。

大川には、たくさんの舟が行き来している。お瑛は、いつもよりもゆっくり進んだ。幕府の御米蔵前を進み、首尾の松を過ぎて、吾妻橋を潜《くぐ》った。

舟が少ないあたりで、お瑛は櫓を下ろし、お花の後に座る。お花も身を捩《ねじ》って、お瑛に顔を向けた。

やはりきれいな女《ひと》だなと、お瑛はうらやましく思った。

「ねえ、お話ってなに？」

一旦、唇を噛み締めてから、お瑛は口を開いた。

「その銀簪《ぎんかんざし》のこと、兄さんに代わってお詫《わ》びします」

お瑛は指をついて、頭を下げた。

はあ、とお花のため息が洩《も》れた。頭を下げたままのお瑛は、案の定、お花は気づいていたんだと思った。当然のことだ。

「ほんに、無粋なお方でござんすね」

お花は、艶のある黒髪に挿した銀の簪に触れた。

「昨日、菅谷さまからいただいたもの。本銀じゃありんせんけど、うれしうござんした」

長太郎さんの処で購ったものだったのでござんすかと、お花は、船縁《ふなべり》に白くて細い指を掛けた。

お瑛は、平打ちの銀簪の意匠に眼を凝らす。お瑛はもう一本の銀簪を思い出していた。菜の花に蝶。初春のものだから、いまの季節には合わないと思ったのだとしても、こっちの簪をお花には贈るべきじゃない。

「やっぱりそうですよね」

お瑛の口からも、ため息が洩れる。

と、お花がいきなり赤い唇から笑みをこぼした。なぜ笑みを浮かべられるのかが、お瑛には不思議に思えた。

「殿方ではわかりんせん。きっときれいだったからでござんしょう」

たしかに、とてもきれいな透かし彫りだった。五弁の花が三つ彫られている。一見しただけでは、なんの花かはわかりづらいけれど、よく見れば――。

本当はもっと小さな花が集まって咲く粟花《あわばな》とも呼ばれているものだ。

粟花には、別の名もある。むしろ、そちらのほうが、よく知られている。

「菅谷さまが、懐紙に包まれ、おずおずと差し出されたのを見て、わっちにはとてもいえなかった」

お瑛は、舟の上を這《は》うようにして、お花に近づいた。舟がわずかに揺れて、川面に波が立ち、たぷんと舟の横腹を叩《たた》く。

「でも、いうべきだったのよ、お花さん。菅谷さんはきっと知らなかったんだもの。これを売った、うちの極楽とんぼの兄さんにも責《せめ》はあるわよ」

強い口調でいった。

お花はわずかに顔を伏せ、静かに首を横に振った。

「お瑛ちゃん、ありがとう」

けれど、いただいた物をいまさらお返しすることも叶《かな》わないし、受け取った物を挿さないわけにもいかないからと、お花は、対岸に見える待乳山《まつちやま》あたりへ眼を向けた。

小高い丘のような山だけれど、そのてっぺんに聖天宮《しょうでんぐう》がある。夫婦和合、商売繁《はん》盛《じょう》を願う聖天さまが祀《まつ》られている。

参詣《さんけい》で訪れる人ももちろんたくさんいるが、江戸が一望できる名所でもある。

その裏手に流れているのが、山谷堀《さんやぼり》だ。

幾艘《いくそう》もの猪牙舟が行き交っている。その波が、お瑛の舟を揺らす。

中に、今戸橋《いまどばし》をくぐり、山谷堀に入っていく一艘が見えた。若旦那然とした男が、幇間《ほうかん》のような者を連れている。

山谷堀は、日本堤沿いに流れている。その舟がどこへ向かうのかは、すぐにわかる。

吉原だ。

お花の瞳がわずかに潤《うる》んで見えたのは気のせいだろうか。

簪の意匠は、おみなえし。

秋の七草のひとつだけれど、おみなえしは、女郎花と書いて、おみなえしと読むのだ。

元花魁《おいらん》のお花が、女郎花の簪を贈られるなんて、いくら菅谷さんが、この花に気づかなかったとはいえ、悲しすぎる。

「あたしが、兄さんにいうから。簪を一旦、預からせてください、お花さん」

お瑛がいうと、お花がきりりと厳しい顔を向けた。

「余計な真似《まね》は結構でござんすよ。そんなことすれば、わっちが恥をかきます」

「恥なんかじゃありません。あたしはちゃんと伝えるべきだと思います。菅谷さんにも、兄さんにも」

だって、お花さんは、もう四文屋を立派に切り盛りしているんだから、お瑛はさらにいい募った。

「けどね、お瑛ちゃん。過去は消えないし、時を戻してやり直すことだってできやしない。わっちが吉原でお職を張っていたのは、まことの話」

それは、長太郎さんだって知っていると、いった。

お瑛は、はっとして顔を伏せた。

たしかにお花のいうとおりだ。

永代橋が崩れなかったら、お父っつぁんもおっ母さんも死なずに済んだ。雨が続いて、富岡八幡宮《はちまんぐう》のお祭りが延びなかったら、橋の下を将軍さまのご実家である一橋家《ひとつばし》の船が通らなかったら、人々が橋に殺到することもなかった。橋がその重みで崩れることもなかったのだ。

けれど、過去は消えない。時も戻せない。

お瑛は拳《こぶし》を握りしめた。

すごくすごく当たり前だけれど、過去のない人なんかいない。この世に生を享《う》けたら、その途端、一日一日が過去になっていく。

過ごしてきた年月が、苦しかったのか、幸せだったのか、どう思うかは、その人次第。

もちろん、お花が吉原でどんな暮らしをしてきたのかはわからない。苦界といわれ、悪所と呼ばれる場所で、どんな思いをしながら生きてきたのか、お瑛には訊けない。

お花は、煙草《たばこ》いいかしらと、袂《たもと》から煙管《キセル》を取り出した。男の持つような煙草入れではなく、異国の布地で作られた小さな可愛らしい物だった。

「火種もあるから大丈夫」

煙管筒から取り出したのは、はなまきで使っている長煙管ではなくて、普通の長さの銀煙管だ。初めて『みとや』を訪れたときに購った、とんぼの付いた物だった。

お瑛が刻みを入れるようすを見ているのに、お花が気づいて、口の端を少し上げた。

「あれは、お店用。普段はこっちを使っているの」

三味線を弾くのもそういうこと。男客へしなを作るのも同じ、とお花がいった。

「過去は消えないなんていったけれど、店の名も、はなまき。結局、わっちは花魁であったことをいまも利用している。ずるい女でござんすよ」

簪の一本や二本で気が滅入《めい》るほどの女じゃござんせん、と、お花は、煙草の煙を吐いた。

五

「わっちが吉原生まれだっていう噂《うわさ》が流れているのは知っている？」

お花が問い掛けてきた。

お瑛はただ頷《うなず》く。

「総菜作ってるお婆《ばあ》さんいるでしょ？　あの人ね、あたしのほんとのおっ母さん」

えっと、お瑛は眼を見開いた。

「老《ふ》けて見えるかもしれないけど、五十にもなっていない。飲んだくれの亭主に売られちまったの。わっちのお父っつぁんってことだけど」

売られたとき、母親はお花を身ごもっていたのだという。

「おっ母さんを買った遊女屋のご主人、つまりわっちの育ての親ともいえるお人がね、わっちを流さないで、産ませてくれたの」

でも、男童《おわらわ》だったらたぶん追い出されていたか、牛太郎《ぎゅうたろう》にでもされていたかもしれないけれどと、笑った。

お瑛がきょとんとした顔をしているのを見て、牛太郎は遊女屋の客引きのことをいうのだと、お花がいった。

「わっちは、おっ母さんとは引き離されてね、顔も名も知らなかったし、知らされなかった。物心ついてから、なんとなくようすもわかっていたし、主夫婦をまことの親とは思わなかった。売られてくる女の子はたくさんいたし、わっちもそういうものだと思ってた。生まれ落ちたときから、遊女になるよう育てられたからね。噂もあながち間違いじゃござんせん」

お花は、淡々と語った。

煙管をとんと船縁にあてて、灰を大川に流す。風が少し出てきて、お花のおくれ毛を揺らした。

「時が戻ってもそんな運命はもう変えられないと思わない？　お瑛ちゃん」

「でも、これからは真っ白でしょ。これからを作るために、四文屋を開いたんでしよ」

お花は、ふと仰ぐように細い顎《あご》を上げ、あははと、小さく笑った。

「なんだかわからなくなっちまったみたい。わっちはなにがしたいのか、どうしたいのか」

菅谷さまのこともね、とお花は楽しそうにいった。

「ほんに真面目《まじめ》で、義理堅くて、面白味なぞこれっぽちもないお人」

あたりの殿方がわっちの店に、こぞって来るのに、菅谷さまだけは、わっちに見向きもせずに素通りするのが癪《しゃく》に障《さわ》ったと、お花はいった。

「初めはからかい半分、悔しさ半分で、声をお掛けして、お菜を持って行ったの」

けどね、とお花は長い睫毛を揺らした。

「あるとき、総菜の礼だといって、粟餅屋に連れて行ってくださんした」

お花は、柔らかに眼を細めた。

「その帰り道、菅谷さまの腕に手を回して、そのお顔を上目遣いに見ると、菅谷さまはわっちには目もくれず、前を向いたままでなんとおっしゃったと思う？」

お瑛は、応えず首を傾《かし》げた。

「もう重い衣をまとわずとも、よいでしょう、と」

吉原でも花魁のような上級遊女は、長めの裾《すそ》に綿を詰めた小袖《こそで》を二枚重ね、その上から、きらびやかな打ち掛けを羽織り、金襴緞子《きんらんどんす》の帯を締める。島田に結い上げた髪には、櫛《くし》が二枚と、こうがいを左右に三本ずつ、銀簪は十二本も挿す。

菅谷は、そうした物をお花が身にまとう必要がないと告げたのだ。それは、過去ももう背負うなという意味も含まれていたのだろう。

「わっちは吉原の中でしか生きてこなかった。広い空を見つつ、飛んでいく鳥を眺めながらも、囲われた中でしか、生きる術《すべ》を知らなかった。まやかしの世界がわっちのすべてだったから」

遊女が吉原から出られるのは、年季を無事に勤めあげること、いい旦那ができて身請けされること、そしてあとは死ぬこと。その三つしかないと、お花はいった。

母親は、運良く結構な商家の主に落籍《ひか》され、囲い者になった。お花は、その旦那に身請けされたのだという。もうそのときには実父は亡《な》くなっていた。

「おっ母さんの旦那になったお人に身請けされたときは、嬉しいよりも不安だらけ」なにをしていいか、右も左もわからなかった。土埃《つちぼこり》が舞う道も、流れる川も、賑《にぎ》やかな人の声も、見るもの、聞くものすべてが初めてだった。

暮らしという息遣いがある場所に出るのが怖かったと、お花がいった。

四文屋は、母親が勧めてくれたのだという。お店の金もすべて、賄《まかな》ってくれた。

「わっちへの罪滅ぼしのつもりだったのかもしれない。けれどそれより、ようやく母娘の名乗りができた。わっちは、まことのおっ母さんがいることがなにより嬉しかった。でも菅谷さまの言葉に、わっちは、もう重い衣を着ずに、ここにいていいのだと思ったのも、ほんと」

「簪のことは」

「怒っておりんせん。それどころか、わっちは、心底うれしうござんした」

だって、女郎花は、粟花ともいうけれど、

「その昔は、思い草とも呼ばれておりんしたから」

お花が少し恥ずかしそうに頬を染めた。

その顔は、お大名や豪商を相手にしてきた花魁ではなく、ただの女子《おなご》そのものだった。

素直に菅谷に惹《ひ》かれ始めているように見える。

お瑛は、お花の話を聞くうちに、胸が締め付けられた。思わず知らず頬が濡《ぬ》れていた。

お花に知られまいと、お瑛は俯《うつむ》いて立ち上がると、再び櫓を握る。

「そろそろ行きましょうか。川風が少し冷たくなってきたから」

お瑛は静かに櫓を押した。舟がすうっと川面をすべり始める。

「わっちに遠慮はなしでよござんすよ」

「もちろんよ、お花さん」

お瑛が応えると、しっかり船縁を摑んだお花が振り向き、

「ありがとう、お瑛ちゃん」

そういって微笑《ほほえ》んだ。


その夜。

「兄さん、女郎花のこと知っていたの？」

お瑛は長太郎の腰を足で踏みつけながら訊ねた。店座敷に座ったままでいたから、腰を痛めたと、文句をいったのだ。

錺《かざり》職人の親方は、秋の七草を意匠とした簪を彫っていたが、女郎花の意匠を変えたくなり、あの一本が余分になってしまったから、売っただけだといっていた。

「あたし、てっきりあの花に気づいてなかったんだと思っていたの」

と、首をがくりと落とした。

「そういうところが、お瑛らしいんだけどね。まあ、私も仕入帖《ちょう》に書き入れなかったのがばれたと思ったときには、まずいと思ったけどね。でも、あの菅谷さんが、お花に簪を贈りたいっていって照れくさそうにいってきたときは驚いたなぁ」

どの簪にするか、筆をわざと取って、順々に菅谷に指し示していたのだといったのには、お瑛もさすがに呆《あき》れた。

「だって、お瑛、じろじろ見ていたからさ」

あれは菅谷さんがあたしを窺《うかが》ってたのと、いおうとしたが、止《や》めた。代わりに、お瑛は、疑問に思っていたことを問い掛けた。

「女郎花が昔は思い草っていわれていたことに、お花さんが気づくと思っていたの？」

うつ伏せの長太郎が首を回して、珍しいものを見るように、お瑛を見た。

「当たり前だよ。知らないのかい」

吉原の花魁は、幼い頃から、歌舞音曲、和歌漢詩、茶道、華道、囲碁にいたるまで、叩きこまれているのだという。

「とくに、お花は吉原で生まれ育ったからね、品も才も、教養もそこらの大名家の殿さま以上だ。しかもあの美貌《びぼう》だよ。あわてんぼうのお瑛みたいにちょっとやそっとのことじゃ騒がない」

「悪うござんした」

お瑛は、思い切り長太郎の腰に飛び乗った。

でも、あの簪を渡した菅谷さんは知っていたのかしら。女郎花が思い草と呼ばれていたことを——だとしたら。お瑛は嬉しくなって、長太郎の腰をぐいぐい踏みつけた。

「痛いよ、重いよ、お瑛」

太ったんじゃないのかいと、余計なことをいったので、さらに腰の上で跳ねた。

「勘弁しておくれよ。もっと腰が痛んじまう。ああ、そういえば、お花の店に若い女の子が入るよ。もうふたりじゃ、忙し過ぎて困るらしくて、手伝いを探していたらしいんだ」

お瑛はそうなのと、長太郎の腰から下りた。

長太郎は、腰をさすりながら、

「三次の姉さんさ。品川宿にいた」

三次の姉は、父親がしょっちゅう銭の無心に来る上に、病がちなので、雇い主が、板橋宿へ売り飛ばそうとしていたのだという。

「あの三次が泣いて泣いて大変だったんだ。菅谷さんも心配してね。湯屋に集まったのはその事。それで、寛平に一肌脱いでもらった。なんたって、お里を女房に迎えられたのは、私のお陰だからね。その恩返しをしてもらったのさ」

なんて調子がいいのだろうと、お瑛は呆れた。長太郎が思いついたことではあったが、お里を身請けしようとした旗本と早口言葉の勝負をしたのはお花だ。寛平が恩を感じるのは、お花の方だと思う。

「それでね、今日、寛平とふたりで、品川宿まで足を運び、三次の姉を連れ戻してきたんだよ」

だから、仕入れの品もなかったのだという。

「寛平の親父《おやじ》さんも、快く引き受けてくれてね。ぽんと金子《きんす》を出してくれた。私の人徳だね。あれ、お瑛、もうちょっと強く腰を踏んでおくれよ」

お瑛は長太郎の腰に片足を載せたまま、訊ねた。

「じゃあ、三次ちゃんの奉公話もなくなるの？」

長太郎が首を振る。

「それはないよ。立派な職人になるって三次は決めているんだ」

そうか。でも、あの親方の元なら、きっと腕のいい職人になるに違いないと思った。

お花と菅谷、そして三次の姉。

お瑛の中に温かいものが巡った。

この界隈《かいわい》はまた賑やかになる。

小さな花が寄り集まって咲く女郎花のように、ひとりひとりの心が寄り添って、優しい風がいつも吹き抜けるような通りにきっとなると、お瑛は思った。

こっぽりの鈴

一

暑さはまだまだこれからだが、暦の上ではもう秋だ。

お瑛は、手拭《てぬぐ》いで首筋の汗をぬぐうと、空を見上げた。真綿のような雲がぽかりと浮かんでいる。晴天が続くのはよいけれど、ちょっぴり困るのは、雨が少なくて、地面が乾いていることだ。吹く風が、土ぼこりを舞い上げる。揚げ縁の上も売り物も、ざらざらになってしまう。店として、これはいただけない。

昼間の雨は客足が遠のくので歓迎しかねる。が、夜のうちに、お湿りていどにさっと降ってくれれば嬉《うれ》しい、などと勝手なことを考えつつ、お瑛は、はたきを手にして通りに出る。

「なんでもかでも三十八文。あぶりこかな網三十八文。枕《まくら》、かんざし三十八文。はしからはしまで三十八文」

売り声に合わせてはたきをかけた。

そこへ、「よう」と、日焼けした顔から白い歯を覗《のぞ》かせながら歩いて来たのは、船頭の猪《い》の辰《たつ》こと辰吉だ。

「これ、返しにきた」

辰吉が差し出したのは、あの錦絵《にしきえ》である。武家の母娘を描いたものだ。お瑛は色めきたった。

「なにかわかった？　誰かこの景色に見覚えがある人はいた？」

まあ、そう焦《あせ》るなって、と辰吉が鼻をうごめかせた。

「景色は知れねえが、絵師が知れた」

お瑛は一尺ほども身体《からだ》が飛び上がった気がした。

「こっちに上がって話を聞かせて、辰吉さん」

勢い込むように声を張り上げ手招きしたお瑛に、「お、おう」と、辰吉は面食らいつつ、三和土《たたき》のほうへ回った。

辰吉は草履を脱ぐと、腰に下げた手拭いで、ぱんと足下を払って、店座敷に上がる。

お瑛は麦湯を辰吉の前へ置き、

「それで、その絵師はどこに住んでいるの」

心を浮き立て辰吉へ訊《たず》ねた。

だが、辰吉は胡座《あぐら》をかいた膝《ひざ》を撫《な》で、

「ぬか喜びさせちまったようで悪《わり》いんだが、もうこの世にいねえ」

と、口許《くちもと》を歪《ゆが》めた。

さっきは飛び上がった気がしたが、今度はうっかり敷居につまずいた気分になる。

「お瑛さんは、どうにもわかりやすいよなぁ」

辰吉が苦笑する。お瑛の表情がころころ変わるのが、おかしかったらしい。

「話には続きがあるんだ。それを聞いてくれねえとよ」

そういって辰吉は麦湯を啜《すす》った。

お瑛から預かった錦絵を、辰吉が船頭仲間に見せて回ったとき、

「こいつを描いた奴《やつ》なら知ってるぜ」

ひとりの老船頭がいった。

十数年前に、この錦絵を描いた絵師を舟に乗せたことがあるというのだ。

「その爺《じい》さん船頭がいうには、まだ駆け出しの若い絵師で、初めて一枚摺《ず》りが出せたと嬉しそうに話してたそうだ」

老船頭が、その絵師のことを覚えていたのは、件《くだん》の錦絵を見せてくれたのはもちろんだが、ふた親に持っていくといったからだ。

親孝行だねぇと、爺さんが感心したら、若い絵師は、冗談じゃない、その逆だ、と

吐き捨てた。

「農家の長男坊で、絵師になるのを反対されていたらしいや。ともかく早く見切りをつけて戻ってこいという親に逆って、なんとか師匠から画名をもらうまでに漕《こ》ぎつけ、待望の一枚摺りを版行できたってわけだよ。だから、鼻高々で、見せにいったんだな」

ただよぉと、辰吉は鬢《びん》を掻《か》きむしる。

地本問屋にも赴いてみたが、十数年も前の錦絵など覚えている者もなく、錦絵を見るなり、

「出来もよくないねぇ。初摺りだけで版木もすぐに別の画を彫られちまっただろうよ」

と、地本問屋の主人は素っ気なかった。それでも、「この画名なら」と、絵師の師匠の住まいを教えてくれたが、結局、絵師としてひとり立ちしてから、病を得て、あっという間に死んでしまったとその師匠がいった。

「なら、この錦絵のことを知ってる人はもういないってことね」

辰吉があちこち走り回ってくれたのだとお瑛は感謝しつつも、ひどく落胆していた。

「でも、船頭さんが乗せたのなら、その絵師の生まれはどのあたりなの？」

お瑛の声に張りがないのを感じ取ったのか、辰吉が申し訳なさそうな顔をした。

「爺さんも十年以上前だからはっきり覚えてねえみてえだが——神谷村《かみや》とかなんとか」

神谷村。お瑛の頭の中で小さな音がした。

「野新田《やしんでん》の渡し……」と、お瑛は呟《つぶや》いた。

「え？」

辰吉が眼を見開く。

「たしか、荒川に神谷村と新田を結んでいる渡し場がある。お瑛さん、行ったことがあるのかい？」

それが、とお瑛は小声になった。

「あたしの頭の中にその渡し場の名だけ急に浮かんできたの」

お瑛は自分でもわからないというふうに首を傾《かし》げた。辰吉にどう伝えてよいのかわからない。これまで閉じられていた記憶の鍵《かぎ》がはずれたような、そんな感じだったのだ。

「まあ、お瑛さんも舟を押すからな。どこかで聞いたのかもしれねえな」

辰吉が鬢を掻きながら唸《うな》った。

「それもあいまい。いまの辰吉さんの話を聞きながら、すごくすごく小さなときに、おっ母さんに手を引かれて、どこかに行ったか、戻ったか、そんな記憶が甦《よみがえ》ってきたの」

「おっ母さんが子どもの手ぇ引くのは当たり前のことだ」

そうなんだけど、と煮え切らないお瑛のようすに辰吉がしびれを切らした。

「なあ、お瑛さん、気に障《さわ》ったらいってくれ」

辰吉が胡座をやめ、にわかに真面目《まじめ》な顔をしてかしこまった。

「この画のなにが気になるんだか、おれにはさっぱりわからねえ。この母娘はどう見たって武家もんだ。お瑛さんとのかかわりなんざ、ねえはずじゃねえか」

うん、とお瑛は素直に頷《うなず》いた。

「この母親の顔があたしのおっ母さんに似ているって話はしたかしら。それに、この画とよく似た景色が頭の隅っこにある気がしてならないの」

雲を摑《つか》むみてえな話だなぁ、と辰吉が息を吐く。

「けどよ、よしんばそれがわかったとしてもだ。お瑛さんは、なにが得心できるんだよ」

辰吉のいうことはもっともだ。

あたしは、なにが知りたくて、なにを得心したいのか。胸底に揺れるものが、喉元《のどもと》にまで上がってくる。

でも、たしかなことがひとつある。

「あたし、おっ母さんとお父っつぁんを永代橋の崩落で亡《な》くしているでしょ」

ああ、お加津さんから聞いたよと、辰吉が険しい顔で頷いた。

「すごく馬鹿馬鹿《ばかばか》しいと思うかもしれないけれど、おっ母さんとの思い出がほしいのかも」

亡くなった人との思い出は、少ないより多いほうがいい。たとえ姿はなくても、あたしの中で、そのぶん、おっ母さんもお父っつぁんも生き続けてくれるから。

ただ、その記憶が別の記憶も呼び覚ますような気がした。言葉にすれば、お瑛の抱いている不安が、そのままほんとになりそうで、怖くもある。けれど、そんなことはあり得ないとも思っている。

お瑛は気持ちを落ち着けるために、深く呼吸して、笑みを浮かべた。

「錦絵のこと、感謝しきれないわ。絵師がもういないのは残念だけれど、本当にいろいろあたってくれて、ありがとう」

「どうってこたぁねえよ。役に立ったかどうかはしれねえが」

お瑛が頭を下げると、辰吉まであわてて頭《こうべ》を垂れる。大きな身体を丸める姿が妙に可愛《かわい》らしくお瑛の眼に映った。

辰吉といると、どこかほっとする。たぶん、舟を押すことが互いに好きだからだと思う。好きな物が同じだから、話をしていても安心感がある。

お瑛は、胸の引っかかりを思い切って口にした。

「あのね、つまんないことかもしれないけど、聞いてくれる？　あたしと兄さんってさ、似ていないと思わない？」

なんだよ、藪《やぶ》から棒に、と辰吉が訝《いぶか》しげに口を曲げた。

「ときどきふと思うのよねぇ。兄さんとあたしって、ずいぶん違うなって」

あたしの顔はまん丸で、兄さんは面長、性質《たち》だって、兄さんは極楽とんぼで、あたしはのんびり屋だけど心配性、とお瑛はいった。

「けど、舟を押したら、人が変わるってな」

辰吉が、へへへと笑って、

「早くお瑛さんと猪牙舟《ちょきぶね》勝負がしてえな。眼も眉《まゆ》もきゅうっと吊《つ》り上げた顔も見てみてえなぁ」

指先を両の目尻《めじり》に当てて、押し上げた。

これさえいわなきゃ、辰吉はいい奴なんだけどと、

「そんなに酷《ひど》い顔にはなりません」

お瑛は、そっぽを向いた。

「ああ、悪《わり》ぃ悪ぃ。なんだか、お瑛さんがいきなり妙なことをいうからよぉ」

「だって」

お瑛が再び辰吉へ顔を向けると、初めて見る年増《としま》の女房が店の前で足を止めた。このあたりの者ではない。

「あ、いらっしゃいませ」

お瑛は背を伸ばして座り直す。

「気にいった物がございましたら、どうぞお手に取ってくださいませ」

女房は揚げ縁の品を興味深く見回していた。

「娘さん、ここに並んでいるの、みんな三十八文なの？」

「はい。すべて三十八文です。うちは『みとや』ですから」

あら、洒落《しゃれ》てるねぇと、女房は、あははと笑って、焙烙《ほうろく》を手に取った。

「これ、いただいていくわ。ちょうど古くなってたから」

「はい。ありがとうございます」

女房が腕を伸ばして、銭をお瑛に渡す。そのとき、ふと店座敷を横目に見て「あらま」と声を上げた。

「そこにいるのは、猪の辰さんじゃないかえ。陸《おか》であんまり見たことがないから、気づかなかったよぉ」

軽く首を伸ばした辰吉も、驚いたふうな声を出した。

「なんだ、お春《はる》さんじゃないか。人を河童《かっぱ》みたいにいうなよ」

川の上以外でみるのは珍しいから、とお春は目尻に皺《しわ》を寄せる。

ふたりのやり取りを見ていたお瑛へ、辰吉がいった。

「お春さんは、深川で『津山《つやま》』って下駄屋を営んでるんだ。柾目《まさめ》のいい下駄売ってってさ、台の部分に意匠を凝らしたものもあって、役者も贔屓《ひいき》にしてる店だよ。結構、繁《はん》盛《じょう》してるんだろう？」

「あんたが買うのは、もっぱら草履ばかりだけどね」

お春が高い声でころころ笑う。

へえ、下駄屋かぁと、お瑛の中にむくむくと商売っ気が湧《わ》き上がる。

あの、お内儀《かみ》さん、とお瑛は遠慮がちに声を掛けた。

「もしも、売れ残りがあれば、安く譲っていただけるとありがたいんですが」

お春が、お瑛を見て、うふふとお歯黒を覗かせた。下駄屋の内儀にしては色っぽい。

「うちはほとんど注文品でね。ご期待には添えないかもしれないけど、ときどき、猪の辰でも寄越して」

「あ、仕入れはあたしの兄さんがしておりますので、近いうちにご挨拶《あいさつ》に伺わせます」

「そうかえ。猪の辰も隅に置けないと思ったんだけど」

お春が辰吉とお瑛をからかうように見る。

思いも寄らぬ言葉にお瑛が眼を見開くと、辰吉がにわかに顔を赤くして、立ち上がった。

「なにいうんだよ。おれは、お瑛さんに頼まれたことを報《しら》せにきただけだ」

へえ、と疑わしそうな顔をしたが、

「もう話は終わったの？　じゃあ舟を出してくれないかえ？」

お春が悪戯《いたずら》っぽい眼をした。

「駄目だね。おれぁいま『柚木』の雇われ船頭だ。勝手はできねえ」

ああ、そうかと、お春は残念そうにいいつつ、ころりと下駄を鳴らして背を向けた。

「それじゃまたね。お瑛ちゃんだっけ、猪の辰はぶっきらぼうだけど、頼りになる子よ」

お春はお瑛に向けて、手を振った。

「ありがとうございました」

お瑛は声を張り上げ、お春の姿が小さくなるのを見計らってから、ぷっと吹き出した。

「頼りになる子だって」

「ちぇ、いつまでもガキ扱いしやがって」

辰吉は拗《す》ねたように唇を尖《とが》らせ、どすんと音を立てて座る。

お春は、元羽織だったという。黒羽織を粋《いき》に着こなす深川の芸者のことだ。深川は辰巳《たつみ》の方角にあることから辰巳芸者とも呼ばれている。

なるほど、歳《とし》はそこそこ取っていそうだが、仕草にさりげない色気が漂っていたのは、そのせいかとお瑛は思った。

「お春さんは、おれのおふくろが働いていた料理屋に出入りしていた芸者でさ。おふくろが忙しいときは、よく構ってくれたんだよ」

歳の離れた姉さんじゃねえけど、おれはさ、結構なついてたかな、と辰吉は懐《なつ》かしげに、眼を細めた。

へえ、とお瑛が頰を緩め、横目で辰吉を見る。

「な、なんだよ。その眼つきはよ」

「なんでもないわよ」

空とぼけたお瑛に、辰吉が舌打ちする。

きっと辰吉はお春さんに憧《あこが》れていたんだろう。お春の前で照れる幼い辰吉を思い描いて、お瑛はちょっとだけ笑った。

お春は、芸者を引くとすぐに、自分が贔屓にしていた下駄屋の後妻に収まって、いまは下駄職人の亭主と奉公人の世話に追われている。

「元羽織だから、風流人や役者とも付き合いがあって、小さな店だったけど、お春さんが後妻に入ってからは、間口の広い処《ところ》に店替えもしたんだ。奉公人も増やしてさ」

へえ、とお瑛は感心しながら、頷いた。

「後妻だけどよ、先妻の娘ともまあまあうまくはやってるみたいだ。けど」

と、辰吉はそこで表情を曇らせた。

「すまねえ、とんだ邪魔が入って話が途中になっちまったな。なんだっけか」

辰吉が、えーっと、と宙を見上げた。

二

そうだ、そうだと辰吉が膝を打つ。兄妹なのに似てねえってことだよな、とお瑛にいった。

「そ、どう思う？」

「顔や性質が違う兄弟なんて、そこら中にいらあ。ましてや、お瑛さんとこは、男と女じゃねえか。違ってあたりまえじゃねえのかい」

おれぁ、兄弟も姉妹もいねえけど、そんなもんじゃねえのか、と辰吉は呟いた。

そのあと、再び麦湯を啜り、わずかに考え込んでいたが、いきなり口に含んだ麦湯を吹き出した。

「あ、やだもう、汚い。どうしたのよ」

お瑛はすばやく身を引く。

「お瑛さん。つまりそれは、長太郎兄さんとお瑛さんが兄妹じゃねえかもしれねえと疑ってるのかい」

麦湯を飛ばしたあたりを手拭いでぬぐいながら、はっきり言葉に出した。お瑛の胸にずきんと痛みが走る。

「ううん、そうじゃないけど」

お瑛は顔の前でぶんぶん手を振った。

だよなぁ、と辰吉が笑い出した。

「もし兄妹じゃねえとなれば、長太郎の兄さんだって、これまで黙っているはずがねえよ」

「そうよねぇ」

「そうだよ。それかよぉ、長太郎兄さんに直接たしかめればいいことだ」

たしかに辰吉のいうとおり。あたしだって、そうしたい。お瑛は、膝の上に載せた手を握りしめる。けれど、それができたら苦労しない。あたしひとりが不安に感じているだけだもの。

長太郎は、黄表紙本の間に挟まっていたこの錦絵を破り捨てようとした。その態度もあのとき気にかかった。なぜ、そんなにこの錦絵を捨てたかったんだろう。

けれど、手許に置いておきたいといったお瑛にしかたなく頷いたのだ。

「じゃあ、訊《き》くけどよ、兄妹じゃなかったら、お瑛さんはどうするつもりだい？」

「これまで、ふたりで生きてきたんだもの。それは変わらない。お店もこれまで通りやっていけると思う。きっと兄さんだってそうよ」

辰吉は、急に笑い出した。

「そいつは無理だ。他人とわかって男と女が一緒にいられるかってんだ。ぎくしゃくしちまう」

辰吉の言葉に、お瑛は心の臓がどきりとした。

「そうかもね」

お瑛はぎこちない笑みを浮かべる。

「でも、ありがとう、辰吉さん。描いた人がわかっただけでも、助かったわ」

そういってもらえりゃ、ほっとすらぁと、辰吉は鼻の頭を指先で掻きつつ、腰を上げた。

辰吉が帰った後、お瑛は表に出て、揚げ縁の上の品の並べ替えをしながら考え込んでいた。野新田の渡しは荒川だ。大川は綾瀬川を分けると、その上流は荒川と呼ばれる。ずっと遡《さかのぼ》っていけば渡し場に辿《たど》り着くが、千住《せんじゅ》よりももっと先。お瑛はそんな遠くまで舟を出したことはない。

それなら、乗合い舟で行けばいいのだろうが、兄さんになんていおう。錦絵の描かれた景色を見てくるといったらなんと返してくるだろう。

はあ、と小さく息を吐いたときだ。

「ねえ、お瑛ちゃんよね？」

突然声を掛けられ、お瑛はびっくりして顔を上げた。胸許に風呂敷《ふろしき》包みを抱え、中腰で、お瑛を覗き込んでいる娘がいた。

「やっぱりそうだ。あたしよ、あたし」

娘は自分を指さし、小躍りするようにはしゃいだ声を出した。

唇に紅を差し、眉もきれいに整え、顔には白粉《おしろい》を刷《は》いている。朱の地色に麻の葉模様の鹿《か》の子《こ》の小袖《そで》、半襟は浅葱《あさぎ》の通し文様で、帯は黒繻子《じゅす》。

お瑛は一瞬首を傾げたが、化粧の下にある幼い頃の顔が浮かび上がってきた。

お瑛は眼を丸く見開いた。

「やだ、おせんちゃん？　ほんとに」

「そうよ、お瑛ちゃん」

すぐさま互いに手に手を取って、顔を寄せた。

「ああ、嬉しい。まさかお瑛ちゃんに会えるだなんて思いも寄らなかった。立派なお店ね」

おせんはお瑛の手をしっかりと握ったまま、店を見回す。

「立派なんて。まだ小さな看板だもの」

軒下から下がっている板きれの看板をお瑛は見上げた。『みとや』の文字は、常連の森山のご隠居さまに筆を執ってもらったものだ。

「そんなことないわよ。長太郎兄さんと一緒？　それとも――」

おせんが含んだようにいった。

「ご亭主かしら？」

一瞬、浅黒い辰吉の顔が脳裏を過《よぎ》り、お瑛は思い切り首を振る。いまのはなんだったのと、不思議に感じたが、さっきまでここにいたせいだと思い直した。

「違うわよ。兄さんが仕入れをして、あたしは看板娘ってところかな」

「あらやだ、自分で看板娘だなんて、ずいぶん背負《しょ》ってる」

「それもそうね」

あはは、とふたりで笑った。

おせんは、幼馴染《おさななじ》みだ。

お瑛の家は日本橋の室町で『濱野屋《はまのや》』という小間物屋を営んでいたが、おせんの家は、通りを挟んだ向かい側で下駄屋だった。おせんは、お瑛より歳はふたつ上だが、物心ついた頃から、互いの家を行き来してよく遊んだ。けれど、永代橋の崩落事故以降は、まったく会っていなかった。

「けど、おせんちゃん、ほんと、きれい。はじめは、誰だかわからなかったくらい。羨《うらや》ましい」

「そんなことないわよ。お瑛ちゃんだって」

おせんが口許に笑みを浮かべた。わずかに皮肉っぽく見えたのは、気のせいだろう。

「これからどこかへお出掛けなの？」

「ええ、叔父の処へ遣いに行く途中」

おせんが応《こた》えた。遣いに行くにしては、大層な恰好《かっこう》だ。

「残念。ゆっくり話がしたかったのだけど」

お瑛がいうと、おせんは少し考え込んだ。

「じゃあ、帰りにまた寄らせてもらってもいいかしら。用事はすぐに終わるから」

「ほんとう？」

「うん、お茶菓子買ってくるから、楽しみにしてて。話すことがたくさんありすぎて困っちゃう」

「それは、あたしも同じよ」

互いの手を強く握り締め、笑い合った。

仕入れから戻った長太郎が、昼餉《ひるげ》の湯漬けを啜りながら、眼を丸くした。

「へえ、おせんちゃんが通りかかったのかい？　きれいになったろうなぁ」

「なんで、兄さんがわかるの」

「だってさ、いい顔立ちしてたからね。この子はきっときれいになるなって思ってた」

「それ幾つのときよ、いやらしい」

「いやらしくなんかないよ。きれいな子だったから、きれいになるのは当たり前だろ」

なんだか、ちょっとだけ妬《や》けた。兄さんがおせんちゃんをそんなふうに見ていたなんて考えてもいなかった。おせんちゃんはその頃十三だ。

「男とか女とか、かかわりはないよ」

「そんなものですか」

お瑛が突《つ》っ慳貪《けんどん》にいうと、

「なにをぷりぷりしているのか、さっぱりわからないよ。それより、仕入れた品を見ておくれ。いいのが入ったんだよ」

長太郎がぽりぽり音をたてて沢庵《たくあん》を食べる。

お瑛は、三和土へ眼を向けた。大きく膨らんだ風呂敷包みがあった。

「運がいいというのかねぇ、店替えをするんで、売れない品を処分していた手代に、両国の広小路でたまたま出くわしてさ」

むむっと、お瑛は身構える。

売れない品の処分、たまたま出くわして、というのは、兄さんの常套句《じょうとうく》だ。

「あ、お瑛さん。私が、またろくでもない品を仕入れたと思っているだろう」

胸の中を見透かされたお瑛は、誤魔化すように、まさかと、にっこり笑いかけた。

「まあ、百聞は一見に如《し》かずだ。まずはとくと御覧《ごろう》じろ」

と、長太郎は鼻高々だ。

お瑛は立ち上がり、三和土に置かれていた風呂敷包みを開く。

「下駄、こんなに」

今日はなんて日だろう。ずいぶん下駄に縁がある。辰吉の知り合いのお春さんは下駄屋の女房だったし、おせんちゃん家《ち》の家業も下駄屋だった。

「ね、悪くないだろう」

長太郎が飯碗《めしわん》を手にしながら、首を伸ばす。

うん、とお瑛は頷いた。

お瑛はひとつひとつを手に取って眺めた。

駒《こま》下駄、日和《ひより》下駄、女子用の足駄《あしだ》、塗りを施したぽっくりまである。

「たしかにいいものばかりね」

これが三十八文なら、飛ぶように売れる。でもこれだけの品をいくらで仕入れてきたのだろう。お瑛の疑念を感じ取ったのか、長太郎がすかさず口を開いた。

「心配には及ばないよ。二十あるけれど、どれもひとつ十五文でいいってさ」

「十五！」

さすがにお瑛も声を上げた。いくら店替えだからといっても、新しいお店に置いておいても、腐るものじゃない。腐るじゃなくて、下駄は減るものじゃないかなと、お瑛はひとりで思い直す。

「大丈夫なの？」

「身元もちゃんとしていたからね。なにかあったら、店に来てくれといっていたよ」

店は露月町《ろうげっちょう》。将軍さまの菩提寺《ぼだいじ》である増上寺《ぞうじょうじ》が近く、江戸へ入る者、出る者の往還道なので賑《にぎ》やかだ。

そんな遠くから、わざわざ両国までこれを背負ってきた。途中でいくらでも、売れただろうにとお瑛は不思議に思う。

長太郎は鼻歌まじりに飯碗を片付け始めた。

「さてと、おせんちゃんが来るというのなら、私は出掛けてくるよ。娘同士、積もる話もあるだろう。私がいちゃ邪魔だろうからさ」

「そんなことないわよ。ちょっとだけでも、顔を」

長太郎は、湯屋でもう痺《しび》れを切らしている奴がいるんでね、と肩に手拭いを引っ掛けた。

たぶん、呉服屋のどら息子だと、お瑛は息を吐く。

湯屋の二階は、男だけが入れる。近頃は顔見知りにでも会えば、ゆうに二刻《ふたとき》(約四時間)はとぐろを巻いている。

「店を閉めるときまでには戻ってね」

「わかってますよ、お瑛さん」

長太郎は、ふんふんと足取り軽く出て行った。

三

八ツ（午後二時頃）の鐘が鳴り響く。

お瑛は、三和土にしゃがみ込んで長太郎が仕入れた下駄を仕入帖《ちょう》に書き込んでいた。すべて書き終えたら、すぐに揚げ縁の上に並べようと思っていた。

鐘の音が止《や》んだ頃、店先で声がした。

「お瑛ちゃん、いる？」

おせんだ。思ったよりずっと早い。お瑛は、気持ちを浮き立て、すぐさま立ち上がった。積まれた下駄に風呂敷をかぶせ、店座敷へと飛んで出る。

「いらっしゃい」

おせんが、店の奥へ眼を向けた。

「長太郎兄さんはまだ戻っていないんだ」

ちょっと落胆したようにいった。

「一旦《いったん》戻ったのだけど、自分がいちゃ迷惑だろうって」

「そうかぁ。会いたかったな。長太郎さん二枚目だったから」

お瑛は、ふうんとおせんを見た。互いにそんなふうに思っていたのか。

「ともかく、上がって、上がって。お店番しながらだから、忙《せわ》しないけど」

おせんは店座敷に上がるや、抱えた荷を傍らに置いた。それから袂《たもと》に手を入れ、

「はいこれ」と竹の皮包みを出した。表装紙に『鹿の子餅《もち》』とあった。

「まあ、鹿の子餅。久しぶり」

お瑛は、すぐに麦湯を淹《い》れる。

「餅菓子は、お八ツにちょうどいいでしょう」

「ありがとう。はい、お持たせ」

と、お瑛はおせんの前で竹の皮の包みを広げる。餅のまわりに艶《つや》やかな大納言《だいなごん》がぽつぽつとついている。

「大納言の甘さとお餅がいい塩梅《あんばい》よね」

お瑛は早速ほおばり、おせんも手に取る。

やはり、ふたり揃《そろ》えば昔話になった。よく行った神社のことだの、お稲荷《いなり》さんのお供えを掠《かす》め取って食べたのは、どこの誰だの、ままごと遊びや、お人形遊び、おっ母さんの紅を内緒でつけただのと、お瑛もおせんも、溢《あふ》れ出る記憶を競うようにまくしたてた。

でも、あるところまできてふたりとも急に無口になった。文化四年（一八〇七）八月。永代橋の崩落事故だ。

話はそこで止まったが、ちょうどいい頃合いでお客が来て、お瑛は少しほっとする。黙って麦湯を啜ったおせんは、三和土の風呂敷に眼を向けた。

「長太郎さんの仕入れたもの？」

お瑛がお客へ頭を下げ、すぐにおせんへ応えた。

「そうなのよ。おせんちゃん、驚かないでね。下駄なのよ。おせんちゃんに見てもらったら、いくらぐらいの品だか、わかるかしら」

おせんは、興味をそそられたらしく、三和土に下りて、風呂敷を捲《めく》り上げた。

「いいものばかりね」

木はもちろん造作もいいと、いう。

「このこっぽりの塗りもいいものねぇ」

ぽっくりは、木履《ぼくり》の音が次第に訛《なま》って、ぽっくり、ぽっくりと呼ばれるようになった。が、歩くと、こほりこほりと音がするからだという話もある。なので、ぽっくりは、こっぽりともいわれている。下駄屋の娘のおせんは、いまもこっぽりという。

おせんがぽっくりを裏返して眼を凝らした。

「どうかした？」

ううん、なんでもないわと、おせんは別の下駄へ眼を移して、お瑛に含み笑いを向けた。

「高い物でもあったの？」

「ぴんきりだから、なんともいえないけど、そっちの下駄は役者がよく履くものね。ご贔屓の注文品だと思うわ。鼻緒は異国の布地だし、一分で買えるかしら」

「一分？」

「あたしの見立てだから、いいかげんだけど、それくらいはするかもね」

一分といったら、銭が千枚。千文のものが三十八文。お買い得というより、怪しまれる。

「もっとも、こういうものは、お金持ちの道楽のようなものだから、三十八文なら欲しい人は飛びつくわね」

そういうとおせんはもとのように風呂敷で下駄に覆《おお》いをかけて、店座敷に上がった。

「露月町の下駄屋さんが店替えをするから、売れ残りを捌《さば》いていたらしいの。それをすべて兄さんが引き取ったってわけ」

そっか、でも店の所在がわかっているなら、安心ね、とおせんがいう。

「あたしのいまの住まいは深川なの。そのうち遊びに来てくれない？」

「ありがとう。じゃあ、お店ごと引っ越したの？　室町から」

お瑛が問うと、おせんは、わずかに顔を曇らせ、あっちのお店は閉じたのといった。

「そう。でも、おじさんとおばさんはお元気なんでしょ？」

訊ねたが、おせんは応えない代わりに、

「やっぱり鹿の子餅はおいしいわよね」

と、笑みを浮かべた。

「お瑛ちゃんが好物だったのを思い出して、長谷川町《はせがわちょう》のお店に寄ってきたのよ」

おせんの心遣いが嬉しい。でも、おせんが問いをはぐらかしたような気がした。そんなお瑛の思いをよそに、おせんは昔を懐かしむような顔でいった。

「だって、お瑛ちゃんったら、泥だんごに小石を乗せて、鹿の子餅だっていって。あたしに食べろ食べろってうるさかったじゃない」

お瑛は「そんなことしたかしら」と、両手で顔を覆った。

「したした。それがすごく可愛くて、こんな妹がいたらよかったのにって思ったくらい」

おせんは、袂で口許を押さえて、くすくすと身を折って笑った。

それとね、とおせんが、横に置いた風呂敷を差し出した。

「叔父のところへ行って思い出したの。これ、お瑛ちゃんにあげるつもりだったのよ」

お瑛は、風呂敷を手にしてはっとした。

「下駄？　そうでしょ、おせんちゃん」

おせんが眼を細めて頷く。開くと、青い地に赤い花が散った鼻緒がついたぽっくりだった。黒塗りの台には、吉祥文様の輪違いや金嚢《きんのう》の意匠が施されている。

「鼻緒を持って、振ってみて」

お瑛はおせんにいわれた通り、鼻緒を手にして横に振る。中から鈴の音がした。

「ああ、きれいな音」

「あの事故の後、これを渡したかったの。でも、赤い花模様の鼻緒に吉祥柄だったから、おっ母さんに、不幸のときにおやめっていわれて。そのあと、お瑛ちゃん――」

借金のかたに店も家も取られ、追い出されたのだ。

「それで渡しそびれちまったの。叔父の家の蔵に入ってたのよ。ごめんね。子ども用の鼻緒だから使えないけど、お瑛ちゃんが所帯を持って、子ができたら履かせてね」

所帯なんて、まだまだだと、お瑛は本気で照れた。

「あたしより、おせんちゃんでしょ、いい男《ひと》がいそうだもの」

おせんは、肩をすぼめる。

「やだ。やっぱりいるんだ。ねえ、どんな人」

お瑛が身を乗り出すと、おせんは胸の前で手を振る。

「いやしないわよ。そのうち、あたしの妹ですって、会わせるからね。でも、その前に、数年ぶりにお瑛ちゃんと会えたんだもの、一緒に行きたいなぁ」

お瑛は訝りながらおせんを見る。

「富岡八幡宮の祭礼よ」

えっと、お瑛は眉をひそめた。

おせんは、構わず続ける。

「あたし、お祭りが大好きなの。とくに八幡さまのお祭り。お瑛ちゃんは？」

あたしは、とお瑛はいい淀《よど》む。あたしは、お祭りが嫌いなわけじゃない。富岡八幡宮の祭礼が憎いわけでもない。

ただ、あの惨《むご》い出来事にお瑛はずっと心を痛めているだけだ。だれも恨めない、誰のせいでもない。もしも恨むならば、あの橋の上にたまたま居合わせてしまった人々の不幸を、運命を、天に向かって思い切り詰《なじ》りたいだけだ。突然命を奪われた永代橋の上に居た人々の無念と、残された者の悲しみを、声を限りに叫びたい。

お瑛は自分の顔が強張《こわば》っているのを感じながら応える。

「あたし……も、もちろんお祭りには行きたいけれど、お店があるから」

「いいじゃない。一日ぐらい羽を伸ばしても。お店番ばかりしていたら、あっという間に老《ふ》けちゃうわよ」

おせんが、ふざけてお瑛の額を指で突《つっ》いた。

懐かしい。あたしがうじうじしていると、よくおせんちゃんはこうしてくれた。

「長太郎さんだって、許してくれるわよ。どうしても駄目だっていうなら、あたしから頼んでみるから。ね、いいでしょ？」

おせんがお瑛を拝むように手を合わせた。

なぜこんなにも、おせんが八幡さまのお祭りに誘うのか、お瑛は不思議だった。

「楽しいわよ、きっと。たくさんの床店《とこみせ》が並んで、立派な御神輿《おみこし》が出るの。深川の羽織たちが、打ち揃って、それはもう賑やか」

でも、まだ先か、とおせんは小首を傾げた。

「じゃあ、花火にしましょうか」

「花火ならここからでも見えるわよ。それに毎年、あたしが御世話になっていた柚木って料理屋さんで、花火見物をするの。そこへ一緒に行かない？」

お瑛がいうと、駄目よ、とおせんが即座に返してきた。

「せっかくだもの、橋の上から見ましょうよ。両国橋は混み合うから、永代橋で」

永代橋と聞いて、お瑛の心の臓の鼓動が速くなる。

「おせんちゃん、永代橋は駄目。怖いの。渡るのも、橋の上に立つのも」

お瑛は思わず俯《うつむ》いた。

おせんが、童《わらべ》の頭を撫《な》でるように、お瑛の結い髪に触れ、微笑《ほほえ》んだ。

「いつまでお瑛ちゃんは引きずっているつもり？　もう、あのときの出来事はなかったかのようにあの橋を幾人もの人が渡っている」

暮らしがあるからよ、とおせんはいった。

「渡らなきゃ、やっていけないから」

お瑛の髪から手を放したおせんは眼を伏せる。

「あたしのお父っつぁんも、あの事故で死んだの」

お瑛は耳を疑った。初めて聞く話だ。

おせんは薄笑いを浮かべ、かしこまった膝《ひざ》を急に崩すと、しなを作るように横座りをした。

「笑っちゃうわよ。祭礼の前日から家を出ていたの」

深川の同業の家で、寄り合いと宴席があり、翌日の祭り見物は八幡さまですするといっていたという。

「それがさ、あの日、舟で大川に出ていたの。それで、崩れた橋の下敷き。戻って来ないから、店では騒ぎになっていたのだけど、同業の人たちも、宴席の後はどこへいったかわからないって話だったから」

知れたのは、五日後よ。川岸に流れ着いたの、と、おせんは淡々といった。

「もう半ば諦《あきら》めていたから」

頭の鉢が割れて、顔もぐずぐず。誰だかもわからなかった、財布も煙草《たばこ》入れも、心ない人たちに盗まれ、ようやく身元がわかったのは、下駄の焼き印。

「不思議よね。片方だけは脱げなかったのよ。水を吸った鼻緒がしっかり足指にはまっていたのね。お父っつぁんは、下駄裏に小さく自分の名の焼き印を入れていたから」

崩れた橋の下にいたなんて運が悪かったのよね、あとから知れたんだけど、一緒にいたのは同業の者じゃなくて、囲ってた妾《めかけ》だったんだものと、おせんは息を吐いた。

「おっ母さんは家付き娘。お父っつぁんは、元々職人の婿《むこ》養子。おっ母さんの怒りったらなかったわ。だから店も立ち行かなくなってね」

そうだったの、とお瑛は言葉を詰まらせた。

「それで、あたしなんて……、忘れろったって土台無理な話よ。起きたことは起きたことなんだもの。悲しくたって、悔しくたって、しかたがない。生きているのは、あたしだし、お瑛ちゃんなのよ」

おせんの瞳《ひとみ》に涙が溢れた。

ああ、そうだったんだ。お瑛が、「おじさんとおばさんはお元気なんでしょ」と訊《たず》ねたとき、はぐらかしたのは、こういう訳があったのだ。きっと話したくなかったに違いない。おせんにとっても、突然身に降りかかった不幸だったから。

「だからね、お瑛ちゃん」

おせんが不意に腕を伸ばし、お瑛の手をきつく握り締めた。

「頑張らなくてもいいし、忘れなくてもいい。悲しみだって無理に乗り越えることなんかない。だけど、お瑛ちゃんは立派に生きてる。それは誇りに思っていいのよ」

「おせんちゃん」

お瑛の鼻の奥がつんとして、思わず知らず涙が流れた。おせんが、お瑛の手を放し、代わりに身体《からだ》を抱き寄せた。

「お互い、辛《つら》かったよね」

おせんに引き寄せられ、お瑛は込み上げるものを我慢できなかった。ずっと離れていたけれど、同じ気持ちを抱き、心が通じ合う人がいる。それも嬉《うれ》しかった。あたしの周りは皆優しかった。あたしの不幸に触れずに皆が励ましてくれた。でも、それがお瑛には、ちょっとだけ負担に思えるときもあった。

お父っつぁんとおっ母さんを亡くして、身体が干凅《ひから》びるほど泣いて以来、初めて大粒の涙をこぼした。

四

仕入れて来た下駄は、次々と売れた。もう残すのは、ぽっくりと役者が履くような派手な意匠が彫り込まれた下駄の二足だけになった。おせんからもらった鈴の入ったぽっくりは、寝間にしている小屋裏に飾ってある。

ときどき、お瑛は鼻緒を持って振る。

いい音がした。おせんの気持ちはこの鈴の音のように清らかに思える。

結局、おせんと無理やり約束を交わして、十日後に、永代橋の橋詰で落ち合うことになった。

長太郎は、少し心配そうにしていたが、おせんも橋の崩落で父親をなくしていると話すと、「そうか、お瑛の気持ちもわかってくれているね」と、いった。

だが、なんか変だ。ここ数日、めっきりお客が減った。

「なんでもかでも三十八文。あぶりこかな網三十八文。枕《まくら》、かんざし三十八文。はしからはしまで三十八文」

売り声をあげても、だれも足を止めない。通りすがりの女房がふたり、こっちを見て、こそこそ立ち話をして、肩をぶるっと震わせて立ち去る。

あたしの顔になにかついているんだろうか、とお瑛は売り物の手鏡に自分の顔を映した。

いつものまん丸顔がそこにあるだけだった。

「ねえ、兄さん」

店座敷から続く居間で、黄表紙を読んでいる長太郎に声を掛けた。

「なんだか、ここのところおかしいのよ。うちをみな遠巻きに眺めて行くだけなの」

ふうん、と長太郎は生返事をして、

「そういうこともあるだろうさ」

と、のんきなものだ。

だが、いつも長々と立ち話をしていく左官の女房は、「悪いんだけど」と前置きして、昨日購《あがな》った半襟を引き取ってくれと持って来た。

「ごめんね、同じ柄の物があったもんだから」

申し訳なさそうにいうや、お瑛から三十八文を受け取るとそそくさと帰ってしまった。

やっぱり、おかしい。

「ねえ、兄さん」

お瑛が寝転んでいる長太郎へ再び声を掛けようとしたとき、土ぼこりを盛大に上げながら、内股《うちまた》で駆けてくる男が見えた。

「長太郎の兄さん、大変よ、大変」

声を聞くまでもない。内股の男などそう幾人もいやしない。呉服屋のどら息子の寛平だ。よく見ると、手になにかを持ってひらひらさせながら、走ってくる。意外にも足が速いことに、お瑛は眼を瞠《みは》る。

店先に着くなり、息を弾ませていった。

「お瑛ちゃん。長太郎兄さんは」

「奥にいますけど」

「この兄妹はふたり揃って、のんきなものね」

首をくいと動かして、眉《まゆ》を上げた。お瑛はどうもこの寛平が苦手だ。女形のような口調で話す。でも、ちゃんと女房持ちだ。

長太郎は黄表紙から顔もあげず、

「囲碁勝負なら待ったはなしだ。あれは私の勝ちだよ。それに寛平には、二子《し》も置き石させているんだからね」

置き石は、棋力に差があるとき、弱い方が盤上にあらかじめ二子以上の石を置き、対局を多少有利に進めるものだ。

「次からは、四子にしてちょうだい」

つんと寛平が顎《あご》を上げる。

「さすがに四子は辛いよ。で、そんなことをいいにきたわけじゃないだろう」

長太郎が起き上がり、大あくびをした。

「ああ、そうそう。これよこれ。見なさいよ」

といいながら、ちょっと待って、お瑛ちゃん、お水ちょうだいなと、やたらと忙しない。

お瑛が水を汲《く》んでくると、寛平は喉《のど》を鳴らして飲み干し、息を整えた。

「ほらぁ、これ見てよ。『みとや』が瓦版《かわらばん》になっているのよ」

一枚の瓦版を差し出した。お瑛は振り向いて、長太郎と顔を見合わせる。

「茅町《かやちょう》の三十八文屋で盗品を売っている疑いありって」

「そんなことあるわけないじゃない」

揚げ縁へ身を乗り出し、お瑛が寛平に食って掛かる。

「だって、これにそう書いてあるんだもの」

「兄さん」

お瑛の震え声に、長太郎も首を傾《かし》げる。

「誰がそんな噂《うわさ》を撒《ま》いたんだ」

ここ数日ようすがおかしかったのは、このせいだったのだ。左官の女房が半襟を返しにきたのもこれのためだ。

「盗んだに近い物はあっても、黙って拝借なんてことはないわよねぇ」

寛平が人聞きの悪いことを平気でいった。

「それは、寛平さんとのお付き合いがあってのことでしょう」

「ま、そうともいうけど。半襟とか、帯締めとかしごきとかさぁ、長太郎の兄さんったら、安く叩《たた》いて持ってっちまうから、あたしはお父っつぁんに大目玉よ。でも、長太郎さんには恩があるからさぁ」

寛平は拗《す》ねたように唇を尖《とが》らせ、乱れた襟元を直す。

「困ったねぇ。盗品だといわれちゃ、自身番か、悪ければ火盗改《かとうあらため》か定町廻《じょうまちまわ》りか、諸色調掛《しょしきしらべがかり》か、御番所から召出しを食らうかな」

長太郎も眉間《みけん》に皺《しわ》を寄せた。

「兄さん。そんなにのんびりしていていいの？　お調べになったら、大変よ。店が立ち行かなくなっちゃう。せっかく……」

「お瑛、仕入帖に間違いないね？」

うん、とお瑛は強く頷《うなず》いた。

「うちを潰《つぶ》したいか、困らせてやろうという人がいるかもしれないね。このあたりじゃ新参者だが、うまく馴染んでいる。それに、あの一件以来、娘船頭見たさに、客足だって増えているよ。もっとも『はなまき』に吸い寄せられちゃってるところもあるけれど」

あの一件というのは、太助《たすけ》という男の子を川から助けた一件だ。市松人形に亡《な》くなった太助の姉の髪が植えてあり、それを川に流してしまったのを拾おうとした太助を、お瑛と辰吉で救ったのだ。

長太郎のいうとおり、少しずつだが、お瑛の評判が立って、そんなお客も増えてはいる。どうせなら、船頭を本業にしたらどうだという船宿の亭主までいた。

「人に恨まれるようなこと、しちゃいないじゃない。あたしたち、ここで真面目《まじめ》にやってきただけよ」

違うな、お瑛ちゃんと、寛平が腕を組み、

「人の心ってのは、ちょいとしたはずみで悪にも善にも転がるもんだぜ」

急に男言葉になって片頬を上げた。

「無駄に恰好つけてないで、上がって仕入帖を一緒に見てちょうだい。呉服屋の若旦那《わかだん》那《な》なんだし」

と、お瑛は寛平に向かっていった。

もう、お瑛ちゃんたら遠慮会釈《えしやく》がないんだからぁ、といいながらも、店座敷へ上がってきた。

お瑛は、古いものも含めて、仕入帖を長太郎と寛平の前に積んだ。

もう幾冊あるのだろう。これが『みとや』にとって大事な大事な証《あかし》なのだ。

寛平を交え長太郎とで、仕入帖をくまなく調べた。寛平は、長太郎が廻った店のほとんどを知っていた。旧《ふる》い店から新しい店まで、ちゃんと頭に入っている。

さすがは、老舗《しにせ》の呉服屋の若旦那だ。人にはいろいろな使いようがあるのだ。

ただ、中には行商人から購った物もあった。でも、これもちゃんと在所と行商人の名が記してある。

「他は、皆お店から仕入れているか、職人から直《じか》に売ってもらっているものだからね。でも、それ以外にもあるんじゃないかと、問われたら言い訳のしようがないかな」

長太郎が嘆息した。

「そんな気の弱いことといわないでよ」

お瑛は長太郎の肩先を摑《つか》んで揺する。

「お瑛も疑ってるわけじゃないだろうね」

「まさか。盗みができるほどの性質なら、もっと大きなお店になってるわよ」

長太郎は腕を組み、

「その物言いも得心いかないなぁ」

と、不服そうな顔をした。

「まあ、この中であやしいとすれば、この下駄屋かな」

長太郎の言葉にお瑛はすっくと立ち上がる。

「このまま盗品を売っているなんて広まったら、『みとや』は潰れちゃうわ」

「そうねぇ。お瑛ちゃんのいうとおりよ、長太郎兄さん」

「この露月町の下駄屋へ行きましょう。店替えもまだ終えていないかもしれないし」

まさか、舟でと、長太郎が青ざめる。

「そうよ。いつ御番所からお役人が来るかしれないのよ。もしもあの下駄が盗まれた物で、それを押し付けられたんだとしたら」

でも、とお瑛は首を傾げる。

誰がそんなまどろっこしいことをするのだろう。だって、一足十五文。二十あっても、たった三百文にしかなりゃしない。古道具屋とか損料屋のほうがもっと高値で買い取るに違いない。そんな稼ぎの悪い盗みをわざわざするかしら。それだっておかしい。

お瑛は、たすきを掛け、三和土《たたき》に下りて草鞋《わらじ》の紐《ひも》をぐっと締めた。

「さ、兄さん。寛平さんも一緒にどう？」

「娘船頭の猪牙《ちょき》に乗れるなんざ、いい冥土《めいど》のみやー——」

げ、とい終わらぬうちに、長太郎が寛平をひっぱたいた。

長太郎と寛平をせっついたものの、お瑛は露月町まで舟を押す自信はない。大川を下り、新大橋を潜《くぐ》って、中州を右に行き、それから日本橋川を上って、楓川《かえでがわ》に入り、三十間堀川。かなりの距離だ。そのうえ、舟にはとんと役立たずの男ふたりとくれば、結構しんどい。

辰吉がいたら、交代して行けるのにと思ったそのとき、

「悪いね、長太郎さん。ちょいと番屋へ来てくれないかね。訊《き》きたいことがあるんだが」

町内の自身番に詰める町役人が、やって来た。

お瑛の身体に震えが走った。

五

長太郎は自身番に連れて行かれたきり、三日も帰ってこない。その間に町役人が、仕入帖を持っていった。眼つきの悪い小者と黒の巻羽織の役人までやってきた。八丁《はっちょう》堀《ぼり》の同心だ。つまり町奉行所の役人である。やはり、兄さんは盗品を売っていると疑われているのだ。

小者は、売り物をひとつひとつ調べていった。

お瑛はそれを茫然《ぼうぜん》と眺めるだけで、生きた心地もなかった。店は当然閉めたままだ。同心が色々訊いてきたが、お瑛はなにを答えたのか覚えていない。ただ、長太郎の仕入れ先や行く場所などをなんとなく答えた。

柚木のお加津さんが青い顔をして飛んできた。「あたしんところへおいで。辰吉も心配してる」といってくれたが、お瑛は動かなかった。兄さんと始めた『みとや』を見捨てるようで嫌だったからだ。

「長太郎さんが盗んだ物を売るなんてことはありゃしないよ。そんな器じゃないから」

そんな器ってなんだろう。

お加津の言葉にお瑛はちょっとだけ笑った。

揚げ縁と大戸を閉めれば、店は昼間でも暗い。ただ、窓から入る日の光で、昼夜を判断するだけだった。

兄さんはどうしているだろう。

厳しい詮議《せんぎ》を受けていないだろうかと心配になった。若旦那気質の極楽とんぼじゃ、痛みに弱いに決まってる。棒で打ち据えられたら、はい盗品を売りましたと、いってしまうような気がした。

ああ、そうだ。おせんちゃんとの花火見物も断らないと、とお瑛は思った。でも、深川だというだけで、おせんの住まいまでは知らない。

これまで、仲良くしていた人たちは、来なかった。菅谷さん父子《おやこ》と、お花さんだけが、裏口からこっそり食べ物を持ってきてくれた。

涙なんかまるで出なかった。

なぜこんなことになったのかもわからない。悔しいのと、腹立たしいのと、いっしょくたになって、お瑛は長太郎の夜具を顔に押し当てて、いつまでも呻《うめ》き声を上げた。

翌朝、大戸を激しく叩く音が響いた。お瑛はふらふらと立ち上がり、戸を開く。

「邪魔するぜ」

同心が厳しい顔で入ってくるなり、首を回した。小者に促され姿を見せたのは、お春だ。

同心が、店座敷の上に置かれていた下駄をお春に手渡した。役者が履くようなとおせんがいった派手な下駄だ。お春は下駄裏を見て、

「あたくしどもの店の物にちがいありません。十日ほど前に蔵から盗まれた物です」

そういった。

お瑛は眼を見開き、お春にすがるようにして声を上げた。

「それは、兄さんが露月町の下駄屋さんから買い入れたものです」

お春は申し訳なさそうに首を振る。

「お瑛ちゃん、下駄裏を見て。津と山が小さく彫られているでしょう。うちの品物は皆、こうしてあるの。それと、ここに、四角も彫られている。これは、あたしの亭主、角兵衛《かくべえ》が作った物なのよ」

お瑛は、はっとして、ぽっくりを摑み、裏返した。そこにも同じ印があった。

「露月町の下駄屋に卸したんじゃないですか」

「うちは卸はしていないの、残念だけど」

お春は気の毒そうにいった。

そもそも、と同心が大声を出す。

「しらみ潰しにあたってみたが、露月町に店替えをする下駄屋なんざねえんだよ。おめえの兄貴は、盗品を店で売り捌いてたんだ」

「違います」

お瑛はあらん限りの大声を出した。

「兄さんは盗品だなんて知らなかった。騙《だま》されたんです」

「なんで、おめえの兄さんを騙す必要があるんだよ、え？　騙されるってこたぁよ。

なんか恨みでも買ってたか？」

同心が、お瑛を質《ただ》した。

ああいえばこういう。お役人は、人を悪く見ることしかしないんだろうか。

「むしろ、高《たけ》ぇ下駄を安く買いたたいて、売るほうが得になる。たとえ三十八文だろうが利は出るんだ。そのうえ、あの店はいいものがあるって評判にもなる」

同心がにっと笑った。

「盗人《ぬすっと》と組んでるんじゃねえのかえ」

「いい加減なこといわないで」

お瑛はたまらず叫んだ。

同心が、ほっと眼を丸くした。

「兄貴は萎《しお》れちまってるが、妹のほうが、芯《しん》が強えな。聞くところによると、おめえら、永代橋でふた親なくしたんだってなぁ」

「もういいじゃありませんか、お役人さま」

お春が同心をなだめるようにいった。

「盗んだのは、お瑛ちゃんの兄さんではないと思いますし。お瑛ちゃんを責めても詮無いことです」

「そうはいかねえよ、お内儀《かみ》さん。あの頃はよ、そういうガキが多くてよ。親がいねえもんで、ちいっとばかり悪さを覚えて、おれたちも苦労させられたんだ」

おめえらも、その口か？　こんな店を持てたのもよ、だれか騙さなきゃ無理だろう？　なあ、と同心はぺらぺら話す。

嫌味な役人だと、お瑛は俯き、怒りで身を震わせた。

「好き放題いわないでください。あたしたちは、真面目に懸命に暮らしてきました。柚木の女将《おかみ》さんにも訊いてください。それから——」

お瑛はその名を口にすることをためらった。きっと力になってくれる方だが、迷惑はかけたくない。

「なんじゃ、今日も休みか？」

と、開け放ったままの戸から、顔を覗《のぞ》かせたのは、ご隠居の森山孝盛さまだった。

ご隠居さまの口利《くちき》きで、長太郎は牢《ろう》送りにはならず、番屋から戻された。

番屋の鎖でつながれた腕は擦り跡や、傷が残り、顔も腫《は》れて、腹にも青あざがあった。詮議というよりは、叩いて自白を強要するというものだったらしい。

「痛いよ、お瑛」

膏薬《こうやく》を塗るたびに長太郎は文句を垂らす。

「我慢しなさいよ。せっかく番屋で耐えたんだから」

ははは、そうだねえと、長太郎は力なく笑った。

「顔見知りの町役人も皆知らんぷりさ。八丁堀のやることに見て見ぬ振りを決め込んで、冷たいものだったよ。まあ、書き役の人が、夜中に握り飯を食わせてくれたけどね」

でも、またご隠居さまに頼ってしまった。

「解き放ちになったときの、あの八丁堀の顔ったらなかったなぁ」

「そんなことといったら、眼をつけられるわよ。それこそ、恨みを買っちゃう」

長太郎は罪を免れたが、結局、客足は戻ることはなかった。お偉い人に罪を揉《も》み消してもらったという噂だけが町内中に広まった。

「偉い人を知っていると、いいわよねぇ」

裏店《うらだな》の女房たちは、店座敷に座るお瑛へ聞こえよがしにいって通る。

棒手《ぼて》振りの魚屋も八百屋も、お瑛が声を掛けると、「すまねえ、売り切れだ」と、去ってしまう。おかげで、隣町まで買い物に行くはめになった。

品物はあっても、ひとつも売れない。このままじゃ、ほんとにおまんまの食い上げだ。

長太郎が飯碗《めしわん》を差し出した。腕にはまださらしが巻かれ、目蓋《まぶた》も腫れぼったい。

「私はね、あの手代を捜そうと思っているんだ」

「あの手代？」

お瑛は、おひつの中をたしかめ、溜《た》め息を吐《つ》きながら、飯をよそう。

「私に売ろうとしていたに違いない」

「なぜそれがわかるの？」

「番屋でね、頭を叩かれたとき思い出したのさ。一足十五文なら、二十三文の儲《もう》けになりますよってね。私が三十八文屋だと知っていたからそういったんだ」

うん、とお瑛も強く頷く。

「でも、もう両国でふらふらしていないわよね」

そこが思案のしどころなんだが、と長太郎は天井を仰いだ。

「あ、そういえば、今日はおせんちゃんと花火見物じゃないのかい？」

「そんな気分じゃないわよ」

「いや、どうせ、お客なんか来やしないし、きれいな浴衣《ゆかた》でも着て行っておいでよ。

あの浅葱《あさぎ》のがいいよ。こういうときこそ、楽しくしないとさ。飯も食わなきゃ元気も出ない」

さすがは、極楽とんぼの兄さんだと思いつつ、おひつを再び覗き、

「もうご飯はありません」

お瑛はいい放った。

六

お瑛は、辰吉の猪牙舟に乗って、永代橋まで送ってもらった。辰吉は「大変だったな」のひと言で、それ以上は訊いてこなかった。

人の押す舟に乗るのは久しぶりだった。猪牙舟は船体が細いため、速さがあるが、その分、揺れが大きい。

だが、辰吉の押す櫓《ろ》はゆったりとして、安定感があった。大川の風に吹かれながら、お瑛は行き先を思う。

このまま『みとや』は妙な噂に潰されちまうんじゃないかしら。そんな不安が押し寄せてくる。

永代橋が見える。花火が上がるのを待ちかねた人たちが欄干に鈴なりになっている。お瑛の鼓動が速くなる。橋の西詰でお瑛は舟を下りた。

「あのよ、その、青い浴衣似合ってるぜ」

辰吉がお瑛から眼を逸《そ》らしていった。浅葱色に波模様。地味だが、お瑛のお気に入りだ。

「ありがとう」

根掘り葉掘り訊いてこなかった辰吉の気遣いが嬉しかった。

「それじゃあ、ね、辰吉さん」

「おう、人出が多いから気をつけてな」

お瑛は下駄を鳴らして、おせんとの待ち合わせ場所へと急いだ。おせんは団扇《うちわ》を手に橋の袂《たもと》に立っていた。どんどん人が増えてくる。

お瑛を見つけたおせんが、手にしていた団扇を掲げて、

「お瑛ちゃん、こっちこっち」

と声を上げた。ようやく辿《たど》り着いたお瑛の手を、おせんはしっかり握り、引いた。

「ここじゃ見辛いから、橋の真ん中まで行きましょうよ」

えっと、お瑛は身を硬くして、首を振る。

「一歩踏み出してごらんよ、お瑛ちゃん」

「無理よ、手を放して、おせんちゃん」

お瑛は、おせんの手を振りほどこうと、もがいた。けれど、おせんは手を放そうとはしない。人々は、花火にうかれて、お瑛とおせんのことには眼もくれない。よい場所を取ろうと懸命だ。

あの事故のときもそうだったのだろうか。人が押し寄せ、祭礼で高揚した気持ちが人々を駆り立てた。我も我もと橋を進んで、木が重みで耐えられなくなった。

人が、人が押し寄せる。笑顔で集まってくる。喧噪《けんそう》が、狂騒がお瑛の頭に響き渡る。

お瑛の耳許《みみもと》で木が裂ける音がした。

お瑛は息苦しくなった。叫喚が脳裏に甦《よみがえ》る。

「意気地なし。なら、あたしが仇《かたき》を討ってあげる」

おせんは、片方の下駄を脱いだ。赤い鼻緒がきれいだった。橋の上に膝をつくと、右手でしっかり摑んだ下駄を振り上げた。

がつん。

おせんが、力一杯橋に下駄の歯を打ち付けた。

橋を行き来する者たちが、驚いて足を止める。それでも、おせんは、さらに強く振り下ろす。幾度も幾度も振り下ろす。

いつの間にか、お瑛とおせんの周りに人垣が出来ていた。

「この橋が崩れなきゃ、あたしのお父っつぁんは死ななかった。あたしのおっ母さんもあたしを置き去りにして、銭まで残らず持ち出して職人と逃げやしなかった。あたしだって、養女にならずに済んだ」

みんなこの橋が崩れたせいよ、あたしの一家をめちゃくちゃにしたのは、この橋のせいだと、おせんはわめき続けた。

置き去り……養女……。

この前、おせんはそんなのひと言も口にしなかった。

「おせんちゃん、もうやめて、お願いだから」

お瑛がおせんを背から抱きしめる。

おせんはいやいやをするように身体を揺すり、お瑛を振りきった。おせんの結い髪が崩れる。

「みんなこの橋のせい。お瑛ちゃん、あんたは悔しくないの？　お父っつぁんとおっ母さんを奪ったこの橋が」

そりゃあ、悔しい。この橋が崩れなければ、あたしだって――。

「あたし、あんたが神田川で男の子を助けたのを見たのよ。それで、『みとや』のお瑛を訊ねて歩いたの。あんたが橋を渡れないことも知ったわ。だから舟を漕《こ》ぐってね、お瑛ちゃん、あんたは運がいい。兄さんがいて、料理屋の女将に面倒見てもらって、お店まで開けた。幸せよね」

おせんは、お瑛を睨《にら》み、一瞬下駄を叩き付けるのを止めた。

あたしが、幸せ――。

「辛いことのあとには、きっと幸せがくるってあたしだって信じていた。けどね、お瑛ちゃん。辛いことのあとには辛いことしかない人間だっているのよ」

お瑛を見るおせんの眼は尋常ではなかった。

瞳の奥に得体の知れない憎悪《ぞうお》があった。

おせんは再び下駄を振り下ろす。

がつん、がつんと音が響く。そのたびに、お瑛の中のなにかが壊れていくような気がした。

「いい子ぶるのは、おやめなさいよ。けなげに生きてるふりをして無理をして、馬鹿《ばか》みたい。あたしから見れば、皆幸せに見える」

呉服屋で買い物をしている娘、仲よさげに通りを歩いている一家。

「あたしが失ったものを持ってる人たちを見ると、心底悔しい」

お瑛はその場にくずおれそうになるのを懸命に堪《こら》えた。

おせんの叫びは、あたしの叫びだ。あたしだって――あたしだって。

「辛くないわけないじゃない!」

お瑛の声におせんが、眼を見開いて首を回した。

「十一で、着の身着のままで放り出されて、どれだけ泣いたかしれやしない。世の中の不幸が全部あたしに覆《おお》い被《かぶ》さってきたような気がしたわよ」

お瑛は地面に足を踏ん張る。

「あたしは、眼の前で橋が壊れるさまを見たんだから。崩れていく音が、人の悲鳴が、耳にこびりついて離れないんだから」

いまだって、橋が崩れる夢を見る。いまも橋が渡れない。

「その苦しさがわかるの? おせんちゃんにはわかる? あたしは、橋の袂でいつも足がすくんで動けない。さぞ滑稽《こっけい》に見えるでしょ? あたしが幸せに見えるのは、あたしが幸せだと思うようにしているからよ」

おせんが唇を震わせる。

「幸せに暮らす人を羨《うらや》んだって、人に妬《ねた》み心を抱いたって、その人と代われるわけじゃない。あたしはいまいる処《ところ》にしかいられないんだもの。受け入れたくなんかないけど、生きていくには、おまんま食べなきゃ、そのために働かなきゃ。あたしそう思ったんだもの」

お瑛は花火の音に負けじと叫んでいた。

まだ幾人かの者たちが、ふたりを見ていたが、あとは皆花火に夢中だ。

「おせんちゃんは、きれいよ。いい着物着て、化粧して、あたしから見たら幸せそうに見える」

あはは、とおせんがゆらりと立ち上がり、大きな声で笑った。

「母親が奉公人だった職人と出来て、あたしを捨てた。おかげであたしは親戚《しんせき》中をたらいまわし。長くて三月も置いてくれればいいほうだった。そのおっ母さんが死んだと思ったら、今度はその奉公人があたしを養女にしたのよ。馬鹿みたいよね。罪滅ぼしだってさ」

「おい、ちょっとどきやがれ」

人垣を分けて、黒羽織のお役人がやって来た。

「娘。なにをしてやがる」

「なにもしちゃいないさ。下駄の鼻緒が切れちまっただけだよ」

おせんは、切れた鼻緒を指にかけて、ぶらぶら揺らすと、伝法な言葉遣いで返した。

ひゅるると、花火が上がり、夜空に花開いた。あたりが歓声と溜め息に包まれる。

一瞬の火花がおせんの横顔を照らした。

役人の顔がふと険しくなった。

「おめえ、おせんか」

「あら、八坂《やさか》の旦那じゃございませんか」

「橋を打ち叩いている娘がいるってな、番屋に報《しら》せがきたのよ」

「へえ、定橋掛が来るかと思ったら、まさかの定町廻りの八坂さまとはねぇ。奉行所も人手不足だねぇ」

八坂という同心は舌打ちした。

「娘っ子が生《なま》いうんじゃねえよ。花火のときは、人出が多いからな。定橋掛だけじゃ足らねえ。巾着《きんちゃく》切りだの悪い奴《やっ》が出てくるんだよ。こうして、橋をぶっ叩く娘も、な」

「なら、引っ立てたらどうですか。でも、下駄が片方じゃ歩き辛くて。ねえ、旦那、鼻緒をなおしちゃくれませんか」

眼の前にいるおせんは以前のおせんと違って見える。お瑛は、知らない娘を見ているような気がした。

八坂は、しかたねえという顔をして、おせんから下駄を受け取ると、しゃがみ込んだ。

おせんは、下駄を履いたほうに、もう片方の足を載せ、同心の肩に手を置いた。

「見逃してやるから、もう帰れ」

「あたしの居場所なんざどこにもないさ」

「あるだろう。深川によ」

おせんは、むっと赤い唇を曲げた。

「ええ、そうね。あたしはあすこに戻るしかないのはわかっているわよ」

「角兵衛は、悪い男じゃねえ。おめえにとっちゃ辛《つれ》ぇことかもしれねえが」

八坂は裂いた手拭《てぬぐ》いで鼻緒をすげる。

角兵衛って。下駄屋の津山の主《あるじ》の名。おせんは津山の角兵衛の養女——？

お瑛は、はっとした。

おせんが『みとや』に来たとき、含んだように笑ったのをお瑛は思い出した。あのときは、役者が使うような下駄があったのを笑ったのかと思ったが、そうではない。

津山の印を見たのだ。

盗まれた下駄があることを、おせんは勘づいていたのだとしたら。それにあたしに渡してくれたぽっくり。ほんとは店に来る前から、あの風呂敷《ふろしき》包みに入っていたのかもしれない。叔父さんの家の蔵なんて嘘《うそ》っぱち。あたしのところへ来て、下駄の印を見るのが目的だったとしたら。おせんちゃんは、あたしになにをしたかったの？

「不器用ね。もういいわ。待ってられない」

おせんは、八坂の手から下駄を乱暴に取り上げると、もう片方も脱いで裸足《はだし》になった。

「ごめんね、お瑛ちゃん。八丁堀がきたんじゃ興醒《きょうざ》めもいいとこ。帰るわね」

裸足のおせんは身を翻《ひるがえ》すと、花火見物に夢中になっている人々の間を無理に掻《か》き分ける。

花火が次々と打ち上がる。

「玉屋ぁ、鍵屋《かぎや》ぁ」

あちらこちらから掛け声があがる。

雑踏の中で、お瑛はくらくらとしてくる。どん、と鳴った破裂音がお瑛の身を貫いた。

「おい、しっかりしろ」

八坂にお瑛は支えられた。

美しいはずの花火が、なぜこんなにも悲しく映るのか。無数の花びらがはかなく散っていく。

「お役人さま、もしも、おせんちゃんのことで知っていることがあるなら教えて。あたし、永代橋の崩落以来、ずっと会ってなかったの」

八坂の口が動いた。

「誰のせいでも、むろんてめえのせいじゃねえとも、わかっているんだ。けどよ。あいつは、許してえと思うものが見つけられねぇんだよ」

八坂は吐き捨てるようにいって、口許を歪《ゆが》めた。

「おせんちゃん、待って。訊きたいことが」

お瑛は叫んだ。橋に一歩踏み出そうとしたが、やっぱり足が動かなかった。

橋に足が掛けられない。おせんを追うことができないと、お瑛は歯噛《はが》みをするほど悔しかった。おせんは、まだたった三間（約五・四メートル）先にいるというのに。

不意に、橋の上でおせんが振り向いて手にした団扇を振った。

「そうだ、お瑛ちゃん。あたし、ひとつ思い出したことがあったの」

おせんの声が歓声にかき消されそうになる。お瑛は必死に耳を澄ませる。

「昔、あたしのおっ母さんがいったの。今度、濱野屋さんに三つの女の子が来るから、仲良くしてあげなってね」

おせんは、あははと笑いながら、人波に呑《の》み込まれて行った。背筋が凍りつくような笑い声を、お瑛は生まれて初めて聞いた。

ぽっくりの鈴の音が甦った。

足袋のこはぜ

一

葉月の風が心地よい。

朝夕はすっかり過ごしやすくなり、兄の長太郎も、この頃は汗みずくにならずに助かるといって、今朝も涼風に吹かれながら店を出て行った。軒下から下がる『みとや』の看板がくるくる回っている。お瑛は、店座敷に座って、そのようすをぼんやりと、眺めていた。

揚げ縁に並ぶ品物が砂埃《すなぼこり》を被《かぶ》っていた。風で巻き上げられた砂が、揚げ縁に敷いた紺色の布まで白っぽくしている。

ああ、大変。

お瑛は、小さく息を吐くと、はたきを手にした。でも、どうにも気が入らない。おせんがいった一言が、お瑛の心の内で、まるであの看板のように回り続けている。

「おっ母さんがいったの。今度、『濱野屋《はまのや》』さんに三つの女の子が来るから、仲良くしてあげなってね」

花火の大きな音と、永代橋の上で人々の歓声が上がる中、その声だけが、お瑛の胸に響いた。

あの言葉は、つまりあたしがよそからのもらい子で、兄の長太郎とは実の兄妹ではないということをいいたかったんだろう。今更……なぜ。ううん、今更だからかもしれない。

のん気に暮らしているけれど、ほんとの兄妹じゃないこと、お瑛ちゃん、知らなかったでしょう？　おせんのそんな嘲笑《あざわら》いが聞こえてくるような気がした。

おせんは、『あたしから見れば、皆幸せに見える」と、そういった。「あたしが失ったものを持ってる人たちを見ると、心底悔しい」、そうもいった。

お瑛と同じように永代橋の崩落で父親を亡《な》くして、母親は、職人といなくなった。その後はいろんな親戚《しんせき》に預けられて、結局、母親と手に手をとって逃げた職人に引き取られた。その時には、母親は死んでいて、職人は、もう別の女と所帯を持っていた。でも罪滅ぼしのつもりだろうと、おせんはいった。

過去も現在も、おせんの中に暗い影を落としている。

でも、あたしたち兄妹だって、懸命に寄り添うように生きてきた。ときには喧嘩《けんか》もしたし、兄さんの変わらない若旦那《わかだんな》ぶりに呆《あき》れることなんか、数知れずだ。

もし、おせんがいったことが真実なら、ふたりきりの兄妹で重ねてきた苦労も、転げ回って笑ったのも、皆、幻になっていくようで怖かった。

やはり、あの錦絵《にしきえ》のことが知りたい。おっ母さんによく似た武家の妻女と子どもが描かれたもの。あれが、すべての疑問も不安も解いてくれるような気がする。

おせんの胸の深い深いところに、どんな悲しみが潜んでいるかはしれない。

あの花火の夜、おせんを見知っていた八坂という御番所のお役人が、「許してえと思うものが見つけられねぇんだよ」と、いっていた。

おせんが許したいと思うもの、とはなんだろう。

あのお役人からおせんの話を訊《き》こうとしたが、橋の上で喧嘩騒ぎが起きて、そちらに行ってしまい、聞けず仕舞いで帰路についた。

ただ、あのお役人は、おせんのことをすごく気にかけていた。長太郎が番屋に留め置かれて詮議《せんぎ》を受けたとき『みとや』を調べに来た嫌味な役人とは違っている。

やっぱり、引き止めて話を聞くべきだったかもと、ぼんやり思った。

お瑛は、結局、はたきをかけるのを諦《あきら》め、横に置いた。今日も朝から、お客がひとりも来ない。これも、おせんのせいかもしれない。

ひと月ぐらい前、『みとや』では、盗品を売っていると書かれた瓦版《かわらばん》が出た。

兄の長太郎が仕入れてきた下駄に疑いがかかったのだ。長太郎は、露月町《ろうげつちょう》で店替えする下駄屋の手代から、安く譲ってもらった品だといっていた。が、じつは深川にある『津山』という下駄屋の蔵から盗まれたものだと、その店の女房、お春が証言した。下駄裏には、津と山の文字と、主人である角兵衛の印として、四角がはっきり彫られていたのだ。

そのうえ、おせんが、津山の養女だったことを、お瑛は後から知った。

もしかしたら、蔵から下駄を盗んだのは、盗人《ぬすっと》ではなく、おせんだったのじゃないかとお瑛は思っている。そして、手代、と長太郎はいっていたが、おせんが誰かを手代に仕立てて、『みとや』に品を仕入れさせた。それからおせん自ら『みとや』を訪れ下駄を確認して、瓦版屋にこの種を売った。

お瑛は首を横に振る。

なんのために？　さっぱり見当が付かない。

おせんを問い詰めたところで、きっと知らないというに決まってる。それになんの証《あかし》もないのだ。

瓦版が出てすぐは、そんなことはまったくわからなかった。長太郎は、番屋に連れて行かれ、このまま、『みとや』は潰《つぶ》れてしまうのではないかという不安に襲われた。

結局、ご隠居の森山孝盛さまが、長太郎を助けてくれた。

顔が腫《は》れ上がるほどの厳しい詮議を長太郎は受けていたけれど、あの下駄はあくまでも、安く仕入れた物だと、いい続けたらしい。

極楽とんぼの兄さんのどこに、そんな気概が潜んでいたのか、お瑛は、そのことにも驚いた。

でも、ご隠居に助けられたのが、かえって周囲の疑念やら、やっかみやらを深めたようで、とんと客足が落ちてしまった。

顔見知りの棒手《ぼて》振りからも物が売ってもらえなくなり、湯屋に行けば行ったで、お瑛の周りには誰も寄り付かないどころか、さっさと湯船から上がってしまう。

お瑛が着替えていれば、

「いい小袖《こそで》着てるわね。あれも盗んだものじゃない?」

「そういや、古手屋の婆《ばあ》さんがいってたわよ。ちょっと前に竿竹《さおだけ》に吊《つ》るしてあった黄《き》八丈《はちじょう》が盗まれたって」

どこかの女房たちが、お瑛を見ながら、くすくす笑う。急いで袖を通し、お瑛は俯《うつむ》いたまま湯屋を出る。

こんなことが毎日続いてたら、本当にたまらない。

『柚木』のお加津が、ほとぼりが冷めるまで、店を少しの間だけ閉めて、うちでお暮らしよ、といってくれたが、『みとや』を休むつもりはない。

兄さんとふたりで始めた店を閉じたら、後悔する。しかも、盗品だなんていう嘘《うそ》に折れるなんて真っ平だ。心配してくれるのは嬉《うれ》しい。それに甘えてしまいそうな自分もいる。けれど、店を休めば、嘘が真実になってしまう。「そら、やっぱりだ」と。人の心は、温かいときもあるけれど、一旦《いったん》冷えたら、もとに戻るまでときがかかる。冷え切ったままでいることだってある。

だからこそ、堂々と胸を張っていなければと強く感じていた。

でも、とお瑛は指を折り始める。これまで店に来てくれたのは、裏店《うらだな》のご浪人の菅谷さん父子と、斜向《はすむ》かいのお菜の四文屋『はなまき』のお花さん、それと乾物屋の清吉。それから、お加津さんとご隠居さまだ。呉服屋のどら息子の寛平さんは——なにも買っていかないから、お客じゃない。

なんだ、両手じゃ指があまりすぎちゃう。お瑛は、ため息を吐《つ》いた。

おせんが津山の養女であることを長太郎へ告げたのは、花火の夜、家に戻ってからだった。『みとや』に迷惑をかけるために、おせんが仕組んだ事じゃないかと、長太郎のようすを探るようにいった。

「まさか、おせんちゃんがかい？」

やっぱり長太郎は眼を見開いた。

「うちみたいな小さな店にそんなことをする訳がない。なんの得にもならないからね」

長太郎は、いささか非難めいたようにお瑛を見た。

「だいたいおせんちゃんはお瑛の幼馴染《おさななじ》みじゃないか。そんなくだらない悪戯《いたずら》をするはずがないよ。信じておやり」

お瑛はその言葉に、驚いた。

「くだらない悪戯じゃないわよ。兄さんだって酷《ひど》い目にあったでしょうに」

「ああ、あれは痛かったねぇ。ただ痛みより、驚いたのは、いくら真実をいっても信じてもらえない事さ。役人というのは、凝り固まってものを考えるんだね。悪事を働いたと思ったら、もうそれが頭から離れない。幾度も顔を叩《たた》かれた時には、この端整な顔が歪《ゆが》んでしまうかもしれないと思ったよ」

長太郎が自分の顔に手を当て、ぐにぐに動かした。

「あ、痛《い》てて」

「もう、ふざけないで。でもあの一件から、お客さんの足は遠のく、あたしは湯屋でも変な目で見られて、買い物だって——」

わかった、わかったと、長太郎はお瑛の手を取って、幼子をなだめるように優しく叩いた。

「でもさ、お瑛はおせんちゃんをそんなふうな眼で見たいかい？」

そりゃあ、とお瑛は俯く。少し考えてから、口を開いた。

「信じたい気持ちもあるの。でもそれなら、兄さんが仕入れてきた下駄を見たとき、おせんちゃんはなぜ、これはうちのものだって、盗まれたものかもしれないって、あたしにいわなかったの？」

長太郎は、ああ、なるほどと唸《うな》った。

「お瑛の言うことも一理ある。ただ、おせんちゃんには複雑な事情があるんだろう？」

うんとお瑛は頷《うなず》く。

「まずは養い親のふたりを困らせてやりたかったのかもしれないね。だから、うちに盗品があったことをいわないでいた」

「けど、兄さんいったじゃない。三十八文屋だと相手の手代は知ってたようだって」

長太郎は少しだけ笑った。

「そうだねえ、たまたま見知っていたのかもしれないよ。世の中、偶然の積み重ねみたいなものだし。人の出会いも偶然、『みとや』を開けたのも偶然の重なりじゃないか。運命っていいかえてもいいかもね」

やっぱり極楽とんぼだ。

なぜうちの店だったのだろう、と考えないのかしら。もし、おせんが、わざわざ蔵から持ち出したのなら、そのまま捨てってしまったって、養い親を困らせることになるのは一緒だ。だけど、そうしなかった。怪しい手代に預けて、兄さんに売りつけた。

そんな偶然あるかしら。

疑いたくはないけれど、やはりおせんが思いついた謀《はか》りごとのような気がしてならない。

永代橋の時のことを、思い出す。

橋が渡れないというお瑛の手を無理やり引いた。おせんは、なにもかも奪った憎い橋に幾度も幾度も、下駄の歯を打ちつけた。

お瑛は、心の底から怖かった。おせんの姿が憎悪《ぞうお》の塊に見えたからだ。その憎しみが、お瑛にも向けられていたような気がしたのだ。

いま長太郎は、自分に下駄を売った手代を、暇人の寛平を引き連れ、捜し歩いている。深川の津山にもこっそり出向いたが、その手代はいなかったといっていた。ただ、闇雲《やみくも》に捜したところで見つかるはずもない。長太郎が唯一《ゆいいつ》、手掛かりにしているのは、手代の左耳の後ろに黒子《ほくろ》があった事だ。去り際《ぎわ》にちらっと見えただけなので、

「黒子だったかどうかの自信もない」

と、威張らなくていいところで威張っている。細々とした手掛かりだが、ないよりはましだろうと能天気な兄さんの本領発揮でもある。

だから、仕入れには行っていない。

仕入れに出たところで、「うちの店の物も盗品と思われちゃかなわないからね」と、にべもなく断られているからだ。だが、長太郎は、そんな言葉を返されてもへっちゃらだ。

「どうせ、皆、疑われてしまうなら、余計な仕事はしない方がいい」

それは違うとお瑛は思うのだが、これまでに仕入れた品はたくさんある。それを小出しにしながら、商売を続けていくつもりだ。屋号入りの丼鉢《どんぶりばち》とか、干支《えと》の過ぎた手拭《ぬぐ》いとかだけど。この、ひと月近く、仕入帖《ちょう》にはなにも記されないままだ。

そういえば、船頭の辰吉も姿を見せない。

日に焼けた色黒の顔でも見れば、安心できると思ったんだけど、と考えてお瑛はあわてて、首を振る。あたしったら、いまなにを思ったんだろう。辰吉の顔を見たら安心するって、なに？　冗談じゃない。あたしの顔さえみれば、「猪牙舟《ちょきぶね》で勝負してぇ」と、色気もなんにもありゃしないことをいう男だ。

ああ、そうか。お瑛は気づいた。辰吉は、下駄が盗まれた津山の内儀、お春と親しかった。辰吉の母親は料理屋勤めで、お春はそこに出入りしていた芸者だった。お座敷が暇なときには、幼い辰吉の面倒を見てくれたそうだ。お春の手前、盗んだと疑いをかけられているうちに来られるはずもないのだろう。

「お、えーいちゃん。しけた面《つら》してんなぁ」

乾物屋の清吉が、ひょこっと顔を出す。

「いつもと同じ顔です。べつに、しけてなんていないし、なにも変わってない――」

と、いいかけて思わず知らず眼頭が熱くなる。

「おっと、待てよぉ、どうした。お瑛ちゃんらしくもねえ」

お瑛は、唇を結んで、袖口で眼をこすった。

「お瑛ちゃんらしくないって、そんなことないわよ。なにがご入用ですか、清吉さん」

「あ、そこの巾着《きんちゃく》」

「三十八文です。毎度ありがとうございます」

清吉は、なんだよ愛想がねえなぁ、と文句を垂らした。

「ともかくよぉ、『みとや』は、絶対閉じるなよ、おれ、毎日でも買いに来るからよ」

巾着を握りしめ、必死な顔をする清吉へ、お瑛はぎこちない笑みを向けた。

「ほら、そうでなくちゃ。客商売ってのは、まず愛嬌《あいきょう》だよ、看板娘」

勝手なことといってる。四文屋のお花の前では、自分が愛嬌ふりまいているくせに。

でも、清吉の励ましが、珍しく的を射ていて嬉しかった。

「それに、はなまきに新しく入った手伝いの娘も頑張ってるんだからよ。婆さんと一緒にお菜を作ってるらしいや。お花さんも頼りになるって、喜んでる」

三次の姉さんか。確か、おしずという名だ。品川宿の宿屋に売られて、苦労していた娘だ。みんな多かれ少なかれ、不幸を背負っている。

悪いことが起きると、世の中で自分が一番、不幸者だと思えてくる。

お瑛は、うんと、お腹《なか》に力を込め、

「なんでもかでも三十八文。あぶりこかな網三十八文。枕《まくら》、かんざし三十八文。はしからはしまで三十八文」

いつもの売り声を上げた。

二

「あらあ、元気にやってるじゃない？　あんな噂《うわさ》が広まっているのに」

おせんだ。お瑛は、売り声を上げるのをやめる。おせんは萌黄色《もえぎいろ》（黄緑色）にききょう模様の小袖を着ていた。髪には珊瑚《さんご》玉の簪《かんざし》を挿している。後ろには、真面目《まじめ》そうな顔をした小僧が立っていた。まだ十二、三の子だ。お瑛は、自分でも気づかず身を乗り出した。

「おせんちゃん」

呼びかけても、お瑛の顔も見ず、おせんは揚げ縁の上を見回した。

「砂埃だらけじゃない？　これじゃ商いにならないわよ。ほら、はたきを貸して。一緒に綺麗《きれい》にしましょ」

「おせんちゃんに、訊きたいことがあるの」

おせんが首を傾《かし》げた。

「どうしちゃったの、そんな怖い顔して。あたし、瓦版を見て本当に仰天したのよ。

まさか、長太郎さんが仕入れたのが、うちで盗まれた下駄だったなんて。ほんと、びっくり」

おせんは、胸許《むなもと》に手を当てて、本当に気の毒そうに眉《まゆ》をひそめた。

「お瑛ちゃんのことが心配で早く来てあげたかったんだけど、お春がね、外出をするなって、うるさくて。この一件で、お役人がよく来るから、おたおたしちゃってるみたい。角兵衛も仕事ができないって苛々《いらいら》してる」

おせんは冷ややかに笑う。

養父母の名を、呼び捨てにしている。

お瑛は、揚げ縁の品を手に取り、勝手に脇《わき》へ寄せ始めたおせんを見る。

そりゃ、角兵衛は、元はおせんの家の職人で、実の母親と姿をくらました男だ。お父っつぁんと呼べない気持ちはわかるが、お春さんの方は、かわいそうに思えた。

「ほらぁ、早く、はたきをちょうだいな」

お瑛は、首を振った。

「ここは、あたしと兄さんの店。おせんちゃんに手伝ってもらわなくても大丈夫よ」

ならいいわと、おせんが、お瑛を見て口許を緩めた。今日も綺麗な紅が塗られている。

「ねえ、おせんちゃん、本当のこと教えて」

「本当のことってなに？　あたし、なにか嘘をついたかな。あ、もしかしたら、橋の上でいったあの言葉を気にしているの？」

おせんは、顎《あご》を上げて小首を傾げた。

「あれは、あたしがおっ母さんから、聞かされたことだもの。お瑛ちゃんが、もらわれ子なのか拾われっ子なのかは知らないわ」

あたしも子どもだったから、そんなのどうでもよかった、妹ができるみたいで嬉しかったのよ、とおせんは優しい声音でいう。

おせんが、小僧を振り返る。

「ほら、お渡しして」

おせんにいわれ、小僧は抱えた風呂敷《ふろしき》包みの結び目を解《ほど》いた。菓子箱が出てきた。

「お店が大変そうだから、これ、お見舞い。おまんじゅう」

小僧から差し出されたものの、お瑛は受け取るかどうか躊躇《ちゅうちょ》した。

「どうしたの？　受け取ってよ、お瑛ちゃん」

おせんが微笑《ほほえ》む。

「おせんちゃん。おせんちゃんがここを訪ねてくれた日、本当は兄さんが仕入れた下駄が津山のものだって、わかっていたんでしょ？　それを確かめに来たんじゃないの？」

お瑛が思い切って訊《たず》ねると、おせんは眼を丸くした。

「いやだ。お瑛ちゃん。あたしのこと、疑ってるの？　そんなふうに思われていたなんて、悲しいったらありゃしない。もう、帰るわね」

おせんはつんと横を向き、小僧の右耳を指先で摘《つま》んで引くと、

「箱はそこに置いておけばいいわ」

そういい捨て、立ち去った。

お瑛は、息を吐く。あんな訊き方したところで、答えてくれるはずがないのもわかっていたのに。お瑛は、肩を落として、少し傾き始めたお天道《てんとう》様を見上げた。

お花の店は、早々に店仕舞いしていた。相変わらずお花目当ての男たちが引きも切らず、お菜を買い求めに来ているのだ。

けれど、『みとや』の前を通る時、さりげなく視線を向けてくる。その眼が刺さるようで痛い。盗品を売っていた店という噂は江戸中に広がっているんだろうか。あたしたちは、なにも悪いことをしていないのに。そう叫びたい気持ちでいっぱいだった。

お瑛は、店座敷に座っているのが辛《つら》くなり、揚げ縁の上を片付け始めた。お客も来ないのだ。もう店を閉めてもいいかなと思った時、通りを八丁堀の旦那が歩いて来た。兄さんを痛い目に遭わせた役人ではない。でも、どこかで顔を合わせている。お瑛も役人の顔などそうそう見知ってはいない。

少し長めの顎と、高い鼻。

ひゅるひゅると、花火の上がる音が、橋におせんが下駄を叩きつける音が、お瑛の耳底から甦《よみがえ》った。

「あ!」

永代橋で、おせんと話をしていたお方だ。確か名は八坂。

「もし、八坂さまでしたよね」

店の前を通り過ぎようとしていた八坂が、足を止め、お瑛に顔を向けた。

「おまえさん、どこかで見かけたような」

八坂は、顎に手を当て、首を捻《ひね》った。が、すぐに思い出したのか、「あの夜、おせんと一緒にいた娘か」と、店の前に立った。

後ろについていた中年の小者が、「旦那、この店ですぜ、盗品を売ってるって噂の」と、お瑛に聞こえよがしにいう。そうか、と八坂が看板を見て、「ほう達筆だな」と、のんきに呟《つぶや》く。

「あれは、誰が執った筆だ？」

八坂は小者の話より、看板の筆の方に気を取られているようだ。お瑛は、告げていいものか迷ったが、この際、隠してもしょうがないと、八坂をきちりと見ながら口を開いた。

「お旗本の森山孝盛さまに書いていただきました」

八坂は、仰天した顔で、看板まで近づくと、

「いやぁ、素晴らしいな。おれは悪筆でな。御番所でも、お前の字は読めんと、上役にどやされる。こうした字が書いてみたいと常々思っているのだ」

豪胆だが、優しさもある。なにより看板であるから、その店がどのような店かが、わかると、勝手に話し始めた。

ちょっと風変わりな方だと、お瑛は心のうちで、微笑んだ。

永代橋で会った時も、面倒な顔をしながら、おせんの切れた鼻緒をすげてやったり、おせんのことを心配したりしていた。御番所のお役人は、兄さんを痛めつけるような人ばかりではないのだ。

「どうしたい？　おれに、なにか訊きたそうな面してるぜ」

八坂がいった。お瑛は、深く頷き、身を乗り出した。

「おせんちゃんのこと、教えてもらってもいいですか。あたし、幼馴染みなんです」

ちっと小者が舌打ちした。

「八坂さまは、お見廻りの途中なんだ。てめえの幼馴染みの話なら、てめえで訊きやがれ」

「まあ、いいじゃねえか」

八坂が小者をたしなめる。

「ちょうど、歩き廻って喉《のど》が渇いてたところだ。茶の一杯でも馳走《ちそう》してくれるかえ」

八坂が腰から大刀を引き抜いた。

「はい、ただいま。三和土《たたき》の方から、上がってください」

お瑛は、頭を下げると、すぐに奥の座敷にある長火鉢へと飛んで行った。湯飲みを出すと、八坂は早速うまそうに飲み干す。小者は、まだ嫌な顔つきをして、店を見回していた。

お瑛は、そのようすに胸が締めつけられる。『みとや』が汚《けが》されている気がした。

「どこでも、探してください。なんなら、仕入帖もお出しいたしますが」

「それには及びませんや。いずれ、なにかわかるかもしれねえし」

へへっと、小者が皮肉っぽい笑みを浮かべる。どこまで疑り深いのだろう。むしろ、この一件は、あたしたちが迷惑を被《こうむ》っているのだ。おまんまを食べるには、働くことだと思っていたが、働いても、糊口《ここう》をしのげないことが世の中にはあるのだ。

お瑛は、悔しくて唇を嚙《か》む。

「旦那、ここの長太郎って兄貴は、その森山さまの口利《くちき》きで番屋から解き放しになったんですぜ。すっきり疑いが晴れたわけじゃねえ」

小者は八坂に向かっていった。

「おいおい、おめえも看板見たろう？　旗本の森山さまっつったら、元は火盗改《かとうあらため》の御頭だぜ。そのお方が、こんな小さな店のためにわざわざ筆を執っているんだ」

八坂が、呆れた顔をして、後ろに座る小者を振り返った。

元火盗改の御頭が、悪人かどうか見抜けねえとでも思ってるのか、この馬鹿野郎《ばかやろう》、と声を荒らげた。

「おめえ、何年、岡っ引きやってやがる。直参や大名、商家から小遣い銭もらってるおれたちの方がよほど、性悪だぜ」

いわゆる袖の下というやつだ。八丁堀のお役人や岡っ引きは、何事かが起きた時、さっと揉《も》み消し役になると聞いたことがある。とくに商家などは、町役人だのまで巻き込んで、お白州に引っ張り出されるとなったら、面倒だからだ。

あの、とお瑛はいたたまれなくなって、小さく声を出した。

「おまんじゅう、食べますか？」

おせんが置いていったものだ。

険しい顔をしていた八坂が急に笑い出した。

「いいな、まんじゅうも貰《もら》おうか。なあ」

へい、と苦虫を嚙み潰したような顔で小者は八坂へ頷いた。

「それで、おせんのことだったな」

八坂は、早速まんじゅうを頰張りながら、話し始めた。

「そうだ、おめえ、名はなんてんだ？」

その眼がこちらを探るようで、少し怖かったが、お瑛はしゃんと背を伸ばした。

「瑛です」

八坂が、あれっと眼をしばたたいた。

「もしかしたら、神田川で童《わらべ》を助けた娘船頭かえ？」

はい、とお瑛は応《こた》えた。

「そうか。あの時、おれも野次馬のひとりだった。おせんの隣でな」

「おせんちゃんの隣にいたんですか？」

八坂は、小難しい顔をした。

「深川の家に送る途中だった。そういや、あん時、あたしの知ってる子かもしれないって、呟いたが、それがあんたか、なるほどな」

なにかを悟ったように首肯《しゅこう》した。

「あのな、下駄屋の盗人の一件は、おれたち北町のもんじゃねえ。南町が探索している。だから、詳細はよくわからねえが、お瑛さん、あんたにとっちゃ、少々酷な話になるが構わねえかい？」

八坂がお瑛を見据えてくる。

お瑛も真《ま》っ直《す》ぐに見返して、はいと応えた。

「おせんが今、暮らしているのは、下駄屋の津山だというのは知っているな」

お瑛は、こくりと頷く。あの花火の夜に知りましたと小声でいった。

「となると、この一件が、おせんがらみだって、当然、考えただろうな」

お瑛が俯くと、

「だよなぁ、幼馴染みを疑うってのは辛いもんだな」

八坂は、気の毒げにいって、二つ目のまんじゅうに手を伸ばす。

「おせんが、下駄を蔵から持ち出したことは、十分あり得る」

お瑛は思わず耳を塞《ふさ》いでいた。耳を塞いで、いやいやをするように身をよじった。

「けど、こいつばかりは仕方ねえ。おせんは、南町にちょいとばかり眼をつけられている」

八坂の声は淡々としていたが、そこには、幼馴染みのお瑛に対する慰めが含まれているような気がした。

「おせんはな」

八坂がどこか辛そうに口を開いた。

「親戚中たらい回しにされて、飯もろくに食わせてくれない、下女同然の扱いを受けていたらしい。なんたって、母親が男と逃げたんだ。おせんの家は、元は京の出店《でだな》だ。京女が慎ましいってのは嘘っぱちだってよ。そんなふしだらな女の子どもも同じだと、毛嫌いされていたそうだ」

おせんが、十五になった時、血の繋《つな》がりも定かでない親戚が、おせんを売り飛ばそうと考えたらしい。まだ子どもだが、綺麗な顔立ちをしているから、最低でも五十両は手に入るとな、と八坂は顔を歪ませた。

「その相談をおせんは聞いちまった」

「あたし、そんなこと知らなかった」

「知らなくて当然だ。たとえ知ってたところで、あんたになにができる？　その頃のあんたは幾つだい？」

二つ違いだから、十三だ。柚木のお加津の処《ところ》で、長太郎と共に働いていた。

「なあ、無理な話だ。けど、そういう算段をしていた時、角兵衛がその家におせんを迎えに来たんだよ」

「でも、どうして角兵衛さんが」

「ひとり娘を置いてきたことが、母親にとって、悔いが残ってたんだろうぜ。病を得た時、角兵衛に、代わりにおせんを捜し出して、育ててくれと頼んだらしい」

「勝手すぎます」

お瑛は強い声で言った。八坂が素直に、うんと顎を下げ、「もう一杯くれ」といった。

「勝手だな。けどよ、母親だって女だ。色恋に、子どもが邪魔になることもある。角兵衛だってよ、うっちゃっといたって構わなかったはずだ。だが、ようやく捜し当てて、てめえの養女にしたってのは、どこかに呵責《かしゃく》があったからかもしれねえよ」

お瑛が、でもと口許を引き結ぶ。

「わかってるよ、あんたのいいたいことは。大人ってのは、勝手なもんだ。角兵衛には、もうお春さんがいたからな。だけどな、その勝手が、胸ん中に溜《た》まっていくのさ。どこかで、折り合いつけて、見ねえ振りしても、溜まるんだよ」

八坂は、息を吐いて首を振る。

そいつをさ、なんとか吐き出してえと思ったんだろうなぁ、と八坂はいった。

「それに、角兵衛は、おせんの家で職人として働いていたんだ。一人前の下駄職人にしてもらった恩義もある」

恩を仇《あだ》で返したから、その仇を、おせんを養女にすることで角兵衛は埋めようとしたのだろうか。それも、自分の満足のためだけで、おせんの気持ちなど、まったく考えていない。

おせんは引き取られはしたが、角兵衛やお春とは口も利かないという。

「呉服屋に連れて行こうが、小間物屋へ行こうが、欲しいものは、すべて指で示すだけだ」

そのうち、おせんは小間物屋で盗みを働いた。紅や白粉《おしろい》、櫛《くし》といった類《たぐい》だった。鰻《うなぎ》屋や蕎麦《そば》屋に、二十人前も頼んでおいて、知らないと突っぱねる。

「そんな頃に、おせんとおれは出会ってよ。ただ、あいつは男遊びだけはしないと決めているそうだ。自分が母親と同じになるのが、嫌だってな」

おせんの母親は、線の細い綺麗な女だった。遊びに行くと、いつも優しい笑顔で迎えてくれた。今のおせんとよく似ている。でも、婿《むこ》入り亭主が囲い者と一緒に崩落事故に巻き込まれて死んだのが、我慢ならなかったらしい。優しい笑顔の奥に、激しい気性もあったのだ。

おせんにも流れている母親の血。おせんが許せないものとは、それなんじゃないだろうか。お瑛は悲しかった。

三

八坂がふうと息をつく。

「おせんの話はこれで仕舞いだ。あんたら兄妹も、永代橋でふた親亡くしたんだってな。性根もねじけず、苦労して、店出して、兄妹ふたりでやってきた、えれえもんだ」

いいえ、違います、とお瑛はいった。

「あたしたちは周りの方に助けられて生きてきたんです。そうじゃなければ、兄妹丛人にでもなっていたかもしれません」

おいおい、物騒なことをいうもんじゃねえよ、と八坂は笑った。

「さて、そろそろ行くか。邪魔したな」

八坂が立ち上がりかけた時、そうだ、盗人で思い出した、といって懐《ふところ》に手を入れた。店に貼《は》るのは嫌だろうから、歩いている奴《やつ》を眺めてくれりゃいいと、八坂がお瑛に折りたたまれた紙を差し出した。

お瑛は、八坂を見上げ、受け取った紙を広げる。人相書きだ。

「竹内《たけうち》の淳八《じゅんぱち》って悪党だよ。普段は振り売りの小間物屋で、善人ぶった面で、狙《ねら》った店をつぶさに見て回る。当たりがついたら、盗人仲間を集めて、仕事に掛かる」

お瑛は、人相書きを怖々見る。眼も鼻も口も、のっぺりしている。ちょっと拍子抜けがした。もっと恐ろしげな顔だと思っていた。ただの物堅い商人に見える。

そういえば、お加津がいっていた。

「悪人面をした人が悪事を犯すわけじゃないの。なんでもない顔をして世間に紛れている人がとんでもない悪人だということもあるのさ」

お瑛はそれを聞いて笑ったが、人の心の奥なんて、誰にも見えやしない。

「こいつは、殺しはしねえが、まず脅しにかかる。御番所に洩《も》らせば、もう一度来る。

次は命も取るってな」

ぶるっと、お瑛は身を震わせる。

性悪なのは、金子《きんす》を出させるために大福帳を押えることだ。

「大福帳は人質とはいわねえが」

ほとんどの店が、代金をまとめて支払ってもらう掛売りをしていた。大福帳には、誰がなにを買ったかが記されている。それを年に数回の掛取り（集金）に回る。金子を取られるよりも大福帳を盾に脅される方が、商家には辛い。

「盗人にとっちゃ、大福帳なんざ紙切れ同然。けどよ、下手に逆らってその場で破り捨てられたとなりゃ、掛取りができずに商いが立ち行かなくなる店もあるだろうぜ。だからよ、盗人に入るのは、たいてい師走《しわす》近くになってからだ。今、淳八の野郎は、商家の当たりをつけてる真っ最中だ。それで、見廻りをして小間物問屋や、振り売りに声をかけているんだけどな。そういやここも小間物屋に近いか」

「食べ物以外はなんでも置きますけれど」

「どうだい、見たことねえか、そんな野郎」

竹内の淳八の特徴が記されている。でもそれも、歳《とし》は三十二、三。生まれは板橋宿。中肉中背で、背丈は五尺二寸（約百五十八センチメートル）。猫背気味。

そんな人はどこにでもいそうだ。

が、お瑛は、ある一文に息を呑《の》んだ。

すでに、大刀を手挟《たばさ》み、立ち上がった八坂だったが、お瑛のようすに気づき、どうしたと声をかけてきた。

左耳の後ろに黒子。

「八坂さま。この人、うちの兄さんが捜し回ってる人かもしれません。うちに下駄を売りつけてきた手代っぽい人」

「なんだと」

八坂が色めきたつ。

「あんたの兄さんは、こいつから下駄を買ったというのかい？」

「兄さんに人相書きを見せないと、わかりませんけれど、左耳の後ろに黒子があったことだけは見覚えているといっていました」

八坂は座り直して、沈思した。

お瑛も膝《ひざ》を揃《そろ》えて、八坂を見つめる。

「だとしたら、津山があぶねえか」

ようやく口を開いた八坂が小者に耳打ちすると、へい、と小者は店を飛び出していった。

お瑛に不安が広がる。

「この男とおせんちゃんが」

八坂は首を振った。

「そいつはわからねえ。小間物屋の淳八が、津山に当たりをつけてやって来たのかもしれねえ。そこで顔見知りになることは、十分考えられる」

おせんが淳八にうまくそそのかされて、蔵を開けたとしたら。たとえば、淳八が、おせんの身の上話を親身に聞いてやって、「ふた親を困らせてやらねえか」と持ちかけたとか。その上、おせんをうまく手懐《てなず》けて、津山を襲う算段をつけているとしたら。

いずれにせよ、その下駄は、うちに売られた。そんな偶然もありだというの？

お瑛の頭を、様々なことが駆け巡る。

「おい、大丈夫《でえじようぶ》かえ？　顔が青いぜ」

八坂が顔を覗《のぞ》き込んできた。お瑛は、小さく、返事をすることしかできなかった。

「それじゃあな。兄さんが戻ってきたら、すぐにそいつを見せてやってくれ。野郎から売られたんだとしたら、番屋に知らせてくんな」

八坂は揚げ縁の横から、表通りに出た。

お瑛は、思わず腰を上げた。

「おせんちゃんのところへ行くんですか？」

ため息を吐いた八坂が、鬢《びん》を掻《か》く。

「それしかねえだろうなぁ。淳八と繋がっているとすりゃあな」

「お縄になるなんてことはないですよね」

お瑛は自分の声が震えている事に気付いた。

「それも、探ってみなきゃわからねえな。おれは幾度もおせんの盗みを見逃して、説教もしてきた。若い娘のすることなんざ、独り身のおれには、さっぱりわからねえ。悔しいけどよ」

お瑛はその言葉に俯いた。

「なあ、この白扇《はくせん》はいくらだい」

「うちは、三十八文屋なので」

顔を上げたお瑛に、ああ、それで『みとや』か、と八坂は懐の紙入れから銭を出した。

「じゃあな、ごちそうさん」

「あ、ありがとうございました」

慌てて八坂の背に頭を下げた。

今日、二人目のお客さんか。締めて七十六文。今日の夕餉《ゆうげ》はなににしよう。

でも、おせんと盗人の淳八――。

もやもやとした嫌な感じが、お瑛の心の中に残った。


その夜、寛平と湯屋に行ってから長太郎は真っ赤な顔をして戻ってきた。遅くなって、ごめんよと詫《わ》びながら、湯屋も大勢人が集まるからさと、言い訳をした。

「で、寛平が酒を勧めてくるから、つい」

「はいはい。いつものことでしょう」

お瑛は、長太郎の言い訳などさっさと受け流し、「それよりこれを見て」と、人相書きを見せた。

半分とろんとしていた長太郎の眼が、ぱちんと音を立てて開いた。

「この男だよ。うん、間違いない。あいつ盗人だったのかぁ。怖いもんだねぇ。いやぁ、物腰も柔らかでさ、そんな感じはまったくしなかったよ」

「兄さん、感心している場合じゃないでしょう。話はもっとややこしくなっちゃったんだから。おせんちゃんが」

「竹内の淳八という盗人と知り合いだったかもしれないってことか」

長太郎は、うーんと腕を組んだ。

四

昨日、おせんちゃんの処へ行った八坂さまはなにを訊《き》き出したんだろう。もし、その日に、番屋になんか連れて行かれることになっていたら。お瑛は、おせんを信じたい気持ちと疑いが入り混じって、胸のあたりが重苦しかった。

「お瑛さん」

聞きなれた声に、お瑛は顔を上げる。

「すまねえ。すぐにでも飛んで来たかったんだけどよ」

辰吉は首に掛けた手拭いで、少し汗ばんだ顔を拭いながらいった。

「津山のお春さんの手前でしょ。でも今日は辰吉さんが最初のお客さん」

お瑛は笑顔を向ける。

「お客と言われちゃ買わなきゃな」

辰吉は、揚げ縁の上を見回して、手拭いを手にした。

「辰の意匠だからよ、おれにぴったりだ」

今年の干支じゃねえけど、まあいいか、と辰吉はようやく頰を緩めた。

「毎度ありがとうございます」

お瑛は少しおどけて頭を下げる。

「そんな礼はいらねえよ。それより、あのさ」

お瑛が顔を上げると、辰吉が看板の方へ眼を向けながら、「……ねえか」と呟いた。

最初の言葉が聞き取れなくて、お瑛は、

「なあに？　もう一度いって？」

辰吉は、あのな、と今度はお瑛を見つめた。

「一緒に野新田《やしんでん》の渡しにいかねえかっていったんだ」

お瑛は、えっと口を半開きにした。

「お瑛さんが、気にしてる錦絵《にしきえ》の場所だ。店がこんな状態だけれど、お瑛さんに元気がないのは、あの錦絵のことがまだ引っかかっているせいもあるんじゃねえかって」

懸命に語ると、辰吉は鼻から息を抜いた。

「ありがとう。助かるわ。ひとりで乗合い船に乗るつもりだったのだけど、一緒に行ってくれるなら、心強い」

辰吉は照れたようすで盆の窪《くぼ》に手を当てた。

「おれもさ、あの錦絵にかかわっちまった手前、気になって仕方ねえんだ」

ひとつでも、屈託が晴れるなら、それに越したこたぁねえ、と辰吉はいった。

「だってよ、お瑛さんが早く元気にならなきゃ、猪牙舟で競い合えねえ」

やっぱりそれか、とお瑛は辰吉を見ながら笑みを浮かべる。

うじうじしていても、なにも変わらない。いっぺんに考えるから、気が変になる。

ひとつずつ、できることからやろう。兄さんに店番を任せて、辰吉と大川を上ろう。

そうと決まれば、吉日だ。

「辰吉さん、柚木のお休みは取れる？」

「ああ、女将《おかみ》さんに頼んでみらあ。どうせなら、おれの舟で行かねえか？」

「でも遠くない？　野新田の渡しは、荒川でも千住の先の先よ」

向島を越え、鐘ケ淵で、大川と綾瀬川が合流するが、そこから大川の上流は荒川と呼称される。野新田の渡しは、武州足立郡と豊島《としま》郡を繋ぐあたりにある。一刻《とき》（約二時間）近くもかかるだろうか。

「いや、大丈夫さ。おれが猪の辰だってことを忘れてもらっちゃ困る。おれの猪牙は速《はえ》ぇぜ。それにおれが疲れたら、お瑛さんが代わってくれりゃいいしよ」

そんな勝手な言い草ってと、お瑛は思ったが、それもいいかもしれない。

「じゃあ、そうしてくれる？　お加津さんから、お休みがもらえたら、すぐに知らせてね」

「おう」

辰吉は、強く頷《うなず》いた。

「ちっとは元気が出たみてえで、嬉《うれ》しいよ」

お瑛が礼をいう間もなく、辰吉は背をむけると、駆け出していった。

辰吉の休みは、三日後にとれた。お加津が、柚木の裏口に舫《もや》ってある辰吉の舟に乗り込むお瑛を見て、

「あらあら。なんの道行きかしら」

うふふと笑った。

辰吉さんが、懸命に休みをくれって頼むから怪しいとは思っていたけどと、お瑛と辰吉を交互に見る。

「そうじゃねえですよ、女将さん」

「猪牙舟で競う前に、辰吉さんの腕のほどを知っておこうかなって」

「まあ、なんでもいいわよ。嫌なこともあったし、気晴らしにもなるでしょう。辰吉さん、頼むわね」

「あ、兄さんが店番なので」

「そっちのほうが心配ねぇ。じゃ、後でようすを見に行くから安心して」

お加津が手を振った。

舟はゆっくりと滑り出す。

大川を上る。

辰吉の漕《こ》ぐ猪牙舟は、船頭としてお客を乗せているだけあって、すごく安定している。ただ速いだけではないのだと、お瑛はちょっと感心しながら、辰吉の櫓《ろ》さばきを見ていた。

まくり上げた袖《そで》から、陽に焼けた腕が覗く。櫓腕《ろうで》を押すたびに、腕や脚の筋肉が張る。

兄さんとは大違いだと、妙なことを考えた。

吾妻橋を越えて、山谷堀へ繋ぐ竹屋《たけや》の渡しを過ぎた。白鬚《しらひげ》の渡しまでもう少しだ。

辰吉は、以前、白鬚の渡しの船頭をしていた。お瑛が、年寄りを勝手に舟に乗せたといって因縁をつけてきたのが出会いだった。すごく遠い昔のようにも思えるし、ついこの間の出来事のようにも感じた。

「どうした、お瑛さん。静かだな」

「ううん。ちょっとね。辰吉さんが、おれも、猪の辰っていわれてるって啖呵《たんか》切ってきたのを思い出していただけ」

辰吉は、ああ、と急にばつの悪い顔をした。

「思い出さねえでいいよ、そんなことぁ」

「でも、風が気持ちいい。いつも自分で舟を押すのとは全く違う心地よさがあるな」

自分で舟を押すときは、あまり景色を見ていない。でも、今日は違う。右手は向島の土手の桜並木、左手は賑《にぎ》やかな町並み。

鐘ケ淵まで来ると、田畑が見渡せた。

「よし、荒川に入ったぜ」

辰吉は、さらに舟を速めた。

千住を過ぎてから、半刻もかからぬうちに野新田の渡しのあたりに差し掛かる。周りは、田畑が美しく広がっている。少し重たげな稲穂がそよいでいる。遠くには、お百姓の姿が見える。その田畑の中に、ぽつんと寺があった。

お瑛は錦絵を取り出した。

「確かに、この風景。辰吉さん。あたし、やっぱりここに来たことがある。おっ母さんに手を引かれて——」

お瑛は、はっとした。もうひとり、一緒にいた人がいる。誰だろう。兄さんじゃない。お父っつぁんでもない。

「誰かに話しかけられた気がする」

「絵師じゃねえのかい？」

ううん、とお瑛は首を振る。違う。おっ母さんの供をしてきた人だ。

ああ、そうだ。肩車をしてくれた。

「益次《ますじ》おじさん、だ」

お瑛の呟きに、辰吉が不思議そうに首を傾げた。

益次は、お父っつぁんの異母兄弟だ。でも、弟とは認められず、濱野屋の暖簾《のれん》分けも許されなかった。それが、しこりとなって、悪い奴らと組んで濱野屋をのっとろうとした。

結局、悪い奴らも捕まり、益次も所払いとなった。まだ、濱野屋を恨んでいるかもしれないが、あたしたち兄妹の叔父であることは変わりない。

「なんだか、お瑛さん、すっきりした顔してるぜ。やっぱり来てよかったな」

辰吉の言葉に、お瑛は笑顔を見せて、横に置いた荷を膝の上に載せた。

「ねえ、お弁当を作ってきたのよ」

「へえ、そいつはありがてぇ」

握り飯と煮しめ、ゆで玉子だ。

辰吉が心底嬉しそうな顔をした。


辰吉と野新田に行ってから、数日後。

「長太郎兄さんいるぅ？　た、大変なのよぉ」

寛平が、髷《まげ》を揺らしながら、内股《うちまた》で懸命に走ってきた。お店は暇なのに、なぜだか忙《せわ》しない。寛平は揚げ縁に寄りかかるように手をおくと、喉をぜいぜいいわせながら、お瑛を真剣な顔で見つめる。

寛平が生唾《なまつば》をごくんと呑んだ。

身体《からだ》中から緊張が伝わってくる。お瑛も寛平を見返した。寛平がパクパクと口を開くが、なかなか声にならない。

お瑛は、じっと身を硬くして言葉を待っていたが、

「み、水。お水ちょうだい。お瑛ちゃん」

寛平は、やっとの思いで口にした。

お瑛は肩すかしを食った気分がしたが、急いで台所から水を汲《く》んでくる。寛平は、湯飲み一杯をあっという間に飲み干すと、人心地ついたのか、大きく肩で息を吐いた。

「長太郎兄さんはいる？」

「裏店のご浪人の菅谷さんの処。寛平さんも知っているでしょ？　ほら、品川宿で働いていた……」

寛平は、ぽんと手を叩《たた》いた。

「ああ、おしずちゃんの弟が通ってる手習い塾の先生ね」

「そう。そのお宅へ届けものをしに行っただけなので、すぐ戻ります」

「じゃあ、上がらせて待たせてもらうわね」

揚げ縁の横から、さっと店座敷に上がりこんできた。

「なにが、大変なのですか？」

お瑛が問いかけると、横座りしていた寛平が、帯に差していた扇子を広げて口許《くちもと》に持っていく。お瑛に耳だけ貸すように手で招くと、小声でいった。

「うちの店だったのよ。あの盗人《ぬすっと》に狙われてんの」

えっと、お瑛は思わず腰を浮かせて大声を上げた。

「あ、やだ。なんのために小声で伝えたと思ってんの」

寛平が怒ったように扇子をばたばた扇《あお》ぎ始めた。

聞けば、このところ新しい小間物屋が台所に入り込んでいるというのだ。話し上手で、気配りがあって、物を買うとちゃんとおまけまで付けてくれるらしい。

へえ、とお瑛は眼をしばたたいた。盗人などしなくても十分、商才がありそうな気がした。

人相を台所の者に訊ねると、淳八によく似ている。なにより、左の耳の後ろに黒子《ほくろ》があったというのだ。

「ねえ、どうしたらいいと思う？　もうあたし、怖くて怖くて」

寛平は身悶《みもだ》えしながら、お瑛に迫ってくる。

これは、確かに大変だ。寛平の家は呉服屋だから、掛売りの金高も大きい。大福帳を盾に脅されたら、すっかり金子を吐き出すことになる。本当に大事だ。これは、八坂さまに伝えるのが一番だ。

「あれ、寛平どうしたんだ」

揚げ縁の向こうから長太郎が顔を覗かせた。その途端、

「聞いてよ、長太郎兄さぁん」

と、寛平がいつものように妙な甘え声を出した。

五

それから間もなく、盗人の竹内の淳八は、お縄になった。寛平の店に、お役人が張り付いていて、そうとは知らずいつもの小間物売りに扮《ふん》してやって来た淳八は、その場で取り押さえられたのだ。

寛平のふた親は、店を救ってくれたのは長太郎だと幾度も頭を下げたという。押し込みを未然に防げたことで、奉行所からも褒められたと、長太郎は鼻高々だ。

寛平の家では仕立てた着物の余り布と、帯締めをたくさん譲ってくれ、お瑛のために薄い桃色地に撫子《なでしこ》柄の反物をくれた。

「これだけあれば、助かるねぇ。寛平にも恩が売れたし。寛平の親父《おやじ》さんも、その反物を持っていつでもおいでっていってくれたよ。採寸して仕立ててあげるからって」

長太郎はほくほく顔で、茄子《なす》の漬物を頬張る。四文屋のお花が持ってきてくれたものだ。

新しい小袖なんて、本当に久しぶりだ。お瑛の気分も浮き立つ。

「それに、八坂ってお役人が、『みとや』にはなんの罪もないといってくださった。もっとも、当然だけれどね」

瓦版屋《かわらばん》も淳八の仲間だったらしく、一緒に捕まったということだ。

「そうしたら、兄さん、おせんちゃんにはお咎《とが》めはないのよね」

わずかに長太郎が口許を歪《ゆが》め、箸《はし》を置いた。

「おせんちゃんは……」

盗人の淳八は津山にもあたりをつけていたらしい。おせんは淳八の口車にまんまとはまって、そんなに憎い相手なら、いたずらでも仕掛けてやれば面白《おもしれ》ぇと、そそのかされたという。

「じゃあ、兄さんに盗品を買わせたのも、瓦版にうちのことを書かせたのも、やっぱりおせんちゃんの筋書きだったっていうの？」

「残念だけど、その通りだよ。もちろん淳八が知恵をつけたのもあるけれど」

で、それを強請《ゆす》りの種にして、おせんに手引きをさせ、津山に押し込む算段をつけていたという。

津山もひどいことになっていたのかもしれないと思うと、お瑛は身震いした。

「ああ、そうだ。実は仕入れてきたものが、まだあるんだよ。寛平んちの向かいにある足袋屋。寛平んちを探るために、足袋屋からも話を聞いていたらしくてね」

処分するのに困っている足袋があるからと、もらってきたそうだ。

「その中にあったのが、これだよ。よぉく見てごらん。驚くよ」

長太郎が風呂敷《ふろしき》包みの中から、出したのは三足の足袋だ。

お瑛も箸を置き、足袋を受け取った。ただの白足袋だ。でもこはぜが五枚もある。

お瑛は小さく声を上げた。五枚こはぜの足袋なんて初めて見た。たいていは、三枚から四枚だ。江戸では、小袖の裾《すそ》から素足がちらりと見えるのが粋《いき》とされているので、三枚こはぜがほとんどだ。四枚は、足袋が高くなるので、立ち姿がきれいに見える。京坂《けいはん》のお嬢さんが好んでいると耳にしたことがある。けれど五枚って……。お瑛は首を傾《かし》げた。

「こはぜをもっとよく見てごらん」

長太郎がそういった時、銀色に輝くこはぜにお瑛の眼が吸い寄せられた。

「おせんちゃんは、屹度叱《きっとしかり》（重い叱責《しっせき》）を受けたそうだよ。淳八が盗人だったことは知らなかったけれど、蔵を開けて下駄を持ち出させたんだからね。ま、『みとや』と、私にはうんと迷惑をかけたことを、うやむやにされちゃったのは、悔しいけどなぁ。でも、それくらいで済んでよかったね、お瑛もそう思うだろう」

おせんちゃんの身の上を考慮して、八坂さまあたりが、罪を軽くしたのだろうか。なら、あたしはどうすればいいのだろう。

「あ、そういえば、ついこの間、辰吉さんと出かけたそうじゃないか。お加津さんから聞いたよ」

長太郎が飯を頬張りながら訊《たず》ねてきた。

お瑛は、ぎくりと身を強張《こわば》らせる。お加津は、柚木に来るお客のことは絶対口外しないこと、それが客商売だと教えてくれたのに、こういうことには口が軽いのだ。

「ほら、猪牙舟《ちょきぶね》勝負ってうるさいから、辰吉さんの櫓さばきを見せてって頼んだだけよ」

お瑛は、目玉を右に動かす。

長太郎が、お瑛の顔を見て吹き出した。

「なに？　なにかおかしなことといった？」

「そうじゃないよ。やっぱりお瑛の嘘《うそ》はわかりやすいってことさ。でも、辰吉さんはいい男だよねぇ」

そ、そぉお？　とお瑛は天井を見上げる。

長太郎が不意に真顔になった。

「お瑛もいつかはいい男《ひと》と所帯を持つことになるんだよね」

お瑛は仰天して、箸を止めた。

「どうしちゃったの？　兄さん」

「いや、私はお瑛の親代わりでもあるからね。お瑛の花嫁姿を見てみたいなと思っているんだよ。いま『みとや』は苦しいけれど、もっとお店を大きくすることと、お瑛がお嫁に行くことが私の夢だからね」

なんで、いきなりそんなことといい出すのだろう。お瑛が眉《まゆ》をひそめる。

と、長太郎がくつくつと笑う。

「でもさ、お瑛が白塗りの化粧をしたら、本当に大福餅《もち》になっちゃうかな」

「兄さん！」

ごめんごめんと、いいながら長太郎は笑い転げた。

「兄さん、お店番頼むわね」

淳八の捕り物から五日ばかりが過ぎた。今日もいいお天気だと、お瑛は揚げ縁を下ろすと、まだのんびり朝餉を食べている長太郎へいった。

「お瑛、今日は柚木で花火見物があるのを忘れてないかい」

「朝から、柚木に行くつもりなの？　花火は夕方からでしょう」

お瑛は、三和土《たたき》に下りて草鞋《わらじ》の紐《ひも》をきゅっと締める。

「おいおい、舟を出すのかい？」

お瑛は軽く首を回して、そう、おせんちゃんを誘いにね、とさりげなくいった。

長太郎が、ぎょっとした顔をする。

「いくらなんでも、おせんちゃんを誘うのはどうかと思うよ。お瑛だって、嫌な気持ちにさせられたじゃないか」

「だからよ。仇《あだ》を討ちに行くの」

「仇討ちぃ？」

呆《あき》れた長太郎が飯碗と箸を持ったまま立ち上がったが、お瑛は軽く笑みを浮かべ、表通りに飛んで出た。

瓦版で嫌な噂《うわさ》を撒《ま》かれてから、舟を出すのも気が引けていたが、あたしには、やっぱりこれしかない。

神田川の土手を降り、桟橋の舫《もやい》を解いた。菰《こも》をあげ、棹《さお》を握る。

しっくりと手に馴染《なじ》むのが心地よい。岸から舟を離して、櫓を手にする。

よしっ、と力を込めて櫓を押す。

舟がぐんと前に進みだす。

水面《みなも》を切り、風を切って、お瑛は舟を操る。

大川に架かる両国橋、新大橋を潜《くぐ》り、舟は一層、速さを増す。涼み船や荷船の間を縫い、お瑛は永代橋を見上げた。

深川まではもうすぐだ。

橋の東詰の河岸《かし》に舟を繫いだ。

津山がどこにあるかは知らなかったが、通りを行く人に訊ねると、相川町《あいかわちょう》だと教えてくれた。

歩いて行くと、すぐにわかった。お瑛は、津山の屋根看板を見上げる。

間口も広い立派なお店だった。朝からたくさんのお客もいる。奥には職人の工房があった。おせんの供をしていた小僧が通りに水撒きをしていた。

お瑛が声をかけると、小僧が、はっとした顔をして店に入り、帳場にいたお春へ告げた。お春は首を伸ばし、お瑛を認めると、表に出てきた。

「お瑛ちゃんよね。いろいろ迷惑をかけたのに、ごめんね、ご挨拶《あいさつ》にもいかないで。

お店の方は大丈夫？」

眉をひそめて、心配そうに言った。

お瑛は、はいと頷いた。本当は、まだまだお客さんは戻ってこない。

「あの、おせんちゃん、いますか。今日、あたしがお世話になっていた柳橋の柚木で花火見物することになっているんです。そのお誘いに来ました」

お春が、驚いた顔をする。

「だって、あれだけひどい事したのに」

「それとこれとは別です。おせんちゃんはちゃんと御番所でお叱りを受けたのだし」

でもねぇ、とお春が顔を曇らせた。屹度叱を受けて以来、自分の部屋にこもったままなのだという。

「じゃあ、あたしが来たと伝えてください。それでも顔を出さないつもりなら、あたしが引っ張り出すからと」

「わかったわ。ちょっと座敷に上がって待っててくれる？」

お春は苦笑しつつ、お瑛を住まいの方へと促した。小ぎれいな座敷だ。庭には、百日紅《さるすべり》の木があった。

かしこまった足指がぴりぴりし始めた頃、お春の後ろについて、おせんが出てきた。

結い髪が少しほつれていた。いつものような化粧もしていない。お瑛へちらと視線を向けたが、すぐにそらせて、不貞腐《ふてくさ》れるように座った。お春は、お瑛に頷きかけると座敷を出た。

「お春さんから聞いた？　花火見物のこと。今度はあたしが誘いに来たの」

おせんは口許を歪め、外を見る。まるでお瑛がいないかのような態度だった。物憂《う》げな横顔は羨ましいほどきれいだった。お瑛は身を乗りだし、口を開いた。

「ねえ、おせんちゃん。あたしの舟に乗っていかない？」

おせんが、ようやくお瑛を見た。口許に皮肉っぽい笑みを浮かべている。

「あたしが舟に？　嫌よ。だってお父っつぁんは……」

お瑛はおせんの言葉を遮った。

「知ってるわよ。舟に乗っていて、崩れてきた橋の下敷きになったんでしょ」

「知っているなら、なおさら。なぜあたしを乗せようとするのよ。あたしは、永代橋を歩いてちゃんと渡って行けるの。もう帰って」

そういって立ち上がろうとしたおせんにお瑛は近寄り、袂《たもと》を引いた。

「お春さんと角兵衛さんは、ほんとの親じゃない。あたしだって、たいした手助けもできない。でも一緒にいてあげることはできる」

おせんの顔に嘲笑《ちょうしょう》が浮かぶ。

「お瑛ちゃん、どこまでお人好《よ》しなの。信じられないわ」

「信じてもらえなくても、あたしは構わない」

おせんは、馬鹿《ばか》みたいと笑う。

「いいわよ。お瑛ちゃんはいつまでも橋が渡れない弱虫だけど、あたしは違うわ。お瑛ちゃんの舟に乗ってあげる」

「ありがとう」

お瑛は、おせんの袂から手を離した。

六

髪を整え、化粧をしたおせんは、お瑛の舟を見て、わずかに顔を歪ませた。

「猪牙舟に決まっているでしょう、怖い?」

「怖くなんかないわよ。平気よ、自分で乗れるから」

おせんは、お瑛が差しだした手を振り払うようにして、舟に乗り込んだ。一瞬、身体が傾き、おせんはあわてて舟べりにしがみついた。

お瑛は、静かに櫓を押す。

おせんは黙っていた。

川面《かわも》で羽を休めていた水鳥たちが、飛び立っていく。青い空に、白い羽がよく似合っている。

両国橋が見えたあたりで、おせんが安堵《あんど》の息を吐いた。柳橋までは、後わずかだ。

お瑛は櫓腕から手を離し、大川の真ん中で舟を止めた。おせんが、訝《いぶか》しげな顔をする。

「おせんちゃん。おせんちゃんがしたこと、あたしもしてあげるね」

お瑛は、しゃがみこみ、ぐいと、舟べりに力を込めて、揺り動かした。

猪牙舟は船体が細い分、速さは出るが、安定感はない。舟がぐらりと揺れて、横倒しに近くなる。

途端におせんの顔から血の気が引いた。

「ちょっとやめて、お瑛ちゃん、なにするの」

おせんは叫びながら、舟べりをすがるように摑《つか》んだ。

「あたしが、橋を渡れないこと知ってて、おせんちゃん、無理にあたしの手を引いた。川が嫌いなおせんちゃんを、今度はあたしが水の中に落としてあげる」

「やめて、やめてよ」

おせんは、泣き喚《わめ》くような声を出した。

「やめてよ」

「あたしもそうだった。永代橋で足がすくんで動けない自分が情けなくて、悔しかった」

お瑛の言葉に、おせんが唇を嚙《か》み締め、いい放った。

「だからあたしに嫌がらせ？　あたしの胸の内なんか誰もわかってくれやしないじゃない」

お瑛は、さらに舟べりを押す。

「わかるわけないじゃない。人の胸の内なんか。じゃあ、おせんちゃんにはわかるの？　あたしの胸の内が、気持ちが見える？」

おせんが首を懸命に振る。舟を揺らすのをやめてほしいのか、お瑛の問いに首を振っているのか、それだってわかりっこない。

「あたしにはまだ、わからないことだらけ。おせんちゃんのおっ母さんが、おせんちゃんを置いて、角兵衛さんと逃げたことだって、わからない」

だけど、人にはいろんな感情があるのだけはわかる。優しい人にだって、恐ろしい心はある。恐ろしい人にだって優しい心はある。いまの暮らしを守り続ける人もいれば、不意にその暮らしから抜け出したくなる人もいる。それが、人の道に外れたものだとしても、一度、描いた誘惑から逃れられなくなる。

でも、それを誰が責められるだろう。

皆、まっとうな顔をして生きているけれど、心からまっとうな人が、どれほどいるのかなんて、誰も知らない。

人の心は澄んでるばかりじゃない。妬心《としん》や憎悪《ぞうお》がいつもどこかに潜んでいるのだ。それが、いつなんどき、顔を覗かせるのかなんて、当人だってわからない。

あたしだって、おせんちゃんと同じ。

おせんちゃんにどんなわけがあろうと、『みとや』を追い込んだのは、やっぱり許せない。

幼馴染みだから、余計に許しちゃいけない。

お瑛は、舟を左右に揺らし続けた。自分だって落ちるかもしれない。でも、止《や》めることなんかできなかった。一緒に冷たい川に落ちてしまったって構うものかと思った。

たぷんたぷんと水音が激しくなって、舟はますます左右に揺れる。

「憎かったのよ。のほほんと幸せに暮らしている、お瑛ちゃんが、憎かったの！」

おせんが声を限りに叫んだ。

お瑛は、おせんの前に座り込んだ。揺れる舟に身を任せながら、おせんへ視線を向ける。

おせんはもう声も出せず、青い顔をして懸命に舟底にうずくまる。震えているその身が哀れだった。でも、可哀想《かわいそう》だとは、ちっとも思えなかった。

「謝って」

お瑛は小さな声でいった。

おせんが、顔を伏せた。

「謝ってちょうだい」

ただ震えるだけで、おせんはなにも応《こた》えようとしない。

「あたし、おせんちゃんのしたことは許さない。でも、幼馴染みであることは変えられないと思ってる」

少しずつ船の揺れが収まってくる。

お瑛は、袂《たもと》から、一足の足袋を取り出し、おせんの前へ置いた。おせんが、わずかに顔を上げ、足袋を見る。

「これね、兄さんが足袋屋さんからもらってきたものなの」

おせんが指先を伸ばした。

「必ず取りに来るって、お代まで置いていったご新造さんがいたそうよ。でも、幾年経《た》っても受け取りに来ない。捨てるにも売り物にもならないって、ずっと取って置いたものなんですって。三足あったんだけど、一足だけ持ってきたの。見せてあげたくて」

おせんは、足袋を手にしてふと息を洩《も》らすように呟《つぶや》いた。

「五枚こはぜの足袋……」

「足袋屋さんが、売り物にできなかった理由がわかる？　五枚のこはぜってことだけでなくて」

おせんは足袋をじっと見て、眼を見開いた。

「こはぜに――」

おせんは、信じられないという眼で、こはぜを見つめ続けた。

「せんって、あたしの名が打ち込まれてる」

荷船が横を通り、水面に白く波が立った。

おせんが、足袋を胸に抱え込む。

「おせんちゃんのおっ母さんじゃなけりゃ、わざわざそんなことしないよね。きっとおせんちゃんに謝りたくてしたんだと思う」

人の心はわからないけど、そうじゃないかなって思うのは構わないよね、とお瑛はいった。

「おせんちゃんは、おっ母さんと同じ血が流れてる自分が許せないんでしょ。でも、母娘《おやこ》だものしょうがない。けど、おせんちゃんはおせんちゃんじゃないの？」

おせんは足袋をさらに強く抱える。

「うちは下駄屋だから、歩く姿も立ち姿もきれいじゃなきゃって、おっ母さんは名人の五枚こはぜの足袋を誂《あつら》えてた。なにより京の女は、素足を見せないのが嗜《たしな》みって、おっ母さんいつもいってた。なにが嗜みよね。でも、あたし、五枚こはぜの足袋が欲しいって、いつもねだってた。それ覚えてたんだ。今更、こんなの馬っ鹿みたい。でも……」

おせんは、静かに嗚咽《おえつ》を洩らし始めた。

「あたし……誰か、頼ってもいいのかな……ねえ、お瑛ちゃん」

その夜の花火は、はかなく散りゆく花びらではなかった。暗い大空を彩《いろど》る、大輪の華。

お瑛は、おせんとともに、美しく花開く様を見つめ続けた。

その三日後のことだった。

「お瑛さーん、お瑛」

店番をしていた長太郎が叫んでいる。裏で洗濯をしていたお瑛は前垂れで手を拭《ふ》くと、店座敷にすぐさま戻った。

「お瑛に書状が届いたよ。差出人がないなぁ。懸想文《けそうぶみ》かな」

長太郎が、にやにや笑っている。

「からかわないで、渡してちょうだい。あ、ほらお客さん」

お瑛は、長太郎の手から書状を掠《かす》めとると、寝間にしている小屋裏へと、梯子段《はしごだん》を急いで上がった。

「こら、お客さんなんかいないじゃないか」

長太郎の詰《なじ》る声が下から聞こえてきたが、そのすぐ後に、

「あ、ご隠居さま、いらっしゃいませ」

調子のいい声音に変わった。

狭い板の間に座り、すぐさま封を開く。

益次からの返事だった。辰吉と野新田の渡しへ行った後、すぐ高崎にいる益次へ手

紙を送ったのだ。住まいは、女房のお駒から知らされていた。やはり、野新田の渡しで一緒にいたのは益次だった。読み進めて行くうちに、目頭が熱くなってきた。

長太郎は、やっぱり兄さんだった。

おっ母さんの妹の嫁ぎ先で子が出来ず、養女としてお瑛を迎えたが、その妹が病で亡《な》くなってしまったのだ。その後、後妻に子が生まれたことで、お瑛は返されることになったと記されていた。

お瑛が気にしていた錦絵は、濱野屋への帰り道、絵師に声をかけられ、描かれたものだという。お瑛の中で、よじれた糸が解《ほど》けていく。人は、こうしてなにかを抱えるたび、ひとつひとつ解いて、生きていくのだ。

それに、この錦絵の母娘は、おっ母さんとあたしなんだ。そのことにも嬉しさが込み上げる。益次からの書状にぽとりと涙が落ちた。

でも、嬉しい涙ならば、いくら流してもいいと思った。

辰吉にも伝えなきゃ。兄さんには……やめておこう。だって、実の兄妹だもの。

「兄さん、洗濯物終わったら、お店番代わるわね」

益次の書状を手文庫に入れ、小屋裏から声を張り上げた。

「おお、お瑛か。息災でなにより。あの売り声が聞きたくて来たのだがな」

お客の足はまだ戻ってきてはいない。それでも元気に売り声を上げていれば、いつか足を止めてくれる人も出てくる、以前のように『みとや』に来てくれると、お瑛は心から信じている。

あたしが、兄さんが、大切にしている店だから。そういう思いは必ず伝わる。

「ご隠居さま、ただいままいります」

お瑛は、前垂れで涙を拭《ぬぐ》うと、急いで梯子段を下りた。

解説

中江有里

ふいに訪ねたくなる場所がある。わたしの場合はなじみの書店だ。

欲しい本がある時もない時も、顔を出す。別の用事で出かけた先が偶然書店と近ければ、自然と足が向く。自分好みの本が置かれている場所はわかっているが、店内をぐるり一回りして、新顔がいないかと探す。

行きつけの飲食店を第二の「台所」と称する人がいるが、わたしにとっての書店は第二の「書棚」。好きな作家の本、定番のシリーズもの、目新しい本……どれもまだ自分の物ではないけど、いつか自分の物になる可能性のある本が並ぶ店は特別な場所だ。

そして本書の舞台・みとやも、猛烈に行きたいお店である。

「江戸時代の百均」とも例えられるみとや。商品は何でも三十八文。かけそば二杯と湯屋代を足したくらいの金額で、食べ物以外は何でも売っている。

仕入れは二十三歳の長太郎《ちょうたろう》が、看板娘は六つ下の妹・お瑛《えい》が担当。書店と同じく、掘り出し物が見つけられるのが面白い。

　長太郎・お瑛のふた親は文化四年に起きた永代橋《えいたいばし》の崩落事故で亡《な》くなっている。同時に店と住まいを失い、うら若い二人は無一文で世間に放り出されてしまった（そのあたりはみとやシリーズの前作『ご破算で願いましては』に詳しい）。

　現在は周囲の助けもあって、みとやを営み自活している、たくましき兄妹《きょうだい》だ。

　みとやの魅力はいくつもあるが、まずはその品ぞろえだろう。本書では初っ端《しょばな》から大量の黄表紙が登場する。店じまいする絵双紙屋に売れ残った商品を安価に手に入れた長太郎は鼻高々だ。お瑛は思いがけないほどの量の黄表紙を前に、半ば呆《あき》れている。毎度この調子で「売れない品」と「たまたま出くわして」仕入れてくる兄と妹のやり取りは楽しいのだが、今回は黄表紙の間に挟まれていた錦絵《にしきえ》を巡って、お瑛の心がいつになく揺さぶられる。また、燻《けむり》臭い市松人形のくだりは、お瑛自身の悲しい過去と重なる。

　この物語に通底するのは、突如として守ってくれる存在を失った者たちの胸に秘めた声。それはお瑛や、元吉原の花魁《おいらん》・お花の声だろう。

　吉原で生まれ育ち、身請けされたお花。初めて出た町では目に飛び込むすべてが物珍しく感じられる。が、彼女に注がれる世間の視線も物珍しさと蔑《さげす》みが入り混じったもの。人々の好奇心は棘《とげ》のように容赦なくお花に突き刺さってくる。

そんなお花が総菜屋「はなまき」を店開きすることになり、男たちはそわそわ浮足立ち、女房たちは気が気でない。お瑛も最初はお花を色眼鏡で見ていたが、ある時から変わっていく。それはお瑛の漕《こ》ぐ舟に乗せた時のことだ。

ふた親の命を奪われたことから、大川にかかるどの橋も渡れなくなったお瑛が足代わりに漕ぐ猪牙舟《ちょきぶね》は、船頭たちの間でも評判になるほど速いのだ。しかしお花は怖がりもせず、速度が落ち、川風が収まると残念そうにする。

「お花さん、なら風を作りましょうか」

そう言ってお瑛が櫓《ろ》を押して、舟を速めると、お花の目尻《めじり》から光ったものが風に飛んでいく……この時、お瑛とお花の中に共有するものが感じられた。

「風を作る」という言葉には、守る者のなくなったお瑛にとって、数々の困難を乗り超えてきた自負が込められている。明るく楽しいみとやだが、本書では盗品を売っているとあらぬ噂《うわさ》をたてられ、手の平を返したように客足が途絶える。世間の向かい風をまともに受けて、どこにも行けないなら、推し進めてくれる追い風を自分で作る——そんな強い思いが風となってお瑛の背を押す。櫓を漕いでいる時だけは、すべてを忘れて違う世界へ行けるのだろう。

人生は思うようにはいかない。自分に降りかかった不幸を「なぜわたしに」「どうして他の人でなかったのか」と考えてしまう。しかし明確な答えが出ない分だけ、不幸を背負ってしまった理不尽さだけが胸に渦巻く。

本書には、お瑛やお花のように守る者を失ったもう一人の人物があらわれる。その人物も「なぜ自分が」と答えの出ない問いを繰り返した挙句に、自分よりも幸せに見えるお瑛を恨み、卑劣な方法で陥《おとしい》れようとする。

妬《ねた》み嫉《そね》みだけでなく、あらゆる感情は心の持ち主の問題で、他人にはどうにもならない。お瑛は橋の崩落事故がトラウマとなって橋を渡れなくなったが、その恐怖を消し去ることもできずにいまだ苦しんでいる。

ところが人にはそうしたマイナスの感情を別のベクトルに向けるという能力もある。

お瑛の場合は猪牙舟を操り、江戸じゅうの川を自由自在に移動していく。櫓を持ったお瑛は別人のように強くなるのだ。

颯爽《さっそう》と舟を漕ぎだす場面はカッコいいほどに、こちらの心を締め付けてくる。自らの運命に負けないよう、風を作り出して前へ進む健気《けなげ》な姿に頬と涙腺《るいせん》が同時にゆるんでしまう。

一方、兄の長太郎のキャラクターもお瑛とは対照的でいい。風来坊のお調子者だけど、どこか憎めない。そして何かと人に頼られる。つまり信頼されているのだ。

お瑛はある「疑惑」に大きな不安を覚えているが、それは彼女にとって生きる根底にも関わること。人は最低限の衣食住があれば生きていられるが、人とのつながりを絶たれたら、生きる実感を失ってしまうのではないか。

お瑛には長太郎が、長太郎にはお瑛がいる。互いの存在が自らを生かしている。お花もまた、自分を生かしてくれる存在がすぐそばにあった。

しかし残念ながら信頼する相手のない、つながりを絶たれたままの人は、確固たる足場を失って、自暴自棄な行動に走ってしまいがちだ。

お瑛が振り返る叔父の益次《ますじ》がその一人だろう。亡き父と兄弟として認められなかった妾腹《しょうふく》の益次は、長太郎・お瑛に対しても憎悪《ぞうお》を燃やす。「人を呪《のろ》わば穴二つ」と言うが、憎しみや呪いは、自らの身を危険にさらしてしまう。それくらい強力な呪詛《じゅそ》はコントロール不能になるのだ。

こうした呪詛はこの世に数えきれないほどあって、お瑛は益次に続き、本書でも報われない者に憎悪の刃《やいば》を向けられてしまう。そこで逃げるのではなく、立ち向かうのがお瑛だ。

なぜ負の感情と対峙《たいじ》できるのか。思うにお瑛には心を静める浄化力とでもいうべきものがあるのかもしれない。自暴自棄に暴走した心をあるべきところへ収めていく力。心を病んだものは、傷を負った患者に等しい。そんな患者に対し、医者は外科的治療を施すが、あとは患者本来の治癒力に頼る。

さしずめお瑛は看護師的存在だ。患者の治癒力を助け、励まし、患者が元の状態へ戻れるようにサポートする。健康な肉体と精神は規則正しい生活に由来するからこそ、単純なルーティンが大事なのだ。だからお瑛は声をあげて繰り返す。

「なんでもかでも三十八文。あぶりこかな網三十八文。枕《まくら》、かんざし三十八文。はしからはしまで三十八文」

幸せな時も辛《つら》い時も、お店にお客が来る時もそうでない時も、お瑛自身の心を収めてくれるおまじないのような言葉。

過去は変えられなくても、心のあり方は変えていける。それによって未来も変わっていく。厳しい現実の中で、明日への希望の持ち方をお瑛は教えてくれる。

（令和元年八月、女優・作家）

この作品は平成二十八年九月新潮社より刊行された。

梶よう子著

ご破算で願いましては
―みとや・お瑛仕入帖―

お江戸の「百円均一」は、今日も今日とててんてこまい！　看板娘の妹と若旦那気質の兄のふたりが営む人情しみじみ雑貨店物語。

青山文平著

伊賀の残光

旧友が殺された。伊賀衆の老武士は友の死を探る内、裏の隠密、伊賀衆再興、大火の気配を知る。老いて怯まず、江戸に澱む闇を斬る。

青山文平著

春山入り

山本周五郎、藤沢周平を継ぐ正統派にして、全く新しい直木賞作家が、おのれの人生を摑もうともがき続ける侍を描く本格時代小説。

青山文平著

半席

熟年の侍たちが起こした奇妙な事件。その裏にひそむ「真の動機」とは。もがきながら生きる男たちを描き、高く評価された武家小説。

乙川優三郎著

五年の梅
山本周五郎賞受賞

主君への諫言がもとで蟄居中の助之丞は、ある日、愛する女の不幸な境遇を耳にしたが……。人々の転機と再起を描く傑作五短篇。

西條奈加著

上野池之端
鱗や繁盛記

「鱗や」は料理茶屋とは名ばかりの三流店。名店と呼ばれた昔を取り戻すため、お末の奮闘が始まる。美味絶佳の人情時代小説。

志川節子著
ご縁の糸
芽吹長屋仕合せ帖
大店の妻の座を追われた三十路の女が独り長屋で暮らし始めて——。事情を抱えて生きる人びとの悲しみと喜びを描く時代小説。

辻井南青紀著
結婚奉行
元火盗改の桜井新十郎は、六尺超の剣技自慢の大男。そんな剣客が結婚奉行同心を拝命。幕臣達の婚活を助けるニューヒーロー登場！

鳴海風著
和算の侍
歴史文学賞・日本数学会出版賞受賞
円周率解明に人生を賭けた建部賢弘《かたひろ》、大酒飲みの奇才久留島義太《よしひろ》など江戸の天才数学者の人間ドラマを描く、和算時代小説の傑作！

藤原緋沙子著
月凍てる
—人情江戸彩時記—
婿入りして商家の主人となった吉兵衛だったが、捨てた幼馴染みが女郎になっていると知り……。感涙必至の人情時代小説傑作四編。

藤原緋沙子著
百年桜
—人情江戸彩時記—
新兵衛が幼馴染みの消息を追えば追うほど、お店に押し入って二百両を奪って逃げた賊に近づいていく……。感動の傑作時代小説五編。

藤原緋沙子著
雪の果て
—人情江戸彩時記—
奸計に遭い、脱藩して江戸に潜伏する貞次郎。想い人の消息を耳にするのだが……。涙なくしては読めない人情時代小説傑作四編収録。

藤原緋沙子著
恋の櫛
―人情江戸彩時記―
貧乏藩の足軽と何不自由なく育てられた大店の跡取り娘の素朴な恋の始まりを描く表題作など、生きることの荘厳さを捉えた名品四編。

諸田玲子著
お鳥見女房
幕府の密偵お鳥見役の留守宅を切り盛りする女房・珠世。そのやわらかな笑顔と大家族の情愛にこころ安らぐ、人気シリーズ第一作。

諸田玲子著
幽霊の涙 お鳥見女房
珠世の長男、久太郎に密命が下る。かつて矢島家一族に深い傷を残した陰働きだ。家族の情愛の深さと強さを謳う、シリーズ第六弾。

諸田玲子著
来春まで お鳥見女房
珠世、お鳥見女房を引退――!? 新しい家族の誕生に沸く矢島家に、またも次々と難題が降りかかり……。大人気シリーズ第七弾。

諸田玲子著
闇の峠
二十余年前の勘定奉行の変死に、父が関わっていた――？ 真相を探るため、娘のせつは佐渡へと旅立つ。堂々たる歴史ミステリー！

山本一力著
べんけい飛脚
関所に迫る参勤交代の隊列に文書を届けなければ、加賀前田家は廃絶される。飛脚たちの命懸けのリレーが感動を呼ぶ傑作時代長編。

安部龍太郎著
冬を待つ城
天下統一の総仕上げとして奥州九戸城を囲んだ秀吉軍十五万。わずか三千の城兵は玉砕するのみか。奥州仕置きの謎に迫る歴史長編。

安部龍太郎著
血の日本史
時代の頂点で敗れ去った悲劇のヒーローたちを描く46編。千三百年にわたるわが国の歴史を俯瞰する新しい《日本通史》の試み！

浅田次郎著
赤猫異聞
三人共に戻れば無罪、一人でも逃げれば全員死罪の条件で、火の手の迫る牢屋敷から解き放ちとなった訳ありの重罪人。傑作時代長編。

海音寺潮五郎著
江戸開城
西郷隆盛と勝海舟。千両役者どうしの息詰まる応酬を軸に、幕末動乱の頂点で実現した奇跡の無血開城とその舞台裏を描く傑作長編。

海音寺潮五郎著
西郷と大久保
熱情至誠の人、西郷と冷徹智略の人、大久保。私心を滅して維新の大業を成しとげ、征韓論で対立して袂をわかつ二英傑の友情と確執。

伊東潤著
義烈千秋　天狗党西へ
国を正すべく、清貧の志士たちは決起した。幕府との激戦を重ね、峻烈な山を越えて京を目指すが。幕末最大の悲劇を描く歴史長編。

伊東潤著
維新と戦った男 大鳥圭介
われ、薩長主導の明治に恭順せず——。江戸から五稜郭まで戦い抜いた異色の幕臣大鳥圭介の戦いを通して、時代の大転換を描く。

垣根涼介著
室町無頼（上・下）
応仁の乱前夜。幕府に食い込む道賢、民を束ねる兵衛。その間で少年才蔵は生きる術を学ぶ。史実を大胆に跳躍させた革新的歴史小説。

近衛龍春著
九十三歳の関ヶ原
—弓大将大島光義—
かくも天晴れな老将が実在した！ 信長、秀吉、家康に弓の腕を認められ、九十七歳で没するまで生涯現役を貫いた男を描く歴史小説。

玉岡かおる著
天平の女帝 孝謙称徳
—皇王の遺し文—
秘められた愛、突然の死、そして遺詔の行方。その謎を追い、二度も天皇の座に就いた偉大な女帝の真の姿を描く、感動の本格歴史小説。

田牧大和著
八《や》万《ま》遠《と》
建国から千年、平穏な国・八万遠に血の臭いが立つ——。野望を燃やす革命児と、神の山を望む信仰者。流転の偽史ファンタジー!!

葉室麟著
鬼神の如く
—黒田叛臣伝—
司馬遼太郎賞受賞
「わが主君に謀反の疑いあり」。黒田藩家老・栗山大膳は、藩主の忠之を訴え出た——。まことの忠義と武士の一徹を描く本格歴史長編。

隆慶一郎著

吉原御免状

裏柳生の忍者群が狙う「神君御免状」の謎とは。色里に跳梁する闇の軍団に、青年剣士松永誠一郎の剣が舞う、大型剣豪作家初の長編。

隆慶一郎著

影武者徳川家康（上・中・下）

家康は関ヶ原で暗殺された！　余儀なく家康として生きた男と権力に憑かれた秀忠の、風魔衆、裏柳生を交えた凄絶な暗闘が始まった。

隆慶一郎著

一夢庵《いちむあん》風流記

戦国末期、天下の傾奇者《かぶきもの》として知られる男がいた！　自由を愛する男の奔放苛烈な生き様を、合戦・決闘・色恋交えて描く時代長編。

山本周五郎著

深川安楽亭

抜け荷の拠点、深川安楽亭に屯する無頼者たちが、恋人の身請金を盗み出した奉公人に示す命がけの善意――表題作など12編を収録。

山本周五郎著

あとのない仮名

江戸で五指に入る植木職でありながら、妻とのささいな感情の行き違いから、遊蕩にふける男の内面を描いた表題作など全8編収録。

山本周五郎著

四日のあやめ

武家の法度である喧嘩の助太刀のたのみを、夫にとりつがなかった妻の行為をめぐり、夫婦の絆とは何かを問いかける表題作など9編。

山本周五郎著

おさん

純真な心を持ちながら男から男へわたらずにはいられないおさん――可愛いおんなであるがゆえの宿命の哀しさを描く表題作など10編。

山本周五郎著

松風の門

幼い頃、剣術の仕合で誤って幼君の右眼を失明させてしまった家臣の峻烈な生きざまを描いた「松風の門」。ほかに「釣忍」など12編。

山本周五郎著

青べか物語

うらぶれた漁師町・浦粕に住み着いた私はボロ舟「青べか」を買わされた――。狡猾だが世話好きの愛すべき人々を描く自伝的小説。

山本周五郎著

五瓣の椿

連続する不審死。胸には銀の釵が打ち込まれ、傍らには赤い椿の花びら。おしのの復讐は完遂するのか。ミステリー仕立ての傑作長編。

山本周五郎著

赤ひげ診療譚

貧しい者への深き愛情から〝赤ひげ〟と慕われる、小石川養生所の新出去定。見習医師との魂のふれあいを描く医療小説の最高傑作。

山本周五郎著

日本婦道記

厳しい武家の定めの中で、愛する人のために生き抜いた女性たちの清々しいまでの強靭さと、凛然たる美しさや哀しさが溢れる31編。

新潮文庫最新刊

小野不由美著
白銀の墟《おか》 玄《くろ》の月（一・二）
―十二国記―
六年ぶりに戴国に麒麟が戻る。荒廃した国を救う唯一無二の王・驍宗の無事を信じ、その行方を捜す無窮の旅路を描く。怒濤の全四巻。

山本一力著
カズサビーチ
幕末期、太平洋上で22名の日本人を救助した米国捕鯨船。鎖国の日本に近づくと被弾の恐れも。海の男たちの交流を描く感動の長編。

梶よう子著
五弁の秋花
―みとや・お瑛仕入帖―
お江戸の百均「みとや」には、涙と笑いと、色とりどりの物語があります。逆風に負けず生きる人びとの人生を、しみじみと描く傑作。

天野純希著
信長嫌い
信長さえ、いなければ――。天下を獲れたはずの男・今川義元。祖父の影を追った男・織田秀信。愛すべき敗者たちの戦国列伝小説！

武内涼著
駒姫
―三条河原異聞―
東国一の美少女・駒姫は、無実ながら豊臣秀吉によって処刑されんとしていた。狂気の権力者に立ち向かう疾風怒濤の歴史ドラマ！

中村義洋著
山本博文原作
決算！忠臣蔵
討ち入りは予算次第だった？二〇一九年十一月、映画公開。次第に減る金、減る同志。軽妙な関西弁で語られる、忠臣蔵の舞台裏！

新潮文庫最新刊

小野寺史宜著

ひりつく夜の音

青年との思わぬ出会いが、孤独な中年ジャズ奏者の停滞した時を静かに回す。再出発する人生にエールを送る実力派作家の感動作。

河野　裕著

さよならの言い方なんて知らない。2

架見崎。誰も知らない街。高校二年生の香屋歩は、そこでかつての親友と再会するが……。死と涙と隣り合わせの青春劇、第2弾。

月原　渉著

犬神館の殺人

その館では、密室の最奥で死体が凍る——。氷結した女が発見されたのは、戦慄の犬神館。ギロチン仕掛け、三重の封印、消えた犯人。

彩藤アザミ著

謎が解けたら、ごきげんよう

晴れた日にずぶ濡れの傘、無人の懺悔室に響く声、見世物小屋での誘拐騒ぎ……。乙女の心を騒がす謎を解く、女学生探偵団登場！

山本周五郎著

周五郎少年文庫
臆病一番首
—時代小説集—

合戦が終わるまで怯えて身を隠している「違う方の」本多平八郎の奮起を描く表題作等、少年向け時代小説に新発見2編を加えた21編。

北村　薫著

北村薫のうた合わせ百人一首

短歌は美しく織られた謎——独自の審美眼で結び合わされた心揺さぶる現代短歌50組100首をはじめ、550首を収録するスリリングな随想。

新潮文庫最新刊

せきしろ著
たとえる技術
圧倒的なユーモアを生み出す表現力の秘密は「たとえ」にある！　思わず笑っちゃって、意外と学べて、どこから読んでも面白い。

A・バーザ
プレシ南日子訳
狂気の科学者たち
科学発展の裏には奇想天外な実験の数々があった！　真実を知るためなら何も厭わない科学者たちの姿を描く戦慄のノンフィクション。

企画・デザイン
大貫卓也
マイブック
―2020年の記録―
これは日付と曜日が入っているだけの真っ白い本。著者は「あなた」。2020年の出来事を毎日刻み、特別な一冊を作りませんか？

又吉直樹著
劇場
大阪から上京し、劇団を旗揚げした永田と、恋人の沙希。理想と現実の狭間で必死にもがく二人の、生涯忘れ得ぬ不器用な恋の物語。

白石一文著
ここは私たちのいない場所
かつての部下との情事は、彼女が仕掛けた罠だった。大切な人の喪失を体験したすべての人に捧げる、光と救いに満ちたレクイエム。

J・ノックス
池田真紀子訳
堕落刑事
―マンチェスター市警エイダン・ウェイツ―
ドラッグで停職になった刑事が麻薬組織に潜入捜査。悲劇の連鎖の果てに炙りだした悪の正体とは……大型新人衝撃のデビュー作！

五《ご》弁《べん》の秋《あき》花《ばな》

みとや・お瑛仕入帖

新潮文庫　か－79－2

令和元年十月一日発行

著者　梶《かじ》よう子《と》

発行者　佐藤隆信

発行所　株式会社　新潮社

郵便番号　一六二―八七一一
東京都新宿区矢来町七一
電話　編集部(〇三)三二六六―五四四〇
読者係(〇三)三二六六―五一一一
https://www.shinchosha.co.jp

価格はカバーに表示してあります。

乱丁・落丁本は、ご面倒ですが小社読者係宛ご送付ください。送料小社負担にてお取替えいたします。

印刷・大日本印刷株式会社　製本・株式会社植木製本所

© Yoko Kaji 2016 Printed in Japan

ISBN978-4-10-120952-4 C0193